Jürgen Raap

Eigelstein-Blues

Ein Karl-Josef-Bär-Krimi

1. Auflage 2004
2. Auflage 2008

www.kbv-verlag.de
E-Mail: info@kbv-verlag.de
Telefon: 0 65 93 - 99 86 68
Fax: 0 65 93 - 99 87 01
Umschlagillustration: Ralf Kramp
Redaktion: Dorothee Steuer, Sankt Augustin
Satz: Volker Maria Neumann, Köln
Druck: Grenz-Echo AG, Eupen
www.grenzecho.be
Printed in Belgium
ISBN 978-3-937001-41-8

Eine Kneipe namens Sport-Casino gab es früher tatsächlich in der Kölner Machabäerstraße. Die Handlung des Romans ist jedoch frei erfunden, ebenso die Hauptfiguren der Erzählung. Erwähnte Personen der Zeitgeschichte, reale Einwohner des Eigelsteinviertels und reale Orte (z.B. Geschäfte, Lokale) haben nichts mit der Handlung dieses Romans zu tun.

1. Kapitel

Der Regen klatschte bollernd gegen die Fensterscheibe. Ich war froh, nicht vor die Tür zu müssen, und döste in meinem Büro vor mich hin. Das Leben eines Privatdetektivs, wie ich einer bin, ist nicht sehr aufregend. Meistens sitzt man nur gelangweilt in einem abgetickten Büro voller Schrottmöbel herum und träumt vor sich hin. Nie kommt eine aufgedonnerte Blondine herein wie in diesem Werbespot, wo sie zu dem Detektiv sagt: »Finden Sie einen Optiker, der billiger ist als Fielmann«. Nein, so etwas passiert nie in der Realität. Aber in der Realität passiert sowieso nie das, was einem diese Werbefritzen ins Ohr singen. Wenn man das einmal kapiert hat, dann hat man schon einiges an Lebenserfahrung mitgekriegt.

Ich habe dieses Detektivbüro von meinem Onkel Manfred geerbt. *Manfred Bär - Diskrete Ermittlungen - Kartenvorverkauf 1. FC Köln*. So steht es unten neben der Haustür auf dem orangefarbenen Schild. Das Schild ist mehr als fünfzig Jahre alt. Es stammt aus der Zeit, als Onkel Manfred dieses Detektivbüro gegründet hatte. Die Farbe ist längst ausgeblichen, und Karten für FC-Spiele werden hier auch längst nicht mehr verkauft.

Immerhin kann ich mich rühmen, dass Onkel Manfred einem der ersten FC-Fanclubs angehört hat. Das war in den Fünfzigerjahren gewesen, als es noch keine Bundesliga gab und der FC in der Oberliga West mehrmals Westdeutscher Meister geworden war.

Onkel Manfred war zwar aus dem Eigelsteinviertel nach Ehrenfeld gezogen, weil er dort das Büro eines verkrachten Detektivs übernommen hatte, aber er fuhr immer wieder mit der Straßenbahn in sein altes Viertel zurück, um sich dort in der Kneipe vom Hotel Platz, Ecke Domstraße/Machabäerstraße, mit seinen Kumpeln zum Skatspielen zu treffen. Der Schuhmacher aus dem Haus schräg gegenüber gehörte auch zu der Skatrunde, der Blumenhändler aus Nr. 33 und der Inhaber von Feinkost Dopper, der ein Ladenlokal in einem Neubau auf der Ecke bezogen hatte.

Jeden Sonntag zog Onkel Manfred mit dieser Skatrunde los, um den FC anzufeuern. In der Müngersdorfer Hauptkampfbahn gab es damals nur eine einzige Sitzplatztribüne an der Westseite. Mit Dopper und dem Blumenhändler fuhr Onkel Manfred auch zu den Auswärtsspielen im Ruhrgebiet, zum Beispiel gegen Rot-Weiß Essen, wo zu jener Zeit noch der legendäre Helmut Rahn spielte. 1959 wechselte Rahn zum 1. FC Köln. Anfang der Sechzigerjahre beendete er dann seine Karriere beim MSV Duisburg, der damals noch Meidericher SV hieß.

1960 stand der 1. FC Köln im Endspiel um die Deutsche Meisterschaft. Alle waren natürlich überzeugt, dass der FC gewinnen würde. Onkel Manfred gab schon Tage vor dem Spiel bei dem Blumenhändler einen Siegerkranz in Auftrag, und die Schleife zierte der Text: *Dem Deutschen Meister 1960 – 1. FC Köln.* Der Blumenhändler selbst wiederum ließ von der Schneiderin in der Domstraße in seine FC-Fahne *Deutscher Meister 1960* sticken. Der Skatclub reservierte im Hotel Platz einen Tisch für die Siegesfeier.

Doch dann verlor der FC im Frankfurter Waldstadion das Endspiel gegen den Hamburger SV knapp mit 2:3 Toren. Onkel Manfred war daraufhin so frustriert, dass er nie wieder ein FC-Spiel besuchte, sondern nur noch sein Büro als Kartenvorverkaufsstelle zur Verfügung stellte. Er war auf diese Einnahmen angewiesen, weil seine Aufträge als Detektiv nicht genügend abwarfen.

Der Blumenhändler überließ später die FC-Fahne mit dem eingestickten falschen Meisterschaftsdatum seinem Sohn Adi, der nun mit Dieter und Henner, mit meinem Vetter Georg und mir samstags zu den Bundesligaspielen loszog. Eine Eintrittskarte für Schüler kostete damals 1,50 Mark. Anfangs lästerten die anderen Fans über die Fahne, doch letztlich respektierten sie die Haltung, die sich in dem aufgestickten falschen Text offenbarte: Schließlich hatten ja auch sie vor diesem Endspiel gegen den HSV nicht am bevorstehenden Sieg des FC gezweifelt.

Der 1. FC Köln wurde dann 1962 und 1964 tatsächlich Deutscher Meister, was Onkel Manfred wieder etwas versöhnlicher stimmte.

Der Mann, der die Treppe heraufgepoltert kam und sich dann schwer atmend durch die Tür in mein Büro schob, war bestimmt nicht auf der Suche nach einem Optiker.

Er mochte fünfundvierzig oder sechsundvierzig Jahre alt sein und hatte schütteres, dunkelblondes, leicht gelocktes Haar. In ein paar Jahren würde er vielleicht eine Glatze haben. Seine Figur war kräftig und zeigte eine Vorliebe für gutes Essen. Richtig dick war er nicht, aber er zählte zu den Kandidaten, denen die Hausärzte gerne zu mehr Bewegung raten.

Das war also Rainer Kentenich. Er hatte am Vortag angerufen und einen Termin ausgemacht, und jetzt kam er fast eine Viertelstunde zu früh in mein Büro geschnauft. Kentenich trug Blue Jeans und einen braun-weiß gestreiften Pulli mit Reißverschluss und dickem braunen Kragen. Er hatte eine gelb-braune Lederjacke an. Alles in allem sah er ziemlich nichts sagend aus. Er gehört zu jenen Typen, die man in einem rosa Pyjama auf die Straße schicken kann und die dann immer noch völlig nichts sagend aussehen. Er hatte ein ziemlich glattes, fast pausbäckiges Gesicht, trug eine randlose Brille und öffnete seinen Mund zu einem breiten Lächeln.

»Sie sind Herr Bär ... nicht wahr?«

»Ja, außer mir gibt es hier sonst niemanden. Ich bin ein Einmann-Betrieb. Eine Ich-AG, wie man heute sagt.«

Kentenich arbeitete als Kassierer und Tankwart an einer Tankstelle am Eifelplatz. Das hatte er mir schon am Telefon erzählt. Was er von mir wollte, hatte er mir allerdings am Telefon nicht erzählen wollen. Er nahm umständlich auf dem Besucherstuhl vor meinem Schreibtisch Platz und zog ein zusammengefaltetes Blatt Papier hervor, das er nun vorsichtig vor mir ausbreitete und glatt strich.

Es war eine Rechnung aus dem Jahre 1964. Ausgestellt von Manfred Bär. Über 150 Mark. Ich rechnete schnell nach. Heute würde eine solche Summe eine Kaufkraft von etwa 700 Euro besitzen. Bei dem Tarif, den ich meinen Klienten berechne, wären das knapp zwei Tagessätze.

»Ihr Detektivbüro hat schon mal für meine Familie gearbeitet.«

»Ja, wie ich sehe, war das vor vierzig Jahren. Manfred Bär war mein Onkel. Er ist aber schon längst tot.«

»Haben Sie über diesen Auftrag von damals noch Unterlagen, Herr Bär? Ich möchte Sie nämlich in derselben Sache noch einmal beauftragen. Ich habe diese Rechnung im Nachlass meines Onkels gefunden. Er ist vor einem halben Jahr an einem Herzinfarkt gestorben. Mit dreiundsiebzig Jahren. Er hatte vorher schon zwei Operationen hinter sich, fünf Bypässe ... Er war es, der damals die Detektei Bär beauftragt hatte ...«

»*Ihr* Onkel hatte also damals *meinen* Onkel als Detektiv angeheuert, Herr Kentenich? Und jetzt finden sich aus beiden Familien zwei Vertreter aus der nächsten Generation in derselben Sache noch einmal zusammen? Mein lieber Mann, so etwas habe ich wirklich noch nie erlebt! Das ist ja phantastisch! Ich nehme an, mein Onkel Manfred hat damals mit seinen Nachforschungen keinen Erfolg gehabt. Sonst säßen Sie jetzt nicht hier.«

Kentenich nickte. »Darf ich rauchen?«, fragte er.

Ich schob ihm den Aschenbecher hin. Ich selbst habe mir vor vier Jahren das Rauchen abgewöhnt, aber es stört mich nicht, wenn sich jemand in meiner Gegenwart über eine Zigarette hermacht. Diese Engstirnigkeit, wie sie in den USA üblich ist, finde ich bescheuert. Wenn du dir dort auf dem Times Square von New York eine Kippe anzündest, schauen sie dich an, als ob du gerade vor allen Leuten die Hosen heruntergelassen und auf den Bürgersteig gekackt hättest.

»Also, Herr Bär ... es geht um meinen Vater: Rudolf Kentenich. Er war ... nun ... er war das schwarze Schaf in der Familie. Man sprach nicht gerne über ihn. Wissen Sie, was ein Maggler ist?«

»Sicher. Ich bin gebürtiger Kölner. Mein Onkel Manfred hat in der Nachkriegszeit mit allen möglichen Sachen herumgemaggelt. Schwarzmarktgeschäfte, Schiebereien mit schwarz gebranntem Schnaps und so. Onkel Manfred kannte immer einen, der jemand anderen kannte, der wusste, wem gerade etwas vom LKW heruntergefallen war. Er maggelte mit Zigaretten, Kaugummi, Nylonstrümpfen, Uhren, Pelzen, Schmuck und Antiquitäten. Nach der Währungsreform 1948 war das aber vorbei. Irgendwann in den Fünfzigerjahren hatte er dieses Detektivbüro hier in Ehrenfeld übernommen.«

»Sehen Sie, und diesen Absprung hatte mein Vater wohl nie geschafft. Ich habe ihn nicht gekannt. Es hieß immer nur, er sei ein ... ein krimineller Hehler gewesen. Kurz nach meiner Geburt kam er in den Klingelpütz. Meine Mutter ließ sich von ihm scheiden und zog mit mir nach Düren. Kurz nach seiner Entlassung aus dem Gefängnis wurde mein Vater ermordet. In einer Kaschemme in der Machabäerstraße, die einen ziemlich üblen Ruf hatte. Als Bordellkneipe, als Gaunertreff, was weiß ich ... Die Kneipe hieß Sport-Casino.«

Hm ... Mein Vetter Georg und ich sind ja im Eigelsteinviertel groß geworden. An dieses Sport-Casino erinnere ich mich noch genau. Die Erwachsenen erzählten sich allerlei merkwürdige Dinge über diese Spelunke, aber die Details dieser Erzählungen versuchte man vor uns Kindern geheim zu halten. Uns wurde immer wieder eingeschärft, wir dürften bloß nicht vor dieser Kneipe spielen. Das sei viel zu gefährlich. Meistens waren an dieser Kneipe die Rollläden heruntergelassen. Die hölzerne Tür war recht massiv, und sie bot keinerlei Gelegenheit, einen Blick ins halbdunkle Innere zu werfen, aus dem manchmal heiseres Gelächter und der blecherne Klang einer Musikbox mit Schlagerschnulzen und Rock 'n' Roll drang.

Was sich in dieser finsteren Räuberhöhle abspielen mochte, malten wir als Neunjährige uns in den schillerndsten Farben aus. In unserer kindlichen Phantasie steigerten wir uns schließlich so sehr in diese Gräuelmärchen hinein, dass schon allein die bloße Erwähnung des Namens Sport-Casino uns schaudern ließ.

Frieder aus der Jakordenstraße dachte sich bei unseren Spielen in den Trümmerlöchern immer irgendwelche Mutproben aus. Wer traute sich, durch die Löcher, welche die Bomben im Krieg in die dicken Betondecken gesprengt hatten, ganz tief in diese halb verschütteten Keller hineinzukriechen? An der Ecke zur Domstraße waren nach Kriegsende von der Fassade nur noch mannshohe Mauerstümpfe übrig geblieben, über die wir in das Trümmergrundstück hineinkletterten. Aus den Schutthalden wucherten Brennnesselbüsche, Kletten und allerlei Unkraut, und bei einem dieser Löcher in der Betondecke konnte man an einer solchen Schutthalde herunterrutschen und dann durch ein unheimliches Labyrinth von feuchten und dunklen Kellergängen ans andere Ende des Grundstücks gelangen.

Manchmal forderte Frieder uns auch dazu heraus, einen Regenwurm zu essen, und eines Tages behauptete er, im Sport-Casino gäbe es nackte Frauen zu sehen. Einer von uns müsse sich das unbedingt angucken und den anderen davon berichten.

Es war ein heißer Sommertag gewesen, an dem die Tür zum Sport-Casino ausnahmsweise mal weit offen stand. Wir losten aus, wer sich dieser Mutprobe stellen musste, und das Los fiel auf Dieter. Der nahm nun all seinen Mut zusammen und stapfte klopfenden Herzens in die Kneipe hinein. Wir anderen warteten auf dem großen, platt gewalzten Trümmerfeld auf der anderen Straßenseite, das wir »Plätzchen« nannten.

Dieter kam erst nach zehn Minuten wieder heraus. Die Frauen dort seien überhaupt nicht nackt, erzählte er. Sie wären aber ganz freundlich gewesen und hätten ihm ein Glas Limonade gegeben, bevor sie ihn wieder hinausschoben. Leider sah gerade in diesem Moment eine Nachbarin, wie Dieter aus dem Sport-Casino kam. Sie erzählte das natürlich Dieters Mutter, die ihm abends eine deftige Tracht Prügel verabreichte. Die Angst, dass uns anderen auch eine elterliche Tracht Prügel drohen würde, hielt uns davon ab, diese Mutprobe zu wiederholen.

Kurze Zeit später passierte dort tatsächlich ein Mord. Die Kneipe wurde daraufhin von der Polizei dicht gemacht. Die Puffmutter, die in der ersten Etage über der Kneipe gewohnt hatte, verschwand.

Bald darauf wurde das Haus mit dem Sport-Casino abgerissen, weil sie mit dem Bau der Nord-Süd-Fahrt anfingen:

eine Schnellstraße, in jeder Richtung dreispurig, die sich von der Ulrepforte im Süden bis zum Ebertplatz im Norden quer durch die Innenstadt zieht. Sie schneidet am Offenbachplatz die östliche Seite mit den Wohn- und Bürohäusern ab, und sie haut eine brutale Schneise in das Eigelsteinviertel.

Links neben dem Sport-Casino war das Vorderhaus vollständig weggebombt worden. Im stehen gebliebenen Hinterhaus wohnte Dieters Familie, und dieses Haus riss man dann ebenfalls ab, desgleichen die benachbarte Volksschule Machabäerstraße.

Das Viertel geriet 1964 noch wegen zwei, drei anderen Morden in die Schlagzeilen. In einer Kneipe am Eigelstein gab es eine Messerstecherei, und die Lokalpresse nannte das Viertel nun »Klein Chicago«. Man richtete bald darauf eine neue Polizeiwache am Ursulaplatz ein.

Der Tote aus dem Sport-Casino war also Rudolf Kentenich gewesen, der Vater des Mannes, der jetzt vor mir saß und mich vierzig Jahre später wegen dieses Mordes engagieren wollte.

»Ich werde mal nachschauen, ob mein Onkel seine Notizen von damals aufbewahrt hat«, sagte ich zu dem Klienten auf meinem Besucherstuhl. »Aber was soll das jetzt noch bringen?«

»Der Mord konnte von der Polizei damals nicht aufgeklärt werden. Mein Onkel Franz, also der Bruder meines Vaters, hatte schließlich beschlossen, einen Detektiv zu beauftragen. Ich weiß nicht, wieso er ausgerechnet auf die Detektei Manfred Bär in Ehrenfeld kam.«

»Wahrscheinlich kannten sich unsere beiden Onkel schon vorher«, überlegte ich laut. »Manfred Bär lebte am Eigelstein, bevor er dieses Detektivbüro in Ehrenfeld übernahm. Er verlangte keine Mondpreise als Honorar, und er kannte sich in dem Milieu aus ... ich kann durchaus nachvollziehen, wieso ausgerechnet er von Ihrem Onkel diesen Auftrag bekam.«

»Aber Ihr Onkel Manfred Bär konnte den Mörder auch nicht überführen. Er tappte genauso im Dunklen wie die Polizei. Ich glaube auch nicht, dass es jetzt, vierzig Jahre später, noch möglich ist, Licht in dieses Dunkel zu bringen, Herr Bär. Die Tat ist bestimmt längst verjährt, und womöglich lebt der Mörder auch nicht mehr.«

»Mord verjährt nicht. Wenn ich tatsächlich auf neue Indizien stoßen sollte, müsste der Staatsanwalt den Fall noch einmal von vorne aufrollen.«

»Nun ja, Herr Bär ... eigentlich geht es mir primär gar nicht so sehr darum, nach vierzig Jahren endlich einen Mörder zu identifizieren. Sondern ... ich möchte einfach wissen, wer mein Vater war. Er wurde ermordet, als ich vier Jahre alt war. Meine Mutter, mein Onkel und alle anderen Verwandten sind inzwischen tot ... Zu Lebzeiten haben sie sich alle geweigert, über meinen Vater zu sprechen. Ja, er wurde im wahrsten Sinne des Wortes totgeschwiegen. Ich weiß nichts über ihn. Gar nichts. Aber es muss dort im Viertel doch noch Leute geben, die ihn gekannt haben. Ich selbst wüsste nicht, wie ich solche Nachforschungen anstellen sollte. Sie sind der Fachmann, Herr Bär. Rekonstruieren Sie seine Biografie, soweit das noch möglich ist. Das ist mein Auftrag an Sie. Ich kann es mir erst jetzt leisten, einen Detektiv zu engagieren, weil ich von meinem kürzlich verstorbenen Onkel Franz ein hübsches Sümmchen geerbt habe.«

»Falls Sie mit diesen Nachforschungen Ihren Vater rehabilitieren wollen, Herr Kentenich: Es kann durchaus sein, dass ich über ihn wenig Schmeichelhaftes herausfinde. Sie haben mir ja gerade erzählt, dass er wegen Hehlerei im Klingelpütz einsaß.«

Die Kinder im Eigelsteinviertel hätten damals bestimmt nicht mit Rainer Kentenich spielen dürfen. Wegen des schlechten Rufs, den sein Vater hatte. Deswegen war die Mutter nach der Scheidung mit dem Jungen nach Düren gezogen, wo niemand die Familie kannte und der kleine Rainer ohne das Stigma aufwachsen konnte, der Sohn eines Verbrechers zu sein. Doch irgendwann begann er, Fragen zu stellen. Und er bekam keine befriedigenden Antworten. Er litt ziemlich stark darunter, und dieses Gefühl des Leidens wurde im Laufe der Jahre immer stärker. Der ermordete Vater blieb ein Phantom.

Außer der vierzig Jahre alten Rechnung der Detektei Bär hatte er nur ein paar alte Zeitungsausschnitte, einer davon trug die Schlagzeile *Mord im Sport-Casino.*

Die Kneipe war seit Tagen geschlossen gewesen, weil die Wirtin zu Verwandten nach Hannover gereist war. Als sie zurückkam, fand sie im Thekenraum die Leiche ihres Stammgastes Rudolf Kentenich. Er wurde in dem Artikel nur als »Rudolf K.« erwähnt und war an einem Messerstich gestorben. Seine Leiche wies Spuren eines Kampfes auf, und in der Kneipe war bei einer wüsten Schlägerei auch einiges zerdeppert worden. Man fand Blutspuren, aber mit den damaligen Methoden der Kriminaltechnik konnte man all diese Spuren nur unzureichend auswerten.

Kurz zuvor hatte es einen Überfall auf einen Juwelier am Eigelstein gegeben. K. stand im Verdacht, als Hehler Abnehmer der Beute gewesen zu sein. Hatte es Streit zwischen K. und den Juwelenräubern gegeben? Hatte einer von ihnen K. abgestochen?

»Der Schmuck von dem Überfall blieb übrigens verschwunden«, erzählte mir sein Sohn. »Mein Onkel Franz war wohl auf die Belohnung scharf gewesen, die für die Wiederbeschaffung ausgesetzt war. Nicht zuletzt deswegen hatte er einen Detektiv beauftragt. Aber die Beute ist bis heute nicht wieder aufgetaucht.«

»Wahrscheinlich sind die Gold- und Silberringe, Armreifen und Ketten eingeschmolzen worden«, gab ich zu bedenken. »Die Schmucksteine hat man separat verkauft. Natürlich nicht in Kölner Hehlerkreisen, sondern im Ausland. Wenn Ihr Vater tatsächlich mit diesen Gangstern zu tun hatte, die den Überfall auf den Juwelier durchgeführt haben, dann war die Beute nach der Ermordung Ihres Vaters einfach zu heiß.«

Er nickte zustimmend. Die Polizei schnüffelte überall herum. Sie führte Razzien durch, sie verhaftete ein paar Verdächtige und ließ sie wieder laufen, als der Verdacht sich nicht bestätigte. Sie quetschte ihre Spitzel aus, was man sich im Milieu erzählte ...

Alle stadtbekannten Hehler hätten die Finger davon gelassen und die kleinen Maggler erst recht, die mit angeblich todsicheren Tipps fürs nächste Pferderennen durch die Kaschemmen zwischen Heumarkt und Gereonswall zogen, und die auch schon mal eine goldene Armbanduhr aus der Schweiz günstig abzugeben hatten.

Ein merkwürdiger Auftrag. Rainer Kentenich verlangte nach Informationen, damit das äußerst blasse Bild, dass er in seiner Vorstellung von seinem Vater hatte, nun endlich konkrete Konturen bekam. Eigentlich hätte er lieber zu einem Psychologen gehen sollen, um sein Familiendrama aufzuarbeiten, aber er hatte sich eben für einen Detektiv entschieden. Die einzigen Erinnerungsstücke waren die Zeitungsartikel und Onkel Manfreds Rechnung – und das war ihm zu wenig.

Sicherlich wäre er mit einem ganz anderen Gefühl aufgewachsen, wenn er zwanzig Jahre früher geboren worden und sein Vater kurz darauf als Kriegsheld in Russland gefallen wäre. So aber musste der heranwachsende Rainer ertragen, dass die Verwandtschaft sich am Kaffeetisch viel sagende Blicke zuwarf, wenn das Gespräch auf ihn kam. Und dass man schnell das Thema wechselte und seinen Fragen auswich. Rudolf Kentenich sei ein »schlechter Mensch« gewesen, beschied man ihm. Als Rainer älter wurde und man glaubte, er könne nun die Wahrheit ertragen, da wurde Onkel Franz etwas deutlicher und erklärte seinem Neffen, der Vater sei »im Gefängnis gewesen«. Mehr aber wollte auch Franz Kentenich nicht verraten, dem die Rolle zugefallen war, da, wo der Vater fehlte, den Neffen ein wenig unter seine Fittiche zu nehmen.

Die Mutter indes war in ständiger Sorge, ihr Junge könnte auch auf die schiefe Bahn geraten, und dies versuchte sie durch eine besonders strenge Erziehung zu verhindern.

»Werd' bloß nicht so wie dein Vater«, hieß es immer wieder. Manchmal hatte Rainer den Eindruck, seine Mutter bestrafe ihn mit dieser erzieherischen Strenge für die Verfehlungen seines Vaters; er müsse die Suppe auslöffeln, und dabei wusste er noch nicht einmal genau, was ihm der Vater eigentlich in diese Suppe eingebrockt hatte.

Die Mutter traktierte ihn mit Verboten, deren Sinn er nicht immer einsehen konnte. Rainer durfte sich manche Filme im Kino oder im Fernsehen nicht anschauen, weil sie glaubte, dies hätte auf den Sohn einen verderblichen Einfluss. Sie kontrollierte genau, was für Comic-Hefte er sammelte und mit den anderen Jungs tauschte, und dabei fiel alles außer Micky Maus und Fix & Foxi unter ihre persönliche Zensur.

Andere Mütter verbannten zwar auch Comic-Strips mit allzu viel Sex and Crime aus den Zimmern ihrer Kinder, aber bei Rainer Kentenich hatte eben alles immer mit seinem nebulösen Vater zu tun. Als er sich schließlich in der Pubertät für Mädchen zu interessieren begann und schon mal eine Freundin mit nach Hause brachte, die er in der Tanzstunde oder auf einer Lehrlingsfete kennen gelernt hatte, da musste er sich von seiner Mutter eine hochnotpeinliche Befragung über den familiären Hintergrund des Mädchens gefallen lassen: »Was ist denn ihr Vater von Beruf?« Meistens gelangte die Mutter dann zu dem vernichtenden Urteil: »Die ist nichts für dich!«

Als er an einem Samstagabend mal unbedingt in eine Dürener Disco wollte, die allerdings im Ruf stand, dort werde mit Dope gedealt, da brach seine Mutter in Tränen aus und schrie voller Hysterie: »Dein Vater hat sich auch immer nur in solchen Lokalen herumgetrieben!«

Es gab schließlich nur eine Möglichkeit, sich von dieser übergroßen Gluckenhaftigkeit seiner Mutter zu befreien: Er zog nach Köln. Das Verhältnis zur Mutter blieb bis zu deren Tod verkrampft und gespannt. Wenn er zu Weihnachten oder zu ihrem Geburtstag mal nach Düren fuhr, war er jedes Mal froh, wieder im Zug zurück nach Köln zu sitzen. Die Mutter beklagte sich über Rainers Einsilbigkeit, doch der mochte nicht erzählen, wie es ihm ging und was er in seiner Freizeit machte, mit wem er verkehrte und wofür er sich interessierte, denn auf jede Einlassung hätte sie ja nur wieder mit barschen Zurechtweisungen oder wüstem Geschimpfe reagiert.

Auf Fragen nach seinem Vater bekam er auch jetzt noch keine Antwort, und irgendwann gab er es auf, irgendwelche Fragen zu stellen. So schwiegen sich Mutter und Sohn bei ihren familiären Zusammenkünften einfach nur noch an.

Die Atmosphäre war auch nicht viel lockerer, wenn Onkel Franz mal zu Besuch war. Der beklagte sich schon mal, einen kriminellen Bruder gehabt zu haben, dies hätte ihm nur berufliche und sonstige Nachteile eingebracht. Erst neulich habe ihn auf dem Eigelstein ein älterer Herr angesprochen: »Sagen Se mal, Sie sin doch dä Kentenichs Franz? Wor dat nit Üre Broder gewäse, dä se do avjestoche han?« Nach all den Jahren sprach man ihn immer noch auf den Mord im Sport-Casino an. Und das war Franz Kentenich ungeheuer peinlich.

Ich saß an meinem Schreibtisch und hörte einfach nur zu, wie Rainer Kentenich mir seine Lebensgeschichte erzählte. Einem wildfremden Menschen, mit dem er nur einmal kurz telefoniert und den er bis vor zwanzig Minuten noch nie gesehen hatte.

Aber wem sonst hätte er seine Geschichte erzählen können? Offenbar gab es niemanden, dem er sich anvertraut hätte. Ich fragte ihn, ob er verheiratet sei und Kinder hätte; und wenn ja, was würde er seinen Kindern wohl über den Opa erzählen?

Rainer Kentenich schüttelte den Kopf. Er war Junggeselle geblieben. Ein kontaktscheuer, in sich gekehrter Mensch, ganz das Gegenteil eines lebenslustigen, fröhlichen, kommunikationsfreudigen Rheinländers. An den Karnevalstagen ging er nicht vor die Tür. Der Tanktwart Rainer Kentenich war auch sonst kein Freund von Geselligkeit.

Der Umzug von Düren nach Köln hatte ihm zwar vierzig Kilometer Distanz zu seiner herrischen Mutter, aber letztlich keine wirkliche Befreiung eingebracht. Natürlich hatte er auch das Viertel aufgesucht, in dem sein Vater vor vierzig Jahren als angeblicher Hehler lebte und in einer üblen Kaschemme zu Tode gekommen war.

Doch die Gegend zwischen Hauptbahnhof und Ebertplatz hat sich inzwischen so stark verändert, dass es einfach sinnlos war, sich genau dort, wo früher das Sport-Casino war, an die Kreuzung Turiner Straße/Machabäerstraße zu stellen und auf das große Wandbild an der Fassade der Kreuzkirche zu starren, das ein Rembrandt-Motiv mit einem gekreuzigten Jesus zeigt, und auf die Rückfront vom Savoy-Hotel, wo sie im Erdgeschoss für die Gäste der Bar eine Herrentoilette mit einem riesigen Aquarium haben. Ich war neulich mal mit Vetter Georg in dieser Hotel-Bar gewesen und musste aufs Klo. Man hat das Gefühl, die Fische schauen einem beim Pinkeln zu.

Ich saß also da und hörte mir Rainer Kentenichs Geschichte an. Als er damit fertig war, kam ich an die Reihe. Er hatte ein glückliches Händchen, sich ausgerechnet an mich zu wenden. Denn ich habe ja die gleichen Milieukenntnisse wie seinerzeit Onkel Manfred, der aus genau diesem Grund von Franz Kentenich mit Nachforschungen beauftragt worden war.

Ich merkte, wie wichtig es für meinen Klienten war, ihm zu erzählen, wie es damals rund um das Sport-Casino ausgesehen hatte. Er hing an meinen Lippen, und er schien jedes meiner Worte aufzusaugen wie ein Verdurstender einen Schluck Wasser. Doch mein Vetter Georg, der Kunstkritiker, sagt immer, über Dinge, die man sich anschauen kann, soll man nicht quatschen, denn das visuelle Erlebnis bei der Bildbetrachtung sei viel eindringlicher und das Gerede darüber viel distanzierter und abstrakter. Und so ähnlich war es auch jetzt: Ich konnte meinem Klienten viel plastischer vermitteln, in welchem Milieu sein Vater vor vierzig Jahren gelebt hatte, indem ich ihn einfach zu meinen Streifzügen mitnahm.

»Haben Sie jetzt noch ein bisschen Zeit, Herr Kentenich? Eine Stunde vielleicht? Der Regen hat aufgehört. Ich würde dann jetzt sofort mit meinen Recherchen anfangen. Sie können mich gerne heute Nachmittag begleiten.«

2. Kapitel

Von Piano Justen sieht man bemalte Klaviertasten an der Fassade. In dem Ladenlokal ist heute ein Feng-Shui-Center. Direkt daneben war der düstere Eingang zur Volksschule gewesen. Aber das weiß Rainer Kentenich nicht. Das heutige Erscheinungsbild des Viertels verrät ihm nichts.

Es liefert ihm keine Informationen über seinen Vater, und es liefert ihm genauso wenig Informationen über die Sechzigerjahre, als der Skilift als Höhepunkt der Zivilisation galt, als Kurt-Georg Kiesinger wegen seiner Nazi-Vergangenheit geohrfeigt wurde, als die Rentner stinkende Zigarren mit Namen wie Handelsgold, Weiße Eule oder Tropenschatz rauchten, und als man Whisky-Gläser mit Schottenmustern bedruckte.

Damals konnte man eine gewisse Weltläufigkeit nur aus James-Bond-Filmen gewinnen, die darin gipfelte, dass man den Martini gerührt und nicht geschüttelt trank, pflaumenblaue Samtjacketts zu weißem Rollkragenpullover trug und sich die Haare in die Stirn kämmte. Fan einer Beat-Band zu sein war eine Glaubensfrage: Entweder man war für die Beatles oder man war für die Rolling Stones.

Das AOK-Gebäude sah damals ganz anders aus. Die Kellerschächte vor der Fassade waren mit quer liegenden Gittern aus Stacheldraht abgedeckt. Wir kletterten als Kinder über ein kniehohes Mäuerchen auf diese Drahtgitter, auf denen man sehr vorsichtig balancieren musste, denn wenn man mit dem Fuß abrutschte und das Bein zwischen zwei Stacheldrahtreihen hinuntersackte, konnte man sich schon ziemlich böse verletzen.

Rechts neben dem Haupteingang lag im Erdgeschoss die Wohnung des Hausmeisters. Er war einer der ersten in der Straße, der sich schon 1960 einen Fernseher angeschafft hatte. Von der Straße aus konnten wir uns die Olympischen Spiele in Rom ansehen. Wir erlebten mit, wie Wilma Rudolph die Goldmedaille gewann. An manchen Nachmittagen hatten wir auch die Chance, die Wildwest-Serie *Texas Rangers* zu verfolgen, aber dabei mussten wir mucksmäuschenstill sein; denn wenn uns der Hausmeister vor seinem Fenster bemerkte, zog er wütend die Vorhänge zu.

Vor dem Krieg war in diesem Gebäude eine Verwaltungsstelle der Nazi-Partei gewesen. Am Ende des AOK-Blocks war ein großes Garagentor, das uns als Fußballtor diente. Wenn wir den Ball zu laut gegen das Tor bollerten, kam der Hausmeister herausgerannt und jagte uns fort. Vielleicht hatte dreißig Jahre zuvor auch Rudolf Kentenich hier Fußball gespielt und war ebenfalls von einem Hausmeister verjagt worden. Um 1933 oder 1934 muss der Vater meines Klienten in dem gleichen Alter gewesen sein wie wir als Volksschüler, die heimlich einen Blick in das übel beleumdete Sport-Casino zu werfen versuchten.

»Meine Familie lebte damals in der Domstraße«, sagte Rainer Kentenich.

»Das ist gleich hier um die Ecke«, erklärte ich ihm.

Wenn uns der Hausmeister von der AOK nicht wegscheuchte, dann der Metzger Hubert Kallrath aus dem Nachbarhaus. Ich erinnere mich noch gut daran, wie das meckernde Lachen des Metzgers aus der Wurstküche durch die angrenzenden Höfe drang.

Kallrath bewahrte die Rosenmontagszugkamelle immer bis St. Martin auf. Wenn wir im November mit unseren Martinslaternen in seiner Metzgerei das Lied anstimmten, »Dä hellige Zinter Mätes, dat wor ne jode Mann, dä jov de Kinder Kääze und stoch' se selver an«, dann steckte uns der Metzgermeister großzügig ein paar von diesen alten Karnevalskamelle zu, die inzwischen steinhart waren.

Neben der Metzgerei war die Schuhmacherwerkstatt, die einer der Skatkumpel von Onkel Manfred betrieb. In diesem Ladenlokal ist heute eine Beratungsstelle für Mädchen auf Trebe.

Prostitution hat es im Eigelsteinviertel immer schon gegeben. Im Stavenhof soll sich sogar Friedrich Nietzsche die Syphilis geholt haben. In den Sechzigerjahren fiel den Politikern nichts anderes ein, als eine neue Polizeiwache einzurichten, deren abschreckende Wirkung auf die Zuhälter, Diebe und Hehler jedoch relativ gering war. Die Kriminalstatistik änderte sich erst ein wenig, als sich die Bevölkerungsstruktur wandelte.

Wo in der Straße Unter Krahnenbäumen früher der Schrotthändler August Kaufen residierte, hatte in den Neunzigerjahren ein weltberühmter Maler sein Atelier. Ein Bild von ihm kostet heute mindestens 100.000 Euro. Ein bekannter Fernsehmoderator zog in die Lübecker Straße, und er lässt sich gerne von den Lokalreportern fotografieren, wie er bei den türkischen Händlern in der Weidengasse Lammfleisch, frische Minze und exotisches Gemüse kauft.

Aber trotz dieses sozialen Wandels ist in vielen Großstädten, in Frankfurt etwa und auch in Köln, nach wie vor das Bahnhofsviertel ein bevorzugtes Auffangbecken für die Gestrandeten und Gestrauchelten, die sich in schäbigen kleinen Hotels verkriechen, an deren Rückfront die ICE-Züge aus der Bahnhofshalle gleiten.

Manche warten dort in muffigen Zimmern mit Stockflecken auf der vergilbten Tapete darauf, dass ihnen jemand gefälschte Papiere vorbeibringt, die ihnen endlich eine legale Existenz erlauben. Manche warten hier auf den nächsten Schuss Heroin. Manch einer taucht hier unter, wie sich damals wohl auch die Räuber nach dem Überfall auf den Juwelier und ein paar Tage später ebenso der Mörder von

Rudolf Kentenich in einer solchen Absteige versteckt hatten, immer bereit, sofort aus dem Fenster in den Hof hinunterzuspringen und im Labyrinth dieser Höfe mit einer Kartoffelhandlung, Garagen und wackligen Schuppen zu verschwinden, wenn eine Razzia drohte.

In dunklen Ecken an der Bahnunterführung, wo immer Wasser von den Eisenträgern heruntertropft, flanieren Frauen auf und ab, die für das Pascha in der Hornstraße oder für Jobs in den Sauna-Clubs inzwischen zu alt sind. Aber auch Siebzehnjährige mit ungesund bleicher Haut, mit tiefen dunklen Augenhöhlen und völlig apathischem, glanzlosem Blick. Vierzehnjährige, die nicht wissen, wo sie hin sollen. Deswegen haben sie in der alten Schuhmacherei eine Beratungsstelle für Probleme mit Armutsprostitution und Drogen eröffnet.

Ich habe schon erwähnt, dass auf dem Grundstück neben dem Sport-Casino das Vorderhaus völlig zerbombt war. Nur von der Fassade war noch ein Stück bis zum ersten Stock stehen geblieben. An der Innenseite dieser Mauer war ein Wasserhahn. Unsere Clique erlaubte sich den bösen Scherz, ihn aufzudrehen und das Wasser einfach laufen zu lassen.

Im Hinterhaus, wo auch Dieter wohnte, lebte ein Kriegskrüppel namens Leske, der mit seinen zwei Beinprothesen nur mühsam vorankam. Er trug immer einen grauen Kittel und ein grünes Jägerhütchen. Wir hämmerten mit Stöcken so lange auf den metallenen Mülltonnen herum, bis Leske aus seiner Wohnung gehinkt kam und drohend seinen Stock schwang. Wir machten uns aus dem Staub, nur Frieder ließ ihn immer ganz nah an sich herankommen, bis Leske ihn fast greifen konnte, und dann erst haute auch Frieder ab.

Wenn Leske den rauschenden Wasserhahn wieder zugedreht hatte, war sein wütendes Geschimpfe noch bis zum »Plätzchen« auf der anderen Straßenseite zu hören, und dann schaute auch manchmal die Puffmutter vom Sport-Casino oben aus dem Fenster, weil sie wissen wollte, was denn da auf der Straße schon wieder los war.

Dieses eingeebnete Trümmerfeld, das wir »Plätzchen« nannten, erstreckte sich über drei Häuserblocks von der Maximinenstraße am Hauptbahnhof bis zu der hohen Mauer, die neben dem AOK-Gebäude den Schulhof der Volksschule Machabäerstraße abgrenzte. Genau über dieses »Plätzchen« verläuft heute die Nord-Süd-Fahrt.

An der Allerheiligenstraße lagen die Ruinen der alten Gummifabrik Osselmann: Der hohe Schornstein war intakt geblieben; er war so eine Art Wahrzeichen im Eigelsteinviertel, genau gegenüber der Gaffel-Brauerei. Als dieser Schornstein abgetragen wurde, war das der Lokalpresse sogar einen längeren Bericht wert.

Zwischen den Mauerresten lagen noch ein paar alte Gummimatten herum. In der Mitte des zerbombten Fabrikhofes war eine rechteckige Vertiefung im Boden mit zwei dicken, breiten Stahlschienen. Ein Mann in einem ölverschmierten Arbeitsanzug reparierte hier Autos, die er auf diesen rostigen Stahlschienen über das Loch rollte, um dann von unten an den Autos herumzuhämmern oder mit dem Schweißgerät zu hantieren.

Meistens verjagte er uns Kinder, genau wie der Hausmeister von der AOK, der Metzger Kallrath und der invalide Nachbar Leske.

»Dreckelige Pänz, maht bloß, dat ihr fottkütt. He hatt ihr nix verlore.«

Aber wenn der Automechaniker nicht da war, am Samstagnachmittag zum Beispiel, dann hatten Frieder, Dieter, dessen Bruder Deddy, Adi, mein Vetter Georg, ich und die anderen Jungs aus dem Viertel die gesamte Fabrikruine für uns. Das war unser Indianerfort, das wir mit Pfeil und

Bogen gegen die »Kraate« aus Unter Krahnenbäumen verteidigten.

»Kraat« heißt im kölschen Dialekt Kröte. Damit bezeichnete man die krakeeligen Leute aus dem Subproletariat, aus den sozialen Problemvierteln. Die ursprünglichen Bewohner von Unter Krahnenbäumen waren »Rhingroller« gewesen, die am Rheinufer die Schiffe entluden und die Fässer über den Kai rollten. Tagelöhner, Gelegenheitsarbeiter ... In den Sechzigerjahren erlebten wir Unter Krahnenbäumen, die Querstraße Krahnenhof und die angrenzende Straße Unter Kahlenhausen als eine Gegend, die man besser mied.

Die »Kraate« waren streitsüchtig, und wenn sie uns verprügelten, begründeten sie dies meistens mit den Worten: »Do häs mingem Broder jet jedonn«. Das stimmte natürlich nicht; sie benötigten einen solchen Vorwand einfach nur als rituelle Eröffnung für eine Klopperei, bei der sie meistens in der Überzahl waren. Selbst Frieder und Adi, die in unserer Clique die Kräftigsten waren, holten sich bei den »Kraate« schon mal eine blutige Nase.

Hätten wir damals als Straßenkinder im Grundschulalter meinen jetzigen Klienten Rainer Kentenich gekannt – wir hätten ihn bestimmt auch als »Kraat« angesehen.

Karneval verkleideten wir uns als Cowboys und Indianer. Nur an den Karnevalstagen durften wir unsere Knallplättchenrevolver mit uns führen und damit draußen spielen. Aschermittwoch wurden diese Spielzeugwaffen mit den Kostümen wieder sorgfältig weggepackt. Wir schnitzten uns daraufhin Holzstücke als Revolver zurecht, aber mein Vater ermahnte mich einmal, man ziele nicht mit einer Waffe auf Menschen, auch nicht zum Spaß.

Für die Spielzeugpistolen, die wir uns dann heimlich kauften, mussten wir arbeiten. Adi und ich sammelten auf den Trümmerfeldern rostige Eisenteile und verkauften sie an den Schrotthändler August Kaufen in Unter Krahnenbäumen für drei Pfennig pro Kilo.

An einem Nachmittag verdienten wir 20 oder 25 Pfennig, und wir hatten das Gefühl, der Ertrag hätte höher sein müssen. Wir glaubten, der Schrotthändler würde uns bescheißen, und so versuchten wir ohne schlechtes Gewissen, den Schrotthändler ebenfalls übers Ohr zu hauen, indem wir in dem zerbeulten Koffer, in dem wir den Ertrag unserer Sammelei transportierten, irgendwelchen wertlosen Dreck unter das Eisen mischten, um den Koffer schwerer zu machen.

Der Schrotthändler durchschaute jedoch den Trick und blaffte uns an: »Wat es dat dann för ne Driss? Dat es doch kein Ieser!«

Wir antworteten darauf mit Unschuldsmiene: »Och, wie es dat dann en dä Koffer jekumme?«

August Kaufen hatte uns schon mehrmals gezeigt, wie Eisen, emailliertes Aluminiumblech und Kupfer aussieht und uns erklärt, für »Juss«, Gusseisen, zahle er am meisten. Das wurde wieder eingeschmolzen. Er kaufte auch Stofflumpen und zusammengeschnürte Packen mit Zeitungen an. In der Nachkriegszeit wurde grundsätzlich nichts weggeworfen, was man noch irgendwie gebrauchen konnte.

Einen Nachmittag lang halfen wir dem alten Sievers in der Domstraße, seinen Keller zu entrümpeln und den Prüll zum Schrotthändler zu karren. Das brachte jedem von uns noch einmal 30 Pfennig ein. Der alte Sievers pflegte im Suff immer völlig wirres Zeug zu reden. Das fand seine Frau einmal so beängstigend, dass sie den Arzt rief: »Herr Doktor, mein Mann ist verrückt geworden!«

Der Arzt hörte sich das Gebrabbel an und sagte: »Das ist Latein.«

Frau Sievers erzählte nun ganz stolz überall im Viertel herum, dass ihr Mann neuerdings Lateinisch sprechen könne. Sie verschwieg allerdings, dass er diese Fähigkeit nur im Vollrausch hatte. Der alte Sievers selbst begann, sich für ein Genie zu halten. Ein Genie entrümpelt seinen Keller nicht selbst, und deswegen überließ er diese Arbeit Adi und mir.

Die Knallplättchenpistolen kosteten um die vier Mark, und als wir das Geld endlich beisammen hatten, kauften wir diese Waffen im Kiosk Keulemanns in der Domstraße, gleich neben der Kneipe Em Dömche. Später bekam Keulemanns eine saftige Ordnungsstrafe aufgebrummt, nachdem die Schwester Oberin vom Ursulinenkloster angezeigt hatte, dass Keulemanns an uns dicke Silvesterkracher verkauft hatte. Die durften nicht an Personen unter achtzehn Jahren abgegeben werden, und wir hatten diese Böller ausgerechnet im Flur der Klosterschule explodieren lassen, weil der Krach dort so schön hallte.

Natürlich durften wir unsere neuen, heimlich gekauften Pistolen nicht nach Hause mitnehmen. Wir versteckten sie daher in der alten Gummifabrik. Dort gab es Stellen, die nur durch eine äußerst waghalsige Kletterei zu erreichen waren, und an diese Stellen gelangte niemand außer uns. Selbstverständlich hielten wir das Versteck vor Frieder und den anderen geheim.

Wenn ich so ein Typ wie Rudolf Kentenich wäre und mir damals nach dem Überfall am Eigelstein ein Beutel mit Juwelen in die Finger gefallen wäre, dann hätte ich diesen Schmuck wahrscheinlich genauso in der alten Fabrikruine versteckt, an solch einer ziemlich unzugänglichen Stelle. Ich hätte abgewartet, bis sich die Aufregung gelegt hätte ...

»Die haben den Schmuck damals an den falschen Stellen gesucht«, sagte ich zu Kentenich junior. »Die Polizei war einfach nicht in der Lage, sich in die Denkweise der Räuber hineinzuversetzen. Deswegen haben sie die Beute aus diesem Raubüberfall nicht gefunden.«

»Aber Ihr Onkel auch nicht, Herr Bär!«

»Da haben Sie Recht, Herr Kentenich. Aber er hatte als Privatdetektiv ja auch nicht die Möglichkeit, in diesem Viertel jedes Haus vom Keller bis zum Speicher zu durchsuchen.«

»Sie nehmen also an, die Räuber hatten den Schmuck nach dem Überfall irgendwo in der Nähe des Tatorts versteckt? Wie kommen Sie darauf, Herr Bär? Es wäre doch auch möglich, dass sie die Beute sofort einem Hehler überlassen haben, der das Zeug ins Ausland schaffte ...«

»Der Hehler soll doch Ihr Vater gewesen sein ... Zumindest wurde das damals in der Presse so angedeutet ...«

»Sie meinen, mein Vater hatte vor seiner Ermordung im Sport-Casino noch keine Gelegenheit, die Beute loszuwerden?«

»Genau das meine ich, Herr Kentenich, denn Hehlerkontakte bedeuten immer ein Risiko für einen Dieb. Wenn sich der Kreis der Mitwisser vergrößert, sickert meistens auch schnell etwas durch. Irgendein Zuträger, ein Spitzel, der etwas aufschnappt, der Ihren Vater mit irgendwem zusammen gesehen hat, der hätte bestimmt den Mund aufgemacht. Um die Belohnung zu kassieren. In Mordfällen, bei denen die Polizei nicht weiterkommt, setzt sie oft eine Belohnung für sachdienliche Hinweise aus, die zur Überführung des Täters führen. Und ich nehme an, dass der Juwelier sein Inventar versichert hatte. Die Versicherung hätte für die Wiederbeschaffung des geraubten Schmucks bestimmt auch etwas springen lassen. Glauben Sie mir, Herr Kentenich, der Schmuck wäre bald wieder aufgetaucht.«

Wir waren vor der alten Schuhmacherwerkstatt stehen geblieben, in der sich jetzt diese Drogenberatungsstelle befindet. Rainer Kentenich zündete sich schon wieder eine Zigarette an. Ich hatte den Eindruck, dass er ein ziemlich starker Raucher war.

Neben der Schuhmacherwerkstatt gab es in dem Eckhaus bis in die Sechzigerjahre einen Bilderladen, in dem man billige Öldrucke kaufen konnte. Die hinteren Räume bewohnte Onkel Manfred. Als er im Krieg Frontsoldat war und der Radiohändler Wieseneck ausgebombt wurde, verfügten die Behörden die Einquartierung der Familie Wieseneck in den Räumen von Onkel Manfred. Als Onkel Manfred dann aus dem Krieg zurückkam, musste er sich mit Wiesenecks arrangieren: Sie lebten mit vier Personen in der Wohnküche, und Onkel Manfred schlug sein Feldbett in dem anderen, kleineren Zimmer auf. Bald darauf eröffnete der Radiohändler Wieseneck ein Geschäft auf dem Eigelstein, an der Ecke Unter Krahnenbäumen (UKB), in einem zerbombten Haus, bei dem man das Erdgeschoss und den ersten Stock wieder notdürftig hergerichtet hatte, und dort wohnte er dann auch mit seiner Familie in der ersten Etage.

Die Kentenichs hatten sich direkt nach dem Krieg in ähnlicher Weise mit zwei kleinen Zimmern in der Domstraße begnügen müssen. Der halbwüchsige Franz Kentenich lebte mit seiner Mutter, der Oma und einer ausgebombten Tante, die aus Neuss zu ihren Kölner Verwandten gezogen war, in einem Altbau neben dem Eckgrundstück zur Dagobertstraße.

Man hatte im Sommer 1945 den rauchenden Trümmerschutt von diesem Grundstück in den Grüngürtel an der Inneren Kanalstraße geschafft, wie auch das zersprengte Gestein von den anderen Ruinenfeldern. Von der Kreuzkirche in der Machabäerstraße war nur die Jugendstilfassade stehen geblieben, und zwei Häuser neben der Ursulinenschule gab es ein tiefes Trümmerloch, das uns als Vorposten unseres Indianerforts diente, schon gefährlich nahe am Territorium der UKB-Kraate. Adi und ich bauten uns dort aus alten Brettern, morschen Dachlatten und Ziegelsteinen ein Häuschen, und wir machten dort auch inmitten des Unkrautgestrüpps ein Lagerfeuer. Das Häuschen wurde in unserer Abwesenheit allerdings immer wieder zerstört. Wir hatten natürlich die UKB-Kraate in Verdacht, aber später erfuhren wir durch irgendeinen blöden Zufall, dass Frieder aus der Jakordenstraße der Übeltäter war.

Die anderen Häuser in der Domstraße gegenüber der Textilfabrik Bierbaum-Proenen hatten den Krieg halbwegs unbeschadet überstanden. Rainer Kentenich hatte außer den alten Zeitungsausschnitten im Nachlass seines kürzlich verstorbenen Onkels Franz auch noch einen alten Wohneinweisungsschein gefunden. Als der ältere Bruder Rudolf Kentenich im Juni 1945 aus amerikanischer Kriegsgefangenschaft entlassen wurde, »entlaust und ohne ansteckende Krankheiten«, wie der vergilbte Ausmusterungsbescheid festhielt, da sorgte die Mutter dafür, dass nicht wie zwei Blocks weiter bei Manfred Bär in der Machabäerstraße irgendwelche wildfremden Menschen zur ihr in die Wohnung zwangseinquartiert wurden, sondern stattdessen lieber der erwachsene Sohn Rudolf. Bei Kriegsende 1945 waren 90 Prozent der Kölner Innenstadt zerstört gewesen, und eine behördliche Wohnraumzwangsbewirtschaftung gab es bis 1959.

Manfred Bär war ungefähr zur gleichen Zeit im Frühsommer 1945 aus der Kriegsgefangenschaft nach Köln zurückgekehrt wie Rudolf Kentenich, mit 40 Reichsmark Entlassungsgeld. Dafür gab es auf dem Schwarzmarkt am Eigelsteintor aber noch nicht einmal zehn Ami-Zigaretten. Ein Pfund Bohnenkaffee war schon in den letzten Kriegsmonaten mit 300 Mark gehandelt worden. Was neunzehn Jahre später mit einem tödlichen Messerstich im Sport-Casino endete, das hatte eine Vorgeschichte, die in diesen Hungerjahren zwischen den Schuttbergen in den Straßen rund um die zerstörte Kirche St. Kunibert und dem Eigelstein begann.

Wir standen in der Domstraße vor dem Kiosk Keulemanns, den heute ein türkischer Besitzer betreibt, und ich erzählte meinem Klienten gerade die Geschichte mit den Silvesterkrachern, als uns Peter Sievers entgegenkam. Der Sohn von dem Latein-Genie. Wir hatten uns seit Jahren nicht gesehen, aber er erkannte mich sofort. »Sag ens, bist du nit dä Bär?«

»Klar, un du bist dä Sievers Pitter!«

»Ich han jehoot, du bes och Detektiv jewoode. Wie dinge Onkel ...«

Peter Sievers war Beamter bei der Stadtverwaltung geworden. Ich hatte ihn noch als den wilden Indianer unserer Kindheit vor Augen, in der abgewetzten Lederhose, ein Stirnband um den Kopf, mit einem Bambusspeer ... als sie damals die Nord-Süd-Fahrt in dieser Trümmerwüste anlegten, empfand ich das so, als ob die Zivilisation sich unserer Prärie bemächtigte, und Peter Sievers, der davon geträumt hatte, eines Tages nach Amerika auszuwandern und dort Trapper zu werden, der fristete nun ein Dasein als biederer Beamter drüben auf der anderen Rheinseite in Deutz, im Technischen Rathaus neben der Kölnarena.

Ich stellte ihm Rainer Kentenich vor und erzählte Peter Sievers, dass wir unser altes Viertel auf den Spuren von Rudolf Kentenich durchstreiften. Irgendwie reagierte Peter Sievers merkwürdig darauf. Er schaute Rainer so komisch von der Seite an, als ob er sich von ihm eine ansteckende Krankheit fangen könnte, und dann brach er unser Gespräch ab und verabschiedete sich ziemlich hastig.

Komisch. Die bloße Erwähnung des Namens von Rudolf Kentenich ließ die Leute noch vierzig Jahre später zusammenschrecken.

Als uns dann kurze Zeit später Karin Bendler auf dem Eigelstein über den Weg lief, reagierte sie so ähnlich wie Peter Sievers, sobald ich ihr erzählte, wer mein Begleiter war und warum ich Rainer Kentenich im Schlepptau hatte. Karin Bendler war die Tochter des Konditoreibesitzers, bei dem wir damals immer den Kuchen für den Sonntagskaffee gekauft hatten. Sie ging in die Ursulinenschule. Damals hatte sie lange blonde Haare gehabt und war unheimlich hübsch gewesen. Im Tanzschulkurs hatten wir alle versucht, sie anzubaggern, aber das Rennen machte dann Henner Krause. Er durfte ihr Tischherr beim Abschlussball sein. Ausgerechnet der schlurfige Henner Krause ... der hatte den ganzen Tanzkurs lang so getan, als ob er sich für Karin gar nicht interessieren würde, während wir anderen bei jedem Tanz das Mädchen mit unseren Sprüchen zusülzten. Eine Woche vor dem Abschlussball kam Henner angeschlichen und fragte sie ganz cool, ob sie seine Tischdame sein wolle, und sie sagte zu unserer aller Verblüffung: »Ja.«

Jetzt trug sie die Haare ziemlich kurz, und sie waren goldbraun gefärbt. Als ich den Namen Kentenich erwähnte, sagte sie etwas schnippisch, die Zeiten seien ja wohl längst vorbei, als das Eigelsteinviertel »Klein Chicago« genannt wurde. Nun ja, sie hatte so einen bescheuerten Immobilienheini geheiratet, der sich darauf spezialisiert hatte, teure Eigentumswohnungen an irgendwelche Fuzzies aus der Werbebranche und dem Mediengeschäft zu verkloppen. Der Kerl hatte einen Teil der Häuser am Stavenhof saniert und pries die Gegend in seinen Prospekten nun als »gehobene Urbanität« an, was allerdings glatt gelogen war. Dass ich mit dem Sohn eines echten Gangsters durch die Gegend zog, schien Karin Bendler überhaupt nicht zu gefallen, und sie benahm sich Rainer Kentenich gegenüber so merkwürdig, als ob schon seine bloße Anwesenheit die Immobilienpreise verderben würde. Jedenfalls gab diese dumme Pute uns ziemlich deutlich zu verstehen, dass Typen wie wir nicht zu dieser »gehobenen Urbanität« passten, die ihr Mann hier vermarkten wollte. Aber was soll's, dieser ätzende Immobilienarsch würde mit seiner Kampagne eine glatte Bauchlandung hinlegen. Man würde diesem Lügenbold nämlich niemals glauben, dass aus dem Eigelstein inzwischen so etwas wie die Düsseldorfer Königsallee geworden sei.

3. Kapitel

Es war ganz gut, dass Rainer Kentenich mich auf meinem ersten Recherche-Streifzug durch das alte Viertel begleitet hatte, denn so bekam er hautnah mit, dass ich mir für ihn wirklich die Hacken ablief, und dass es ziemlich schwierig werden würde, etwas über seinen Vater Rudolf Kentenich herauszufinden. In dem Haus, in dem sich früher das Eisenwarengeschäft Schnorrenberg befand, hat heute ein »Veedelsmanager« sein Büro. Er ist für kulturelle Belange, vor allem aber für die Interessen des Einzelhandels zuständig. Doch er konnte uns nicht weiterhelfen. Er selbst hat keine Unterlagen aus den Sechzigerjahren, aber er schickte uns immerhin zum Vorsitzenden des Geschichtsvereins, einem pensionierten Französischlehrer vom Dreikönigsgymnasium, der am Sudermanplatz wohnt, doch der wollte auch von »diesen alten Gangstergeschichten« nichts wissen und schickte uns wieder fort. Warum er sich so benahm, wurde mir sofort klar, als ich mir den Prospekt anschaute, den er mir in die Hand gedrückt hatte: Sein Geschichtsverein wurde vom Immobilienbüro Kastenholz-Bendler gesponsert.

»So kommen wir nicht weiter. Ich fahre jetzt erst mal nach Ehrenfeld zurück und schaue mir in meinem Büro die Unterlagen an, die mein Onkel Manfred von damals aufbewahrt hat. Dann überlege ich mir eine Recherche-Strategie. Ich rufe Sie dann morgen oder übermorgen mal an!« Mit diesen Worten verabschiedete ich mich von meinem Klienten.

Der kurze Spaziergang durchs Viertel hatte aber gereicht, um jemanden aufzuschrecken. Es hatte sich verdammt schnell herumgesprochen, dass Rainer Kentenich zusammen mit einem Detektiv dort aufkreuzte und in den alten Geschichten herumstocherte, und irgendjemandem gefiel das überhaupt nicht.

Ich hatte gerade die Unterlagen aus Onkel Manfreds Archiv auf meinem Schreibtisch ausgebreitet, als das Telefon klingelte.

»Bär? Detektei Bär?«

»Ja, am Apparat. Mit wem spreche ich?«

Der Anrufer wollte seinen Namen nicht nennen. Er hatte eine raue, kratzige Stimme und hörte sich an wie jemand, der normalerweise nur Kölsch spricht, sich jetzt aber bemüht, Hochdeutsch zu reden. Eine Stimme, wie sie jemand hat, durch dessen Kehle jahrelang kaltes Bier und scharfe Schnäpse geflossen sind. »Ein guter Rat, Bär: Lassen Se die alten Jeschichten ruhen. Das bringt doch nix. Sagen Se dat dem jungen Kentenich ...«

»Moment mal, was soll das? Wer sind Sie?«

»Ich sage Ihnen dat jetzt mal im Juten. Aber wenn Se nit hören wollen, dann kann das für Sie und für den jungen Kentenich ziemlich unjemütlich werden. Ich verstehe keinen Spaß! Absolut nicht!«

Und damit legte er auf.

Mann, Bär, was soll das denn? Wer hat nach vierzig Jahren ein Interesse daran, dass der Mord im Sport-Casino immer noch nicht aufgeklärt wird? Und wer hat mitbekommen, dass Rainer Kentenich mir den Auftrag erteilt hat, da weiterzumachen, wo Onkel Manfred mit seinen Nachforschungen vor vierzig Jahren aufgehört hatte? Zu wem hatten wir bei unserem Rundgang heute Nachmittag Kontakt gehabt? Zu meinem alten Spielkameraden Peter Sievers, zu der Konditorstochter Karin Bendler, die den Immobilienmakler Heinz Kastenholz geheiratet hatte, zum Veedelsmanager, zum Vorsitzenden des Geschichtsvereins ... aber ich konnte mir nicht vorstellen, dass einer von denen einen Grund hatte, mich mit anonymen Drohanrufen zu bedrängen.

Hm, hm ... aber es ist im Eigelsteinviertel über Rainer Kentenich und mich herumgetratscht worden, und dieser

Tratsch hat jemanden aufgeschreckt, der sich vierzig Jahre lang in Sicherheit gewiegt hatte. Und dieser Jemand muss nun fürchten, dass ich auf etwas stoße, was ihn in verdammt große Schwierigkeiten bringt.

Ich versuchte, meinen Klienten zu erreichen, doch der hatte sein Handy abgeschaltet.

Wie ernst war diese Drohung zu nehmen? Wenn meine Nachforschungen wirklich jemanden in die Ecke trieben, dann wurde die Sache für meinen Klienten und mich tatsächlich gefährlich. Ich musste Rainer Kentenich warnen und versuchte erneut, ihn anzurufen. Sein Handy war immer noch abgeschaltet und auch an der Tankstelle am Eifelplatz konnte ich ihn nicht erreichen.

»Der Rainer? Der hat diese Woche Frühschicht ...«

Mist.

Sollte ich den Auftrag nun ablehnen? Sollte ich meinem Klienten nahe legen, auf gar keinen Fall auf eigene Faust herumzuschnüffeln? Ich konnte erst dann eine Entscheidung treffen, wenn ich mit meinem Klienten gesprochen hatte.

Hoffentlich war dem inzwischen nichts passiert. War das abgeschaltete Handy ein schlechtes Zeichen? Ich saß da und versuchte, meine innere Unruhe in den Griff zu kriegen. Keine Panik, Bär. Der Anrufer wird deinem Klienten erst dann ein Haar krümmen, wenn ihr weiter in der Vergangenheit herumwühlt.

Was war damals wirklich passiert? Ich nahm mir Onkel Manfreds Hinterlassenschaft vor, die er in dem alten Aktenschrank aufbewahrte, und die ich nun auf meinem Schreibtisch ausgebreitet hatte. Ein paar alte Steuerbescheide hatte er aufbewahrt, den Mietvertrag für das Detektivbüro und einen Quittungsblock. Dann gab es noch ein knappes Dutzend Schnellhefter mit Unterlagen seiner Aufträge. Die meisten Kunden hatten den Detektiv Manfred Bär wegen Objektschutz oder für die Einlasskontrolle bei Karnevalssitzungen angeheuert. Meistens bewachte er irgendwelche Baustellen, oder er schnüffelte hinter Scheidungsgründen her.

Er hatte heimlich Fotos gemacht, wie ein Mann im Trenchcoat und eine Frau in einem halblangen, aber atemberaubend engen Rock innig umschlungen in einem Hauseingang standen. Dasselbe Paar sah man auf einem anderen Foto an der Straßenbahnhaltestelle auf dem Ebertplatz, diesmal allerdings nicht eng umschlungen, sondern einfach nur nebeneinander stehend. Als die Bahn kam, verabschiedeten sie sich auf dem nächsten Foto mit einem Kuss voneinander. Im Hintergrund sah man deutlich den Pavillon in der Platzmitte, an dem man seinerzeit Fahrscheine, Zeitungen und Zigaretten kaufen konnte. Rings um das Dach dieses Pavillons verlief eine breite Verblendung mit einem 4711-Emblem. So hatte der westliche Teil des Ebertplatzes bis etwa 1970 ausgesehen.

Einer dieser Schnellhefter aus zerfledderter Pappe enthielt auch das Material über den Fall Kentenich.

Zu diesem Material gehörten auch einige Fotos, die Onkel Manfred in Innenräumen aufgenommen hatte. Aber weil er einsichtigerweise kein Blitzlicht verwenden konnte, hatten diese Fotos eine miserable Qualität. Alles war Grau in Grau. Onkel Manfred hatte wohl einen besonders lichtempfindlichen Film benutzt, aber der hatte den Nachteil, dass die Abzüge ziemlich grobkörnig waren.

Immerhin waren die abgebildeten Personen deutlich zu identifizieren, und das war ja wohl die Hauptsache gewesen. Ein Paar hatte an einem kleinen runden Tisch einen glitzernden Sektkübel mit einer Flasche und halbvollen Gläsern vor sich stehen. Diese Aufnahme war offensichtlich in einer Bar gemacht worden, in einer Sitznische vor einem völlig dunklen Hintergrund.

Ein kräftiger, aber schlanker Mann, der vielleicht acht- oder neununddreißig Jahre alt war, mit schwarzen, öligen Locken und einem exakt ausrasierten Schnäuzer, hatte seinen Arm um die Schultern einer Frau gelegt. Unter einem dunklen Anzug mit breiten Nadelstreifen trug er ein einfaches, offenes Hemd mit knülligem Kragen. Die Frau rauchte eine filterlose Zigarette. Sie hatte ein helles Kleid an, mit einem tief ausgeschnittenen Dekolleté, das für die spießige Zeit um 1960 ziemlich wagemutig war. Die Frau auf diesem Foto war hellblond, wahrscheinlich hatte sie ihre Haare mit Wasserstoff gebleicht. Die Haare waren in leichten Wellen zurückgekämmt, sie wurden von einem Stirnband gehalten, das wohl dieselbe helle Farbe hatte wie das Kleid. Sie trug ziemlich große Ohrringe und hatte einen hellen Lippenstift aufgelegt, wahrscheinlich rosa. Sie lächelte kokett, ihre ebenmäßigen, weißen Zähne blitzten in der milchigen, grauen Schicht der Fotoemulsion.

Irgendwie kam mir diese Frau bekannt vor ... Ich dachte nach. Starrte das Foto an ... Mann, wer war das bloß? Bär, du hast diese Frau doch schon irgendwo mal gesehen ... und dann fiel der Groschen: Ja, das war die Wirtin vom Sport-Casino. Die Puffmutter, die immer neugierig aus dem Fenster geschaut hatte, wenn in dem Hof nebenan der Kriegskrüppel Leske losschimpfte, weil wir wieder den Wasserhahn aufgedreht hatten!

Dann enthielt der Schnellhefter Zeitungsausschnitte, wie sie auch Rainer Kentenich im Nachlass von seinem Onkel Franz gefunden hatte. Die Bebilderung dieser Zeitungsartikel bestätigte meine Vermutung: Die blonde Frau, die Manfred Bär heimlich mit einem Kavalier beim Sekttrinken aufgenommen hatte, war die Wirtin vom Sport-Casino. Erika G. In einer anderen Bildunterschrift wurde sie schließlich auch mit vollem Namen genannt: Erika Gellert.

Ich wusste aus den Erzählungen von Onkel Manfred, dass er bereits 1945 im Sport-Casino verkehrt hatte. Einer der Zeitungsartikel aus dem Jahre 1964 gab das Alter von Erika Gellert mit siebenunddreißig Jahren an. Dann war sie 1945 allerdings noch zu jung gewesen, um bereits in der Besatzungszeit eine Konzession für diese Kneipe gehabt zu haben, als Onkel Manfred hier geschmuggelten Moselwein anschleppte. Onkel Manfred hatte 1945 keinen Job gehabt, und er war wie wahrscheinlich auch die Gebrüder Kentenich zum Schuttabräumen zwangsverpflichtet worden. Dafür gab es einen Lohn von einer Reichsmark pro Stunde; das wusste ich aus seinen Erzählungen. Die Banken und Sparkassen hatten zwar schon wieder provisorische Schalter in düsteren Ladenlokalen eröffnet, in denen der Kalk von der Decke rieselte, aber sie hatten kaum Kunden. Denn für Papiergeld bekam man noch nicht einmal seine Lebensmittelmarken eingelöst.

Die Regale der Bäckereien und Metzgereien waren zumeist leer. Es gab in jenen Wochen unmittelbar nach Kriegsende noch 6000 funktionierende Autos in Köln, die aber OB Konrad Adenauer allesamt beschlagnahmen ließ, um damit Gemüse und Schlachtvieh aus dem Umland heranzuschaffen. Doch auch das genügte nicht, um jedem seine Tagesration von etwa 1000 Kilokalorien zu garantieren. Meinem Onkel und den Gebrüdern Kentenich ging es damals genauso dreckig wie allen anderen im Viertel: Immer knurrte der Magen, Tag für Tag, und immer waren sie auf der Suche nach etwas Essbarem. Nach zwölf Stunden Schuttabräumen tauschte Onkel Manfred bei einem Schwarzhändler am Eigelsteintor einen Karton Glühbirnen gegen ein Stück Speck, das bestimmt aus einer Schwarzschlachtung stammte. Einer dieser Schwarzhändler war vielleicht Rudolf Kentenich gewesen. Die dunkle Turmnische, von deren Gewölbe zum Gedenken an die Toten des Ersten Weltkriegs der Rest eines hölzernen Rettungsbootes der MS Cölln herunterhängt, bot eine recht gute Abschirmung vor den Patrouillen der Militärpolizei.

Acht Monate lang, seit November 1944, hatte der Postverkehr geruht, bis die ersten Briefträger wieder loszogen und auch das kleine Postamt in der Dagobertstraße wieder geöffnet hatte, direkt bei den Kentenichs um die Ecke. Schräg gegenüber machte Karl Lämmle in seinem Wohnzimmer einen Frisiersalon auf, und das Interieur dieses Wohnzimmersalons blieb dann bis in die Siebzigerjahre unverändert. Karl Lämmle beherrschte nur den Militärschnitt. Vetter Georg und ich wurden von unseren Müttern rigoros zu diesem altmodischen und schon etwas zittrigen Friseur geschleift, der uns im Sommer immer einen »Mecki« schneiden musste, einen kurzen Stoppelschnitt. Im Winter durften wir die Haare etwas länger tragen, und ich versuchte, mit viel Pomade eine Elvis-Presley-Tolle hinzukriegen. Frieder aus der Jakordenstraße war der Einzige von uns, der sommers wie winters solch eine pomadenglänzende Entenschwanzfrisur tragen durfte, und Frieder wich von diesem Rock 'n' Roll-Haarschnitt auch dann nicht ab, als die Beatles mit ihrer Pilzkopf-Frisur in Mode kamen und die Fans sich die Haare in die Stirn kämmten.

Der erste zivile Personenzug, der am 24. Mai 1945 wieder den Kölner Hauptbahnhof verließ, fuhr nur bis Pulheim. Als am 1. Juni 1945 schließlich die ersten Straßenbahnen wieder ihren Betrieb aufnahmen, waren freilich nur noch siebenunddreißig Waggons intakt. Onkel Manfred musste zu Fuß ins Severinsviertel oder bis nach Nippes gehen, wo er Schuhe mit Pappsohlen von seinem Nachbarn, dem Schuhmacher, gegen eine Flasche schwarz gebrannten Fusel eintauschte. Den Schnaps verhökerte er wiederum an einen der Maggler am Eigelsteintor, und was er dann an Kartoffeln oder Speck dafür bekam, teilte er redlich mit dem Schuhmacher. Das ging einige Male gut, aber als die Pappsohlen bei schlechtem Wetter schließlich völlig durchgeweicht waren, konnte sich Onkel Manfred bei dem Schnapsbrenner nicht mehr blicken lassen.

Hamsterausflüge ins Umland bedeuteten beschwerliche Fußmärsche über knüppelige Straßen mit Bombentrichtern, und ich kann mir gut vorstellen, dass Onkel Manfred versuchte, seine Maggeleien auf eine bequemere Weise durchzuziehen. Man musste nur wissen, wer etwas Lohnendes zu verkaufen hatte, um seine Not zu lindern, und bei wem man das Zeug dann schnell wieder los wurde und mit Gewinn gegen etwas anderes eintauschen konnte: zum Beispiel bei jemandem wie Rudolf Kentenich.

Die Leute verhökerten damals alles für einen Laib Brot, für einen Bund Zwiebeln oder einen Kohlkopf. Sie trennten sich von Schmuckstücken und Silberbesteck, und als der Juwelier und Uhrmacher Günter Pellenz ein neu hergerichtetes Ladenlokal auf dem Eigelstein bezog, stellte er ein Schild ins leere Fenster: *Kaufe Zahngold an.*

Der Blumenhändler und die anderen Kumpel aus Onkel Manfreds Skatrunde sind einmal sogar nachts in den Zoo eingebrochen, um dort eines der Wildschweine zu erschlagen und fortzuschaffen, was ihnen aber nicht gelang, denn sie sind von den Zoowärtern entdeckt und verjagt worden.

Moselwein aus der französischen Besatzungszone war besonders rar und vor allem bei den Gastronomen gefragt, die sonst nur schales Dünnbier und den schwarz gebrannten, kratzigen »Knolli Brandy« ausschenkten. Onkel Manfred konnte über einen Eisenbahnschaffner diesen Wein heranschaffen, und er versorgte ein paar Kneipen im Viertel damit. Zu den Abnehmern von Onkel Manfreds Wein gehörte auch das Sport-Casino in der Machabäerstraße.

In der Besatzungszeit war das Sport-Casino eine so genannte Off-limits-Bar gewesen, in der nur Besatzungssoldaten verkehrten. Den Einheimischen war der Zutritt verwehrt. Ich glaube mich zu erinnern, dass wir in den Sechzigerjahren beim Spielen auf dem »Plätzchen« mal ein paar belgische Soldaten aus dieser Kneipe kommen sahen. Das waren freilich zu jener Zeit längst keine Vertreter einer Besatzungsmacht mehr, sondern Soldaten eines befreundeten NATO-Partners. Damals durften sie aber nur in Uniform ausgehen – in grünen, eng geschnittenen Flanelljacken, gleichfarbigen Hosen und mit einem Barett auf dem Kopf. Das »Fraternisierungsverbot«, das jeglichen privaten Kontakt zwischen Besatzern und deutscher Zivilbevölkerung untersagte, ließ sich aber schon 1945 nicht mit der gewünschten Rigorosität durchsetzen. Kurz nach Kriegsende gab es in Köln bereits wieder zwanzig Bordelle, und eines davon war eben das Sport-Casino. Hier soffen erst die US-GIs, die im März 1945 Köln erobert hatten, später dann die britischen Sergeants einträchtig mit den Schwarzmarktbaronen vom Dom und vom Eigelsteintor, mit den kleinen Schmugglern und Hehlern und mit großspurigen Zuhältern den Moselwein, den Onkel Manfred herbeigeschafft hatte. Manch ein deutscher Kriegsveteran schlich sich wohl auch heimlich in diese Kaschemme, und ein paar protzige Schrotthändler, für deren Zunft goldene Zeiten angebrochen waren, weshalb sie keine Mühe hatten, den Liebeslohn in Form von Nylons, Chesterfield-Zigaretten und Corned-Beef-Büchsen bei den Mädchen abzuliefern.

Onkel Manfred verkehrte auch noch anderthalb Jahrzehnte später in diesem Lokal, wie die Fotos in dem Schnellhefter bewiesen, und als guter Bekannter von einem anderen Stammgast aus den guten alten Schwarzmarkttagen, nämlich Rudolf Kentenich, durfte er ungehindert diese Fotos von der Wirtin und ihrem Galan machen. Waren das rein private Fotos gewesen? Aus reiner Gefälligkeit für die beiden? Oder hatte es für den Detektiv Manfred Bär einen beruflichen Grund gegeben, diese Fotos zu schießen? Darauf gab der Schnellhefter leider keine Antwort.

Rudolf Kentenich muss fast noch ein halbes Kind gewesen sein, als man ihn zum Kriegsdienst in der Wehrmacht einzog. Wie auch Onkel Manfred, so hatte er auf den Schlachtfeldern ein paar ziemlich schlimme Dinge erlebt. Von Onkel Manfred weiß ich, dass diese Kriegserlebnisse ihm noch viele Jahre später fürchterliche Albträume verursachten.

Die meisten Landser kehrten nach der Kapitulation in ein bürgerliches Leben zurück, sofern ein solches Leben in jenen Hungerjahren überhaupt möglich war, in zugigen und feuchten Ruinenlöchern, in kalten Schuppen und Baracken. Aber einige dieser Landser waren durch ihre Kriegserlebnisse gründlich verkorkst, und sie fanden sich innerhalb einer bürgerlichen Ordnung schließlich nicht mehr zurecht.

Rückkehrer aus Gefangenschaft und Evakuierung strömten in die zertrümmerte Stadt zurück, Überlebende der KZs, Flüchtlinge und Vertriebene. Es waren jeden Tag rund 1000 Personen, und es gab kaum Wohnraum für sie. Am Stadtrand zimmerte man Holzbaracken zusammen. Es gab auch kaum etwas zu essen. Jeder maggelte sich so durch.

Da prallte alles Mögliche an Desillusionierung und seelischer Gebrochenheit zusammen, an praktischer Bauernschläue und aggressivem Überlebenswillen. Nackte Not und handfeste Aufbauenergie, Apathie und Beschiss, Amoral und tragische Schicksale. Von politischer Propaganda hatten sie alle die Schnauze gestrichen voll. Einer der ersten Karnevalsschlager der Nachkriegszeit hieß bezeichnenderweise: »Met uns mäht keiner dä Molli mieh.«

Sie alle hatten das Gefühl, dass der Krieg sie um Jahre ihres Lebens betrogen hatte, und Rudolf Kentenich mochte vielleicht geglaubt haben, er hätte ganz besonders ein Recht darauf, das Versäumte und Verlorene nun nachzuholen. Zum Beispiel im Sport-Casino, wo er und Manfred Bär eigentlich nicht sein durften, aber sie hatten einen britischen Militärpolizisten bestochen, der sie dort in Ruhe ließ, und der sie auch mit unterschlagenen Konservendosen aus einem Proviantlager der Besatzungsarmee versorgte. Und wenn es doch mal eine Razzia gab, dann verschwanden sie schnell durch eine Hintertür und über den Hof in das Trümmergrundstück, das sich an die Volksschule anschloss.

Als wir im ersten Schuljahr waren, hatte sich Dieter hier auf dieser Brachfläche den Arm gebrochen, als er auf dem dicken runden Balken einer hölzernen Barriere balancierte und abrutschte. Manchmal stellte hier auch jemand sein Auto ab, und Frieder aus der Jakordenstraße provozierte uns, wir hätten nicht den Mut, Steine auf das Auto zu werfen. Adi und ich packten uns jeder einen Ziegelstein. Der eine Stein traf die Motorhaube; der andere hinterließ einen dicken Sprung in der Windschutzscheibe. Plötzlich kam der Autobesitzer angerannt, und wir waren erstaunt, wie schnell ein Erwachsener laufen konnte. Natürlich beschwerte sich der Autobesitzer bei unseren Eltern. Adis Vater gab sich nach außen hin gelassen: »Regt üch nit esu op, dat zahlt unsere Haftpflichtversicherung.«

Doch als der Typ weg war, verabreichten uns unsere Väter eine deftige Tracht Prügel.

Onkel Manfred versuchte sich in den Fünfzigerjahren als Handelsvertreter und Marktschreier, auch mal als Kartenabreißer in einem der Kinos auf dem Ring, aber meistens gab er diese Jobs nach kurzer Zeit wieder auf. Zwischendurch handelte er wieder mit Schmuck und anderem Zeug, was er gerade in die Finger bekam. Und ich halte den Gedanken für nicht allzu abwegig, dass einer der Abnehmer von Onkel

Manfreds Maggelware in jenen Jahren immer wieder der Hehler Rudolf Kentenich war.

Und als dieser 1964 ermordet wurde und die Polizei im Dunklen tappte, da entschloss sich dessen Bruder Franz, einen Detektiv anzuheuern. Nicht irgendeinen, sondern Manfred Bär, von dem Franz sicherlich gewusst hatte, dass er jahrelang mit dem Ermordeten gekungelt und gesoffen hatte.

Ich versuchte erneut, meinen Klienten zu erreichen, und diesmal hatte ich ihn an der Strippe. »Hatten Sie vorhin auch einen anonymen Drohanruf, Herr Kentenich?«

»Einen ... was? Nein, nein, mich hat niemand angerufen. Ich hatte zwischenzeitlich aus Versehen mein Handy abgeschaltet.«

»Ich weiß.« Ich berichtete ihm kurz von dem Anruf.

Er konnte sich keinen Reim darauf machen.

»Haben Sie irgendjemandem erzählt, dass Sie einen Detektiv anheuern wollten, Herr Kentenich? Weiß außer den Leuten, mit denen wir uns heute Nachmittag auf der Straße unterhalten haben, noch jemand, weshalb wir beide uns im Eigelsteinviertel umgesehen haben?«

»Nein. Bestimmt nicht. Nein, Herr Bär, ich kann mir das nicht erklären ... Wollen Sie den Auftrag nun stornieren?«

»Dann würden Sie einen anderen Detektiv beauftragen, nicht wahr? Sicherlich würde der Anrufer dies einkalkulieren. Er würde versuchen, auch diesen anderen Detektiv mit solchen Drohanrufen unter Druck zu setzen. Wenn er feststellt, dass Sie sich nicht einschüchtern lassen, könnte er auf die Idee kommen, Ihnen einen Denkzettel zu verpassen!«

Er schwieg.

»Herr Kentenich! Sind Sie noch dran?«

»Ja ... Sagen Sie, Herr Bär, können Sie mir eine Waffe besorgen?«

»Nein. Die Waffengesetze sind inzwischen ziemlich verschärft worden. Sie dürfen heutzutage noch nicht einmal so ohne weiteres mit einer Gaspistole durch die Gegend rennen. Außerdem – wenn Sie keine Ahnung haben, wie man mit einer Schusswaffe umgeht, sollten Sie sowieso die Finger davon lassen.«

»Sollen wir zur Polizei gehen?«

»Ich weiß nicht. Die richten eine Fangschaltung ein ... aber solange nicht tatsächlich etwas passiert ist, bekommen Sie von denen auch keinen Personenschutz rund um die Uhr.«

Er schwieg wieder. Nach einer Weile sagte er mit belegter Stimme: »Also keine Polizei ... Was meinen Sie, Herr Bär? Wollen wir weitermachen? ... Ich, ich zahle Ihnen auch eine Gefahrenzulage ...«

»Nein, das ist nicht nötig. Wegen eines einzigen dämlichen Anrufs streicht die Detektei Bär noch nicht die Segel. Aber ich ziehe von nun an allein los. Falls mich jemand beschatten sollte und ich das merke, kann ich ihn besser abhängen, wenn ich allein unterwegs bin. Und Sie bleiben sowieso besser aus der Schusslinie.«

Dann wechselte ich das Thema und stellte ihm ein paar Fragen zu seinem Onkel Franz. Als wir schließlich das Telefonat beendeten, hatte sich Kentenich auch wieder beruhigt und empfand meinen Bericht über den Drohanruf als nicht mehr ganz so dramatisch.

Mit der gleichen Mischung aus einer mütterlichen Besorgtheit, die sich ins Panische steigerte, und einer barschen Strenge, wie sie Rainer bei seiner Erziehung erlebte, hatte auch zwei Jahrzehnte zuvor in der unmittelbaren Nachkriegszeit die Großmutter in der Domstraße versucht, der Gefahr entgegenzuwirken, dass der jüngere Bruder Franz die gleiche kleinkriminelle Karriere einschlug wie sein Bruder Rudolf.

Als Rudolf aus der Kriegsgefangenschaft zurückkam, da blieb er seinem jüngeren Bruder fremd. Und als Rudolf dann recht bald eine kriminelle Energie zu entwickeln begann, die ganz deutlich über jenes Maß hinausging, mit dem in dieser Zeit jeder sich durch Kohlenklau und Schwarzhandel über Wasser hielt, da kam es wohl irgendwann zu einem tiefen Zerwürfnis zwischen Rudolf Kentenich und seiner Familie. Er wurde aus dem Kentenich-Clan ausgestoßen, und Franz kam noch nicht einmal zu Rudolfs Beerdigung.

4. Kapitel

Nach dem Telefonat mit Rainer Kentenich nahm ich mir die alten Zeitungsausschnitte vor. Sie enthielten eine Menge interessanter Informationen, aber nicht den geringsten Hinweis, weshalb vierzig Jahre später immer noch jemand die Aufklärung des Mordes verhindern wollte und mich deswegen am Telefon bedrohte.

Drei Männer hatten am helllichten Tage den Juwelier und Uhrmacher Günter Pellenz auf dem Eigelstein überfallen. An einem Samstag, kurz vor Geschäftsschluss um 14 Uhr, wo auf der Straße noch ziemlich viel los war. Ganz schön dreist. Sie waren mit vermummten Gesichtern in den Laden gestürmt und hatten Pellenz mit Pistolen bedroht; und einer schlug ihn dann nieder. Sie rafften aus der Thekenvitrine verschiedene Halsketten, Ringe, Broschen und Ohrclips zusammen, scheinbar wahllos, aber im Polizeibericht wurde der Wert der Beute mit 40.000 Mark beziffert. Wenn man bedenkt, dass sich in den vergangenen vierzig Jahren die Preise für Konsumgüter im Durchschnitt vervierfacht haben, dann läge der Wert des geraubten Schmucks heute bei 80.000 Euro.

Augenzeugen hatten gesehen, wie die drei dann aus dem Laden gestürmt sind. Sie rannten über den Eigelstein, an dem Fahrradladen Gold-Rad vorbei, und flüchteten dann weiter die Machabäerstraße hinunter. Aus dem Eiscafé an der Ecke hatte man ihre Flucht genau beobachten können, und natürlich wagte es niemand, sich ihnen in den Weg zu stellen.

Ab diesem Punkt begannen die Zeugenaussagen dann, sich zu widersprechen. Ein Passant wollte gesehen haben, dass einer der beiden Räuber in dem Eingang neben dem

Sport-Casino verschwunden sei. Also in dem zerbombten Hof, wo wir immer den hinkenden Leske mit dem Aufdrehen des Wasserhahns ärgerten. Aber dort hätte die Flucht in einer Sackgasse geendet. Die Mauer zum benachbarten Schulhof war viel zu hoch: Ohne eine lange Leiter wäre für den Flüchtenden hier Endstation gewesen. Natürlich hatte die Polizei alle männlichen Bewohner des Hinterhauses überprüft. Leske schied wegen seiner Behinderung aus, und alle anderen waren zu der Zeit auf Arbeit. Als Busfahrer, als Kellner, als Anstreicher. Die Alibis waren wasserdicht.

Ein anderer Zeuge wollte gesehen haben, wie dieser Räuber nicht neben dem Sport-Casino, sondern in der Kneipe verschwand. Das bestritt allerdings die Wirtin Erika G. Die Kneipe sei noch geschlossen gewesen, und sie selbst habe nach einem Einkaufsbummel über die Hohe Straße dort noch eine Weile in einem Café gesessen und sich mit einem Bekannten unterhalten. Auch diese Behauptung wurde von der Polizei genau überprüft und konnte nicht widerlegt werden.

Einig waren sich die Augenzeugen nur darüber, dass die zwei anderen vor der Kreuzkirche auf unser »Plätzchen« abgebogen und dann über diese Brachfläche in Richtung Hauptbahnhof verschwunden seien. An dem alten, düstergrauen Betonbunker an der Ecke Domstraße/Brandenburger Straße wurden sie zum letzten Mal gesehen. Ob sie die Beute noch dabei hatten, konnte natürlich keiner bestätigen.

Komisch, wieso flohen die eigentlich zu Fuß? Nun ja, auf der Straßenseite, wo sich der Juwelierladen befand, herrscht heute absolutes Halteverbot. Der Eigelstein war aber auch vor vierzig Jahren schon ziemlich stark befahren; bereits damals wäre es gewiss nicht so einfach gewesen, wenn ein vierter Komplize genau vor dem Geschäft im Wagen gewartet und den Verkehr blockiert hätte. Und wenn sie ihren

Wagen um die Ecke in der Machabäerstraße geparkt hätten? Hm, Bär, dann wäre eine Flucht in Richtung Rhein oder Bahnhof unmöglich gewesen, wohin sie ja zu Fuß abgehauen waren.

Im Unterschied zu heute waren in den Sechzigerjahren die Machabäerstraße und die Domstraße nämlich in genau der entgegengesetzten Richtung Einbahnstraße. Ihre Flucht hätte also nach wenigen Metern in einem Autostau auf dem Eigelstein enden können ...

Warum hatten die drei Räuber keinen Fluchtwagen organisiert? Ganz einfach: Sie brauchten keinen. Denn sie würden das Viertel bei ihrer Flucht nicht verlassen. Sie würden die Beute einfach irgendwo in der Nähe verstecken und sich dort andere Klamotten anziehen. Wenn sie dann – natürlich getrennt – brav nach Hause oder in eine der Kneipen auf dem Eigelstein gingen, würde niemand sie wiedererkennen. Und gute Verstecke gab es hier jede Menge, das wusste ich ja von unseren kindlichen Indianerspielen.

Bestimmt hatten vor vierzig Jahren die Ermittlungsbeamten und der Detektiv Manfred Bär die gleichen Überlegungen angestellt wie ich jetzt bei der Durchsicht von Onkel Manfreds vergilbtem Nachlass. Aber sie waren damit nicht weitergekommen.

Es hatte aufgrund der Zeugenaussagen eine Hausdurchsuchung im Sport-Casino gegeben, obwohl die Wirtin ein Alibi hatte. Sie war tatsächlich zur Tatzeit in einem Café auf der Hohe Straße gewesen. Aber das musste nichts heißen. Schließlich hätte sie ja die Tür zu ihrem Puff einfach offen lassen können, und der dritte Räuber konnte dann auch in ihrer Abwesenheit das Haus betreten. Die Hausdurchsuchung verlief jedenfalls erfolglos.

Die Polizei hatte es damals nicht für nötig gehalten, die Trümmerlöcher in der Umgebung abzusuchen. Die Ruinen der Gummifabrik Osselmann. Die haben sich bestimmt gedacht: Unsinn, wer nutzt schon diese Ruinen als Versteck? Höchstens Indianer spielende, zehnjährige Straßenjungs. Ich musste grinsen, als ich mir vorstellte, sie hätten doch das Gelände abgesucht und dann statt der Juwelen die Spielzeugpistolen von Adi und mir gefunden. Es musste allerdings außer Adi und mir jemanden gegeben haben, der das Pistolenversteck kannte. Eines Tages waren nämlich unsere schönen silberglänzenden Knallplättchenpistolen mit den schwarzen Plastikgriffen verschwunden.

Wenige Tage nach dem Überfall passierte dann der Mord im Sport-Casino. Erika Gellerts Alibi war auch diesmal wasserdicht. Nicht nur die Verwandten in Hannover bestätigten ihre Anwesenheit an jenem Tag, den der Gerichtsmediziner als das Datum von Rudolf Kentenichs Ermordung annahm. Auch ein niedersächsischer Taxifahrer konnte sich an sie erinnern. Wie Rudolf Kentenich und sein Mörder in das geschlossene Lokal eindringen konnten, ließ sich leicht erklären. Von der Kneipentür kursierten mehrere Schlüssel. Es seien in der letzten Zeit mehrere Schlüssel verbummelt worden, und möglicherweise habe sie auch Rudolf mal einen solchen Schlüssel geliehen. Beim Eisenwarengeschäft Schnorrenberg auf dem Eigelstein bestätigte man jedenfalls, dass Erika Gellert im letzten halben Jahr »mindestens acht oder neun Mal« einen Schlüssel habe nachmachen lassen.

Die Zeitungen verkniffen sich die Feststellung, dass es sich bei dieser Kneipe mit angeschlossenem »Hotelzimmer« in Wirklichkeit um einen Bordellbetrieb handelte. Es wurde lediglich angedeutet, dass es gegen die Wirtin schon drei- oder viermal Anzeigen wegen Verstoßes gegen den »Kuppeleiparagraphen« gab, und es gab auch aus anderen Gründen, zum Beispiel wegen häufiger Schlägereien, seitens des Ordnungsamts die Androhung, ihr die Schankkonzession zu entziehen. Aber sie konsultierte einen cleveren Anwalt, der es verstand, sie jedes Mal herauszuhauen: Kanzlei Dr. Hans Sommerschladen auf dem Hansaring.

Onkel Manfred hatte auch diesen Anwalt gut gekannt, und er hatte häufig Anekdoten über den alten Sommerschladen zum Besten gegeben. Ein kauziger Typ, der den Ruf eines Winkeladvokaten hatte und der schon so ziemlich jeden schweren Jungen verteidigt hatte, der zwischen Unter Kahlenhausen und dem Stavenhof groß geworden war. Meistens konnte man ihn in dem Weinhaus an der Ecke Lübecker Straße/Ecke Gereonswall antreffen, das gleichzeitig Ausschank für die Brennerei auf der anderen Straßenseite war. Heute befindet sich in diesem Lokal am Eigelsteintor ein Szene-Bistro.

Neben dieser Brennerei war damals ein Wettbüro. Hier mischten sich Onkel Manfred und der Anwalt Dr. Hans Sommerschladen unter die Rentner, die raffiniert zurechtgekniffene Hütchen trugen und in dieser verqualmten Halle ihre Tage vertrödelten. Manche hatten so einen kantigen Gesichtsausdruck wie Eddie Constantine. Der Boden dieser Wettannahmestelle war mit weggeworfenen wertlosen Wettscheinen übersät, und aus dem Lautsprecher drang die große weite Welt der Rennbahnen von Auteuil, Maisons-Laffitte und Vincennes mit donnerndem Hufgetrappel und der Stakkatostimme eines Reporters. Sieg, Platz, Einlaufwette.

Manche dieser alt gewordenen Zocker hatten in der Schwarzmarktzeit nach dem Krieg einen Steinwurf weiter am Eigelsteintor herumgelungert, und die meisten von ihnen waren damals schon Mandanten von Dr. Hans Sommerschladen gewesen, von dem es hieß, seine Kanzlei am Hansaring sei bis unter die Decke mit der Maggelware vollgestopft gewesen, die seine Klienten bei ihm dort eingelagert hatten, um sie vor dem Zugriff durch die britische Militärpolizei zu sichern. In einem der Zeitungsartikel, die Onkel Manfred aufbewahrt hatte, stand über Dr. Sommerschladen: »Seine Nachkriegskarriere begann als Anwalt der Schwarzmarktbarone.«

Die Einrichtung ist heute sauber, freundlich und modern. Es hängen keine großen Papierbögen mit Tabellen mehr an der Wand, auf denen die Aufstellung der Rennpferde vor dem Start eingetragen ist. Computer lassen heute diese Infos über große Fernsehmonitore flimmern.

Damals, als dieses Wettbüro eine völlig verräucherte und verknarzte Bude war, gab es im Haus nebenan einen Briefmarkenladen. Adi und ich hatten uns angewöhnt, die Papierkörbe in der Hauptpost nach weggeworfenen Briefumschlägen mit Sondermarken und schönen, bunten ausländischen Marken zu durchwühlen. Anschließend versuchten wir unsere Ausbeute bei dem Briefmarkenfritzen loszuwerden. Der aber erklärte uns, er kaufe nur komplette Sätze an, jeweils gestempelt oder ungestempelt.

So tauschte ich denn bei Frieder in der Jakordenstraße einen roten Jaguar E aus der Matchbox-Serie und zwei andere Spielzeugautos gegen die Marken ein, die ich noch brauchte, um den gestempelten Freimarken-Satz mit dem Bildnis von Alt-Bundespräsident Theodor Heuss voll zu kriegen und an den Briefmarkenhändler zu verticken. Bei zwei Marken hatte mich Frieder allerdings beschissen, weil an den Ecken die Zacken abgerissen waren, was ich beim Tausch nicht bemerkt hatte, der Briefmarkenhändler aber sofort mit bloßem Auge sah. Frieder weigerte sich, den Tausch rückgängig zu machen. Er war älter und kräftiger als ich, und so konnte ich mich nicht auf eine Prügelei mit ihm einlassen und musste klein beigeben. Die fehlenden zwei Marken tauschte ich schließlich zwei Wochen später bei

Peter Sievers gegen meine Autoquartett-Spielkarten ein. Bei der Gelegenheit erzählte mir Peter Sievers, seit sein Vater sich das Saufen abgewöhnt habe, könne er auch kein Latein mehr.

Die Familienehre rettete dann mein Vetter Georg, indem er bei einem Tausch von Comic-Heften Frieder übers Ohr haute. Georg drehte ihm ein Tarzan-Heft an, bei dem eine Seite herausgerissen war. Als Frieder das später bemerkte und meinen Vetter zur Rede stellte, behauptete dieser steif und fest, das Heft sei bei dem Tausch in Ordnung gewesen, und ich trat als Zeuge auf, der Georgs Behauptung stützte. Natürlich war das gelogen, denn ich selbst hatte unmittelbar vor dem Tauschgeschäft mit Frieder aus Georgs Tarzan-Heft die Seite herausgerissen, um mich für die zwei beschädigten Briefmarken zu rächen. Das konnte ich mir nur leisten, weil ich genau wusste, dass Frieder die Hefte beim Tauschen nie Seite für Seite durchblätterte.

Am liebsten hätte Frieder den Konflikt durch eine Prügelei gelöst, aber Georg und ich hatten Dieter und Peter Sievers als Verstärkung herbeigerufen. Frieder wagte es nicht, sich gleichzeitig mit uns vieren anzulegen.

Wir hielten Kriegsrat in unserem Indianerfort, den Ruinen der Gummifabrik Osselmann. An jenem Tag war Dieter die Rolle des Indianerhäuptlings zugefallen, weil Adi nicht da war, der uns sonst immer auf dem Kriegspfad gegen die UKB-Kraate anführte. Häuptling Dieter fällte das weise Urteil, die Aussagen stünden 2:1 gegen Frieder, der Heftchen-Tausch sei also in Ordnung. Frieder fügte sich. Aber bei künftigen Tauschgeschäften prüfte Frieder fortan jedes Comic-Heft ganz genau, und zwar Seite für Seite.

Nur ein einziges Mal kaufte mir dieser Briefmarkenhändler eine einzelne Marke ab, die ich ebenfalls bei Frieder eingetauscht hatte. Diese Marke war aber in Ordnung. Eine alte

Briefmarke aus recht grobem, blau bedrucktem Papier mit dem Aufdruck *Notopfer Berlin*. Der Händler gab mir 80 Pfennig, und dafür leistete ich mir zwei Rollmöpse in dem Nordsee-Fischgeschäft am Eigelstein, das heute Et Fesch-Hus heißt. Später fiel mir ein Katalog in die Hände, dem ich entnahm, dass die Marke in Wirklichkeit viel mehr wert war. Viel mehr wert als zwei Rollmöpse, und ebenso viel mehr Wert als der Lego-Leuchtstein, den ich Frieder für die Marke gegeben hatte. Diesmal waren wir beide, Frieder und ich, die Gelackmeierten.

5. Kapitel

Eigentlich war ich inzwischen müde, doch die Lektüre dieser alten Zeitungsartikel hatte mich gepackt. Und der Drohanruf vorhin war ein Beweis dafür, dass Rainer Kentenich und ich einem vierzig Jahre alten Geheimnis auf der Spur waren. Ungeachtet der Gefahr, der wir uns möglicherweise aussetzten, hatte mich der berufliche Ehrgeiz gepackt. Ich wollte dieses Geheimnis lüften. Unbedingt!

Einer der Zeitungsberichte über den Mord im Sport-Casino erwähnte, dass Dr. Sommerschladen auch Rudolf Kentenich vier Jahre zuvor in dem Prozess wegen Hehlerei verteidigt hatte.

Der Staatsanwalt hatte bei jenem Prozess »acht Jahre Zuchthaus« gefordert, weil Rudolf Kentenich ein »gefährlicher Gewohnheitsverbrecher« sei. Dr. Sommerschladen erreichte mit seinem Plädoyer immerhin, dass die Strafe nur fünf Jahre betrug, und das bewertete die Zeitung bei einem »mehrfach vorbestraften Wiederholungstäter« als ein »verhältnismäßig gnädiges Urteil«.

Nach vier Jahren wurde Kentenich aus dem Klingelpütz »wegen guter Führung« vorzeitig entlassen. Es gab noch einen zweiten, längeren Zeitungsartikel, der auf die Persönlichkeit des Rudolf Kentenich näher einging.

Diesen Artikel aus der Aktenmappe meines Onkels kannte Rainer Kentenich noch nicht. Wenn ich meinen Mandanten das nächste Mal treffen würde, gäbe ich ihm diesen Artikel zu lesen. Er beantwortete viele der Fragen, die sich der Sohn in all den Jahren immer wieder gestellt hatte, und deren Beantwortung ihm die Mutter und Onkel Franz schuldig geblieben waren.

Der Artikel schilderte nämlich ein Familiendrama. Nach der letzten Verurteilung im Jahre 1960 hatte die alte Margarete Kentenich den ältesten Sohn Rudolf rigoros verstoßen, während dessen jüngerer Bruder Franz in ihren Augen weiterhin »dä liebe Jung« blieb. Rudolfs Briefe aus der Zelle im Klingelpütz an die Mutter in der Domstraße blieben unbeantwortet. Auch Rudolfs Frau Hannelore brach jeden Kontakt ab. Irgendwann drückte ihm ein Gefängnisaufseher die Scheidungsurkunde in die Hand.

Bald darauf erhielt er ein weiteres offizielles Schreiben mit dem Beschluss des Familiengerichts, dass er auf Antrag der Ex-Frau nach seiner Haftentlassung jeglichen Kontakt zu seinem Sohn Rainer zu unterlassen habe. Das Gericht war zu der Auffassung gelangt, ein Umgang von Rudolf Kentenich mit seinem Sohn sei zum Wohle des Kindes zu unterbinden; der kleine Rainer könne unter den schlechten Einfluss des Vaters geraten. Beigefügt war ein Gutachten des Jugendamtes der Stadt Köln, das diesen Antrag von Rudolfs Ex-Frau befürwortete. Kentenichs Anwalt Dr. Sommerschladen versuchte zwar, diesen Beschluss anzufechten, aber diesmal halfen ihm all seine geschickten Winkelzüge und schlauen Tricksereien nichts – der Beschluss war rechtskräftig, und als Rudolf Kentenich schließlich 1964 vorzeitig aus dem Klingelpütz entlassen wurde und man ihm die Bewährungsauflagen nannte, hieß es, dass er sich diesem Gerichtsbeschluss unbedingt fügen müsse. Bei der geringsten Zuwiderhandlung müsse er die Reststrafe bis zum letzten Tag absitzen, drohte ihm der Bewährungshelfer mit eindringlichen Worten.

Seit dem Tag seiner Verhaftung wegen Hehlerei und der anschließenden Verurteilung 1960 hatte Rudolf Kentenich seinen Sohn Rainer, der zu dieser Zeit noch ein Baby war, nie wieder gesehen.

Der Reporter hatte sich große Mühe gegeben, die Umstände von Rudolfs Haftentlassung so anschaulich wie möglich zu schildern.

Ich konnte mir gut vorstellen, wie sich nach vier Jahren Haft Rudolf Kentenichs erster Tag in der Freiheit abgespielt hatte. Als sich das dicke, eiserne, hellgrün angestrichene Gefängnistor in der Plankgasse öffnete, und Rudolf Kentenich mit einem schäbigen, zerbeulten Koffer, der seine gesamte Habe enthielt, auf den Bürgersteig hinaustrat, stand er vor dem Nichts. Keine Familie, kein Geld bis auf die paar Mark, die er sich in den vier Jahren in der Gefängniswerkstatt verdient hatte. Keine Arbeit. Der Bewährungshelfer hatte zu ihm gesagt, er könne ihn als Hilfsarbeiter auf dem Bau vermitteln.

Überall in der Stadt wurde gebaut, denn die Kriegsschäden waren noch längst nicht beseitigt. Und mit diesem Wiederaufbau bekam allmählich auch das moderne Köln sein Gesicht. Drüben auf der anderen Rheinseite plante man gerade neben der Deutzer Brücke das Lufthansahochhaus, mit dessen Bau dann zwei Jahre später, also 1966, begonnen wurde. Der Gerling-Konzern erweiterte seinen Komplex im Friesenviertel in Richtung Gereonshof. Und in jenem Jahr 1964, als der frisch entlassene Rudolf Kentenich vor dem Gefängnistor stand, baute man die Antoniterkirche um, weil unmittelbar an ihrer Westseite die Nord-Süd-Fahrt unter der Schildergasse hindurch verlaufen sollte. Direkt neben St. Kunibert entstand ein neues Wohnhaus, dessen Rohbau noch längst nicht fertig war ...

Seit dem Bau der Berliner Mauer 1961 kamen kaum noch DDR-Flüchtlinge in den Westen, und man hatte angefangen, Arbeitskräfte in Italien und in der Türkei anzuwerben. Rudolf Kentenich hätte jedenfalls ohne Schwierigkeiten einen Job finden können, sogar als mehrfach Vorbestrafter, aber auf dem Bau anzupacken oder auf dem Großmarkt Kisten zu schleppen, das war absolut nicht sein Ding. Dieser bescheuerte Bewährungshelfer sollte ihm gefälligst einen besseren Job vermitteln!

Nur beim Abriss des alten Klingelpütz-Gefängnisses aus dem Jahre 1838, da hätte Rudolf liebend gerne mitgeholfen. Das hatte er seinem Bewährungshelfer anvertraut, und dieser Wunsch stand auch in dem Zeitungsartikel, der kurze Zeit später über seine Ermordung berichtete und Revue passieren ließ, was über die Herkunft und die Lebensführung des Ermordeten im Jahre 1964 bekannt war.

Es war ein Leben gewesen, das nach bürgerlichen Maßstäben als »verpfuscht« gelten musste. Die Mutter Margarete Kentenich hatte keine Erklärung, wieso ihr ältester Sohn auf die schiefe Bahn geraten war. An ihrer Erziehung könne es nicht gelegen haben, vertraute sie dem Zeitungsreporter an, und aus ihrem zweiten Sohn, Franz, sei doch ein rechtschaffener Mensch geworden. Nein, die alte Frau Kentenich hatte sich nichts vorzuwerfen. Seit ihr Mann 1938 bei einem Arbeitsunfall ums Leben gekommen war, hatte sie ihre halbwüchsigen Söhne allein durchgebracht, durch die schweren Kriegsjahre ...

Auf der anderen Straßenseite des Gereonswalls, genau gegenüber dem Gefängnis, hatte man 1960 eine Turnhalle gebaut, die von der Volksschule und vom Hansagymnasium gemeinsam genutzt wurde. Als man schließlich 1969 das alte preußische Gefängnis tatsächlich abriss, konnte Rudolf Kentenich dabei nicht mehr mithelfen, denn da war er schon längst tot. Erstochen, wenige Wochen nach seiner letzten Haftentlassung.

An der Stelle des ehemaligen Gefängnisses befindet sich heute ein Park, in dem sich meistens nur Fixer und Säufer herumtreiben. Irgendwann Ende der Neunzigerjahre hat man auch diese gelb verklinkerte Turnhalle wieder abgerissen und durch einen Neubau ersetzt, der so aussieht, als ob der Architekt bei der Entwurfsarbeit besoffen gewesen sei, und der mir den Eindruck vermittelt, hier würden Leute hausen, denen es einen unheimlichen Spaß macht, den ganzen lieben Tag lang mit dem Computer virtuelle Geldbeträge rund um den Erdball zu jagen. Glatte Burschen mit einem antrainierten Dienstleistungslächeln, die sämtliche Pleitewellen auf dem so genannten Neuen Markt überstanden haben.

Es sind flotte, dynamische Typen, die sich in der globalen Welt zu Hause fühlen. Einige von ihnen haben auf der anderen Seite des Hansarings im Mediapark einen gut bezahlten Job und können deswegen die horrenden Mieten zahlen, welche am Gereonswall jetzt schamlos verlangt werden, seit es keinen Blick auf die Gefängnismauer mehr gibt. Es sind Mieter, denen der Immobilienmakler Heinz Kastenholz-Bendler eingeredet hat, hier sei die »gehobene Urbanität« zu spüren, jener Immobilienhai, den das Mädchen Karin Bendler geheiratet hat, die Tochter des Konditors auf dem Eigelstein und Henner Krauses Partnerin beim Tanzschul-Abschlussball 1970. Sie heißt mit Nachnamen jetzt auch Kastenholz-Bendler, und bei unserer zufälligen Begegnung am heutigen Nachmittag hatte sie mir zu verstehen gegeben, dass sie diese kleinen Gauner, die das Viertel immer schon mitgeprägt haben, als Hindernis für die Vermarktung einer »urbanen Aufwertung« ansehe.

Neben der inzwischen abgerissenen Turnhalle hatte unser Klassenkamerad Heinz-Uwe gewohnt. Auch dieses Haus ist mittlerweile vom Ehepaar Kastenholz-Bendler durch einen schicken Neubau ersetzt worden. Heinz-Uwe hatte feuerrote, strubbelige Haare, und wir riefen ihm auf der Straße immer hinterher: »Fuss, kumm erus, de Keech ess us!«

Die Mutter von Heinz-Uwe beschwerte sich darüber bei unserem Klassenlehrer, aber der unternahm nichts. Dieser Lehrer war ein vierschrötiger Haudegen mit buschigen Augenbrauen, der in der Zehn-Uhr-Pause immer in den

Hansapark ging, um sich dort dünne, elastische Weidenruten abzuschneiden, mit denen er uns dann in der folgenden Stunde das kleine Einmaleins einbläute. Bei jeder falschen Antwort auf die Frage, wie viel 3 mal 4 oder 5 mal 6 sei, musste der betreffende Schüler nach vorne kommen und sich quer über die erste Bank legen, und dieser sadistische Pauker drosch dann mit den Weidenruten so lange auf seinem Hosenboden herum, bis endlich die richtige Antwort kam.

Der rothaarige Heinz-Uwe hatte das Pech, im Kopfrechnen ziemlich schwach zu sein. Und deswegen machte er recht häufig mit den Weidenruten Bekanntschaft.

Einmal zeigte uns dieser Volksschullehrer stolz seinen SS-Dolch mit getrockneten brauen Blutflecken. Den nannte er »Wolfsdolch«, und er behauptete, damit habe er im Krieg in Russland einen Wolf abgestochen.

Während Adi und die anderen Jungs die katholische Volksschule in der Machabäerstraße besuchten, gingen Dieter, Henner und ich in die evangelische Volksschule am Gereonswall, die an die westliche Mauer dieses alten Klingelpütz-Knastes angrenzte.

Die Gefangenen, deren Zellenfenster auf den Gereonswall hinausgingen, waren privilegiert. An manchen Tagen konnten sie nämlich über die Mauer hinweg ihre Angehörigen auf der anderen Straßenseite stehen und ihnen zuwinken sehen. Manchmal flog auch ein Kassiber aus dem Fenster. Vielleicht hatte Rudolf Kentenich solch eine Zelle zur Straße hin gehabt, aber niemand kam, um seine Kassiber aufzusammeln. Nicht seine Mutter, die nur drei Blocks weiter wohnte. Nicht sein Bruder Franz, der ja mit ihm gebrochen hatte, und erst recht nicht seine Frau, die mit dem kleinen Rainer nach Düren gezogen war.

Unser Schulweg führte uns jeden Tag über den Gereonswall, immer an dieser unheimlich hohen Gefängnismauer entlang. Manchmal schauten wir scheu nach oben, sahen die verschwommenen Gesichter der Gefangenen hinter den Gitterstäben, und wer weiß, vielleicht habe ich als Drittklässler auf dem Schulweg tatsächlich flüchtig den verurteilten Hehler Rudolf Kentenich an seinem Zellenfenster gesehen. Vielleicht hat er damals auch mich gesehen, zusammen mit Dieter und unserem Schulkameraden Henner Krause, der auf dem Eigelstein neben dem Wirtshaus Vogel wohnte. Aber niemals wäre es dem Häftling in den Sinn gekommen, dass einer dieser schmächtigen Drittklässler sich Jahrzehnte später mit seinem, Rudolf Kentenichs, Leben beschäftigen würde, weil die Gründe seines Sterbens nie aufgeklärt worden sind.

Rudolf muss ungefähr dreizehn Jahre und Franz erst sieben Jahre alt gewesen sein, als ihr Vater 1938 bei dem Arbeitsunfall ums Leben kam. Zumindest Franz war den größten Teil der Kindheit vaterlos aufgewachsen und dürfte an seinen Erzeuger nur eine blasse, schemenhafte Erinnerung gehabt haben. Hatte der später nie wissen wollen, was sein Vater für ein Mensch gewesen war, und konnte er nicht verstehen, dass sein Neffe Rainer irgendwann anfing, Fragen nach Rudolf Kentenich zu stellen?

Vielleicht hatte Rudolf Kentenich aus seinem Zellenfenster auch gesehen, wie Dieter, Henner, mein Vetter Georg und ich uns auf dem Nachhauseweg von der Schule mit den Kraate aus Unter Krahnenbäumen herumzankten, die uns immer an der Ecke zur Vogteistraße auflauerten, dort, wo die Gefängnismauer einen Knick machte.

Verglichen mit den heutigen Zuständen, wo Dreizehnjährige auf dem Schulhof ihren Altersgenossen ein Springmesser an den Hals halten, um Handys, modische Bomberjacken oder Walkmen mit Headsets »abzuziehen«, waren diese Rangeleien mit den »Kraate« relativ harmlos. Die nahmen uns höchstens unsere selbst geschnitzten Holzpistolen ab, und einmal klauten sie Dieters kleinem Bruder, der im ersten Schuljahr war, den Tretroller. Und es gab im Unterschied zur heutigen Brutalität eine klare Regel, an die sich alle hielten: Wenn einer mit blutiger Nase am Boden lag, hörte der Kampf auf. Niemals trat oder schlug man dann noch weiter auf den anderen ein.

Als Zehnjährige empfanden wir allerdings die Bedrohung durch die Kraate trotzdem als ziemlich schlimm. Wir wählten daher an manchen Tagen einen riesigen Umweg. Einmal waren Dieter, Henner, Georg und ich mutig genug, auf dem Rückweg von der Schule vom Gereonswall durch den Stavenhof zum Eigelstein zu rennen, wo aus den Erdgeschoss-Fenstern leicht bekleidete Frauen schauten, um Kunden anzulocken. Eine ältliche Puffmutter keifte lautstark hinter uns her, wir sollten bloß verschwinden ...

Wir waren stolz wie Oskar. Denn wir hatten nicht nur die blöden Kraate abgehängt, sondern wir hatten auch etwas gewagt, mit dem wir vor Frieder aus der Jakordenstraße angeben konnten.

Frieder versuchte natürlich, auf einen Schelm anderthalbe zu setzen, indem er uns genau erklärte, was diese leicht bekleideten Frauen da eigentlich machten.

Vor drei oder vier Jahren hatte uns Frieder erklärt, es gäbe überhaupt kein Christkind, das die Weihnachtsgeschenke brächte. Die Geschenke stammten in Wirklichkeit von unseren Eltern. Er hatte mit dieser Behauptung Recht gehabt, und so glaubten wir ihm auch, was er uns in Sachen Sexualaufklärung anvertraute.

Das plötzliche Klingeln des Telefons schreckte mich auf und riss mich aus meinen Gedanken, die bei der Lektüre der alten Zeitungsartikel immer wieder in meine Kindheit abschweiften.

Wer rief so spät noch an?

Es war Rainer Kentenich, mein Klient. Er wirkte ziemlich aufgelöst und haspelig, und aus seinem Gestammel wurde ich zuerst gar nicht schlau.

»Herr Bär ... da hat gerade einer ... also, entschuldigen Sie ... aber ich hatte jetzt vor ein paar Minuten auch bei mir ... der hat mir gedroht ... ich wollte Sie so spät ja nicht mehr stören ... aber jetzt eben, dieser Anruf ... was soll ich jetzt machen?«

»Okay, Herr Kentenich, langsam. Was ist los?«

»Sie haben mich doch vorhin angerufen, weil Sie einer anonym bedroht. Am Telefon. Und jetzt eben, da hatte ich auch so einen Anruf!«

»Was hat er gesagt?«

»Ich soll die Vergangenheit ruhen lassen, sonst ginge es mir dreckig. Und ich soll Sie zurückpfeifen!«

»Sonst noch was?«

»Nein, dann hat er aufgelegt.«

»Haben Sie die Stimme erkannt?«

»Nein ... Ich habe keine Ahnung!«

»Okay, okay, aber ist Ihnen an der Stimme etwas Besonderes aufgefallen? Ein Akzent?«

»Die Stimme klang ziemlich ... wie soll ich das beschreiben? ... Rau, versoffen, kratzig ... Ein kölscher Akzent ... Aber er sprach kein richtiges Kölsch.«

»Hochdeutsch mit Knubbeln.«

»Ja ... so in etwa. Was machen wir jetzt, Herr Bär?«

»Es war abzusehen, dass der Anrufer auch Sie einzuschüchtern versucht. Aber vorhin hatten Sie ja Ihr Handy abgeschaltet. Der hat Sie erst jetzt am späteren Abend erreichen können. Wo sind Sie in diesem Augenblick?«

»Zu Hause. Ich wollte gerade ins Bett. Ich hab morgen an der Tankstelle Frühschicht. Wir machen schon um sechs Uhr auf. Um die Zeit tanken schon viele Autofahrer auf dem Weg zur Arbeit.«

»Gut. Überschlafen Sie das Ganze. Die Entscheidung, ob wir weitermachen, liegt bei Ihnen. Wenn Sie das Gefühl haben, dass die Sache zu brenzlig wird und den Auftrag lieber stornieren möchten, dann rufen Sie mich morgen früh an. Wenn ich nichts von Ihnen höre, fange ich morgen mit den Nachforschungen an.«

»Meinen Sie, der Anrufer blufft nur?«

»Das kann ich nicht beurteilen. Aber dieser Anrufer, oder jemand, in dessen Auftrag er anruft, hat verdammt großen Schiss, dass wir etwas aufdecken könnten!«

»Den Mörder meines Vaters! Er hat Angst, dass wir den Mörder meines Vaters identifizieren?!«

»Nein, Herr Kentenich. Es ist etwas anderes. Dieser Anrufer muss doch nicht befürchten, dass wir beide jetzt nach vierzig Jahren auf den Mörder Ihres Vaters stoßen. Damals, als die Spuren noch frisch waren, haben sowohl die Polizei als auch mein Onkel den Mörder nicht identifizieren können. Der Mörder konnte sich vierzig Jahre lang in Sicherheit wiegen. Und er hat sehr gute Chancen, auch jetzt noch unentdeckt zu bleiben. Das weiß er ganz genau. Dass nun der Neffe von Manfred Bär sich noch einmal über die alten Unterlagen hermacht, muss ihn überhaupt nicht beunruhigen. Wer weiß, ob der Mörder überhaupt noch lebt. Nein, Herr Kentenich, dieser anonyme Anrufer will verhindern, dass ein ganz anderes Geheimnis gelüftet wird.«

»Was ... was könnte das sein, Herr Bär?«

»Keine Ahnung.«

Der anonyme Anrufer hatte bei meinem Klienten schon ein wenig die beabsichtigte Wirkung hervorgerufen. Rainer Kentenich fragte mich nämlich immer wieder, ob die Situation für uns gefährlich sei, und ich spürte, dass er darauf nur eine Antwort erwartete, die ihn beruhigen und seine Angst dämpfen sollte. Doch diese Antwort konnte ich ihm ehrlicherweise nicht geben. Mich hatte zwar der berufliche Ehrgeiz gepackt, aber ich bin nicht der Typ, der gerne den Helden spielt. Ich kenne meine Grenzen.

Es gibt laue Bürschchen, die mit einem Angeberauto durch die Gegend fahren und den dicken Willi spielen, aber diese Windeier kann man ganz bequem zusammenfalten, indem man sie einmal laut anblafft und ihnen einen Blick zuwirft wie Clint Eastwood in *Pale Rider*, wenn er in die Stadt hineinreitet und seine Mimik und seine Körperhaltung jedem klarmachen, dass dieser einsame Reiter keinen Spaß versteht. Dann ist aus dem dicken Willi die Luft raus. Diese Angebertypen halten schön ihre große Klappe und verkrümeln sich. Aber es gibt auch gefährliche Burschen, die spielen in einer ganz anderen Liga mit, und denen geht man besser aus dem Weg. Die sind hart drauf, und wenn die einem eine Warnung zukommen lassen, ist das ernst zu nehmen. Absolut ernst.

Eine endgültige Entscheidung, ob ich Rainer Kentenichs Auftrag ausführte oder stornierte, würde ich erst dann treffen, wenn ich abschätzen konnte, was für ein Kaliber dieser anonyme Anrufer war. Hoffentlich war es dann nicht zu spät.

Nachdem ich das Gefühl hatte, dass mein Klient sich wegen des Drohanrufs wieder beruhigt hatte, drängte ich auf eine Beendigung des Telefonats, weil ich anschließend noch unbedingt meinen Vetter Georg anrufen wollte.

»Hör mal, Georg, du musst mir einen Gefallen tun. Können wir morgen Vormittag unsere Autos tauschen? Ich arbeite gerade an einem etwas heiklen Auftrag und es könnte sein, dass mich jemand beschattet. Wenn wir in einem Parkhaus die Autos tauschen, ohne dass der Verfolger es merkt, kann ich ihn problemlos abhängen.«

»Und dann hab ich diesen Kerl am Hals! Nein danke, Bär! Das ist ja wohl eine absolut bescheuerte Idee!«

»Georg, dir wird nichts passieren, solange du dich vom Eigelsteinviertel fernhältst und nicht den Eindruck erweckst, du würdest in einem Mordfall herumschnüffeln, der vierzig Jahre zurückliegt!«

»Was ist das denn für eine Geschichte?«

»Ich erzähle sie dir, wenn ich deinen Wagen kriege!«

»Bär! Ich soll stattdessen mit deinem Auto durch die Gegend gurken? Das ist doch der reinste Mülleimer!«

Das stimmt. Mein zwanzig Jahre alter VW Jetta hat seit Jahren keine Waschanlage mehr erlebt. Die Sitzpolster sind abgewetzt, auf der Rückbank und auf dem Boden liegt allerhand Prüll herum, bei der Motorhaube und beim Kofferraumdeckel ist der Lack völlig ausgebleicht. Nun ja, die Karre sieht nicht nur schrottreif aus, sie ist es auch. Beim Pannendienst des ADAC bin ich Stammkunde. Erst vor drei Wochen war ich mit einem Kabelbrand auf der Autobahn liegen geblieben.

»Die Karre läuft im Moment tipptopp, Georg. Und es ist ja nur für zwei oder drei Tage.«

Immer, wenn ich meinen Vetter Georg mal um einen Gefallen bitte, knatscht er erst einmal herum. Schließlich willigte er ein. Und dann wollte er natürlich wissen, aus welchem Grund mich jemand verfolgt.

Georg konnte sich ebenfalls noch gut an das Sport-Casino in der Machabäerstraße erinnern, und er wusste auch noch, dass diese Spelunke wegen eines Mordes ins Gerede kam, als wir zwölf Jahre alt waren.

»Dein Klient ist also der Sohn des Ermordeten aus dem Sport-Casino, Bär?«

»Ja, Georg, einer von Onkel Manfreds Maggelbrüdern. Der Onkel hat uns doch mal so ein paar Schoten aus seinen wilden Jahren erzählt, bevor er dieses Detektivbüro in Ehrenfeld übernahm.«

»Und bei dir findet jetzt offensichtlich die Fortsetzung von Onkel Manfreds wilden Jahren statt, Bär. Bei deinen bisherigen Fällen hat dich doch noch nie einer beschattet. In was für eine Scheiße bist du also jetzt reingeraten?«

Als ich ihm von dem anonymen Anrufer erzählte, hätte Georg seine Zusage, mit mir den Wagen zu tauschen, am liebsten wieder rückgängig gemacht. Bei ihm musste ich mir weitaus mehr Mühe geben als bei Rainer Kentenich, um ihn wieder zu beruhigen.

»Reine Drohgebärde, Georg. Wie ein Hund, der einen wütend anbellt, der aber erst einmal seine Beißhemmung überwinden muss, bevor er wirklich zuschnappt!«

»Du verstehst doch überhaupt nichts von Hunden, Bär! Um bei dieser Bildhaftigkeit zu bleiben: Wenn ihr Pech habt, bist du mit deinem Klienten an einen scharfgemachten Hund geraten!«

Ja, da konnte er durchaus Recht haben. Mir war doch etwas mulmiger zu Mute, als ich es Kentenich und Vetter Georg gegenüber zugab.

»Vielleicht kannst du mir bei diesem Fall ein wenig helfen, Georg: Wie weit zurück reicht bei euch im Pressehaus das Archiv? Meinst du, es könnte noch mehr Artikel über den Juwelenraub und den Mord an Rudolf Kentenich geben?«

»Also ... alle Ausgaben seit dem Zweiten Weltkrieg dürften komplett archiviert sein. Irgendwann ist alles auf Mikrofilm aufgenommen worden. Ich glaube aber nicht, dass man im Archiv noch etwas Neues finden könnte. Wenn Onkel Manfred einen Grund hatte, sich *alle* Zeitungsartikel über den Fall Kentenich zu besorgen, dann dürfte er das auch gemacht haben. Wenn er mal einen Auftrag hatte, dann hat er sehr gründlich und sehr gewissenhaft gearbeitet. Du weißt ja, dass er nie etwas weggeworfen hat.«

Das stimmte. Onkel Manfred hatte tatsächlich nie etwas weggeworfen. Zum Beispiel das Feldbett, auf dem er nächtigte, seit er aus der Kriegsgefangenschaft zurückgekehrt war und sich im Sommer 1945 die Räume in der Machabäerstraße mit dem Radiohändler Wieseneck teilen musste, der bei ihm zwangseinquartiert war. Später nahm Onkel Manfred dieses Feldbett nach Ehrenfeld mit, als er dort in dem Detektivbüro einzog, und ich lebe heute nicht viel anders als Manfred Bär vor vierzig Jahren: Auch ich bette mich jede Nacht auf diesem alten Feldbett vor dem Archivschrank im Hinterzimmer der Detektei Bär zur Ruhe.

Jedenfalls versprach mir Georg, sich im Pressearchiv umzuschauen, und er wollte auch bei der Pressestelle der Polizei anrufen, obwohl er der Ansicht war, dass das wenig Zweck habe: Die Ermittler von damals seien ja wohl alle längst pensioniert, einige vielleicht auch schon längst gestorben, und man würde bei keiner einzigen Behörde Akten vierzig Jahre lang aufbewahren.

6. Kapitel

Nach diesen beiden Telefonaten mit meinem Klienten und meinem Cousin widmete ich mich wieder Onkel Manfreds Nachlass. Was hatte Rudolf Kentenich im Frühjahr 1964 unmittelbar nach seiner Entlassung aus dem Klingelpütz gemacht? Darüber gab es jenen Artikel, den ich schon erwähnte und der damals nach Kentenichs Ermordung in der Kölnischen Rundschau eine ganze Seite umfasste. Heutzutage würde man dem Reporter solch einen Text auf ein Drittel zusammenstreichen und ihm raten, die Story viel knalliger und peppiger rüberzubringen. Was dieser Artikel an Informationen nicht enthielt, ergänzte später Erika Gellert, die damalige Wirtin des Sport-Casino. Ich nehme die Schilderung von Rudolfs Haftentlassung aus ihrer Sicht an dieser Stelle vorweg.

Schräg gegenüber dem großen, massiven Gefängnistor, im Eckhaus Vogteistraße/Plankgasse, gab es eine Kneipe. Über der Tür kündete der Schriftzug *Breckenhorst* vom Namen des Wirts.

Vor vierzig Jahren gingen nach Dienstschluss die Gefängniswärter bei Willi Breckenhorst einen trinken. So auch der Vater von meinem Mitschüler Henner Krause. Die Kneipe von Willi Breckenhorst hatte den Vorzug, dass es hier diesen knarzigen Fernseher gab.

Die meisten Haushalte hatten in den frühen Sechzigerjahren nämlich noch keinen Fernseher. Als der 1. FC Köln 1962 im Berliner Olympiastadion gegen den 1. FC Nürnberg zum Endspiel um die Deutsche Meisterschaft antrat und 4:0 gewann, machten sich auch mein Vater und Onkel Manfred zu Breckenhorsts Kneipe in der Plankgasse auf, um sich dort das Spiel im Fernsehen anzuschauen.

Ich durfte ausnahmsweise mit und bekam ein Glas Malzbier, das aber bis zur Halbzeitpause reichen musste. Dann spendierte mir Onkel Manfred noch eine Cola, aber davon durfte meine Mutter nichts erfahren, weil sie meinte, dieses koffeinhaltige Zeug sei für ein Kind in meinem Alter schädlich. Der alte Krause saß am Nebentisch, und neben ihm sein Sohn Henner.

Ich habe den Wirt Willi Breckenhorst als einen dicklichen Mann mit stark gelichtetem strähnigen Haar in Erinnerung, der immer auf einer billigen Zigarre herumkaute. Sein käsigbleiches Gesicht war von feinen Furchen durchzogen wie eine zersprungene Fensterscheibe, irgendwie ungesund. Die dünnen, straff zurückgekämmten Haare hatten ein unnatürliches Braun, als hätte Breckenhorst sie gefärbt. Und noch mehr als vierzig Jahre später weiß ich genau, dass es in dieser Kneipe so säuerlich roch, nach einer Mischung aus saurem Senf und schalem Bier. Das Ecklokal steht heute leer. Man kann durch die staubigen, gelben Scheiben in das Innere schauen, aber man sieht nur den abgewetzten Linoleumboden. Wer in unseren Tagen in dieser tristen Ecke eine neue Kneipe aufmachen wollte, der müsste schon weitaus mehr an »Erlebnisgastronomie« bieten als lediglich einen rauschenden Schwarz-Weiß-Fernseher mit schlechtem Ton und viel Schnee im Bild.

Eigentlich wollte Rudolf Kentenich gar nicht in diese Kneipe, wo er garantiert die Gefängniswärter am Tresen wiedertreffen würde, deren barschen Tonfall und deren Schikanen er vier Jahre lang ertragen musste. Vielleicht würde einer von ihnen mit ein paar Kölsch zu viel im Kopf einen Streit mit ihm provozieren. Entweder Kentenich ließ sich das gefallen, so wie er vier Jahre lang sich von ihnen herumkommandieren lassen musste, um die vorzeitige Entlassung »wegen guter Führung« nicht zu gefährden. Oder aber er wehrte sich und handelte sich damit Ärger ein. – Wenn alle in der Kneipe bezeugten, *er* habe den Zoff angefangen, würde der Bewährungshelfer beim zuständigen Richter Meldung machen, und sie würden Kentenich die Reststrafe abbrummen lassen. So jedenfalls stellte der Reporter in dem Rundschau-Artikel Kentenichs Gemütsverfassung dar.

Ich wiederum stellte mir vor, dass Kentenich in dem Moment, als das Gefängnistor hinter ihm wieder geschlossen wurde, trotzig sein Kinn vorreckte und sich entschloss, die Kneipe doch zu betreten. Er hatte in seinem Leben noch nie gekniffen, und jetzt, wo er wieder in Freiheit war, hatte er überhaupt keinen Grund, sich vor diesen Schließern in Acht zu nehmen. Diese Arschlöcher gingen ihn nichts mehr an.

Niemand hatte ihn abgeholt, noch nicht einmal der Bewährungshelfer! Na und? Dann eben nicht!«, knurrte Rudolf Kentenich leise vor sich hin.

Aber: Was sollte er nun machen? Rudolf Kentenich wusste ja nicht, wohin. Er musste dringend telefonieren ... Sein Bruder Franz hatte sich inzwischen ein Telefon zugelegt. Das hatte ihm im Knast einer seiner Kumpel beim Hofgang zugesteckt.

Der Wirt Willi Breckenhorst hatte seinen neuen Gast bestimmt mit einem wölfischen Blick gemustert, als der seinen abgewetzten Koffer vor der Theke abstellte. Man musste kein besonders gewiefter Menschenkenner sein, um zu sehen, ob ein Gast gerade aus dem Knast kam. Auch ohne den Koffer hätte Breckenhorst das sofort gemerkt: an dem etwas schlotternden Anzug, der Kentenich nicht mehr richtig zu passen schien, denn er hatte in den vier Jahren im Knast ein paar Kilo abgenommen. An dem Geruch, an der Gesichtshaut, die genauso käsig war wie die des Wirts, der ja auch nie an die frische Luft kam. Oh ja, Breckenhorst merkte das sofort. Er kannte seine Pappenheimer. Während er mit einem dreckigen Tuch Gläser polierte, behielt er seinen neuen Gast im Auge. Es waren heute keine Gefängniswärter unter den Gästen, aber Rudolf Kentenich blieb angespannt. Und der Wirt spürte diese Spannung.

Rudolf Kentenich hatte mit leiser Stimme gebeten, telefonieren zu dürfen. Der Wirt schob ihm mit gleichgültiger Miene den großen schwarzen Telefonapparat hin.

»Welche Nummer hat die Auskunft?« Beim ersten Versuch verwählte sich Kentenich, und dann konzentrierte er sich sehr genau darauf, den Finger ins richtige Zahlenloch der Drehscheibe zu stecken. Das »Fräulein vom Amt« gab ihm die Telefonnummer seines Bruders Franz, und der legte sofort auf, als er Rudolfs Stimme hörte. Dieser wählte erneut, Franz knallte wieder bei sich den Hörer sofort auf die Gabel, und dieses blöde Spielchen wiederholte sich vier oder fünf Mal.

Der Wirt Breckenhorst wollte ihm schon raten, diese erfolglose Telefoniererei doch lieber einzustellen, als Franz endlich doch in der Leitung blieb und sich zwischen den beiden Brüdern ein kurzer, heftiger Disput entwickelte. Dessen genauer Wortlaut ist nicht überliefert, aber das Leben von Rudolf Kentenich hätte gewiss eine andere Wendung nehmen können, wenn dieses Telefonat anders verlaufen wäre.

Später erzählte Willi Breckenhorst dem Zeitungsreporter, er habe sich schon einmischen wollen, als Rudolf Kentenich am Telefon laut geworden sei. Schließlich wollte der Wirt nicht, dass dieser Knastbruder mit seiner Streiterei am Telefon die anderen Gäste verschreckte. Doch dann habe Rudolf nur noch »Ich krieg dich noch, du Arsch!« in den Hörer gebrüllt und den dann wütend auf die Gabel gehauen.

Der Bewährungshelfer hatte seinem Schützling dringend geraten, die alten Kontakte zum Milieu der Hehler und Zuhälter zu meiden. Am besten hielte sich Rudolf Kentenich nicht nur aus den Spelunken fern, in denen er alle diese kleinen Gauner wiedertreffen konnte, die flinken Diebe und die brutalen Schläger, die Fälscher und Zocker, sondern er miede das gesamte Viertel ... Na ja, der Kerl hatte gut reden. Diesen Rat gab er wohl jedem seiner Schützlinge. Hohles Geschwätz. Wo sollte jemand wie er denn hin? Außerhalb dieses Milieus, in dem er (abgesehen von seinen Gefängnisaufenthalten) die letzten neunzehn Jahre verbracht hatte, kannte Rudolf Kentenich niemanden.

Und wovon sollte er leben? Der Bewährungshelfer hatte ihm weder einen aus Kentenichs Sicht vernünftigen Job anzubieten, noch konnte er ihm eine Wohnung oder zumindest ein akzeptables Zimmer vermitteln. Erst im übernächsten Monat werde am Zülpicher Platz ein möbliertes Zimmer frei ... solange müsse Kentenich sich halt mit einer Unterkunft in einem Übergangsheim begnügen ... Das wäre doch nur für kurze Zeit. Sechs oder sieben Wochen ... Dieser Bewährungshelfer machte Rudolf Kentenich wütend. Noch nicht einmal in dieser wirklich schlimmen Zeit direkt nach dem Krieg hatte es für ihn irgendwelche Schwierigkeiten gegeben, ein Dach über dem Kopf zu haben. Er war immer bei irgendjemandem untergekommen ... Meistens bei einer Frau, von der er sich auch sonst aushalten ließ, wenn er nach den Entlassungen aus dem Knast gerade klamm war. Übergangsheim! Mit drei oder vier Mann auf einem Zimmer! Wie damals beim Militär oder wie die letzten vier Jahre im Knast! Nein, das war ja wohl das Letzte!

Rudolf Kentenich war in seinem Stolz verletzt und brach den Kontakt zum Bewährungshelfer ab, obwohl er sich eigentlich regelmäßig in dessen Büro am Severinskirchplatz hätte melden müssen. Aber es war bekannt, dass die wenigen Bewährungshelfer viel zu viel Arbeit am Hals hatten und sich nicht um alles kümmern konnten. 1964 waren auch noch nicht alle Bewährungshelfer gründlich ausgebildete Sozialpädagogen. Sie waren völlig überlastet und oftmals mit den Schwierigkeiten überfordert, solch abgebrühte Typen wie den Hehler Kentenich wieder in die Spur zu bringen. Rudolf Kentenich wusste jedenfalls genau: Solange er nicht irgendwo blöd auffiel, würde sein Bewährungshelfer gewiss nicht nach ihm fahnden lassen, sondern froh sein, dass der Ex-Sträfling ihm keine Arbeit und keinen Ärger bereitete.

Rudolf Kentenich hatte sich nach dem missglückten Telefonat rasch wieder beruhigt. Er trank sein Bier aus, das erste kühle Bier nach vier Jahren Knast. Er schob Willi Breckenhorst ein paar Münzen hin. Ein Glas Kölsch kostete 30 Pfennig. Am Tresen. Wenn Breckenhorst das Bier an den Tischen servierte, verlangte er dafür 35 Pfennig.

Kentenich trat nach draußen und schlurfte mit mattem Schritt durch die Plankgasse. Er überquerte die Ritterstraße und blieb vor der Bäckerei Trompeter stehen, aus der der Duft nach frisch gebackenem Brot drang. Im Knast hatte es immer nur altbackenes Brot gegeben.

Er ging weiter bis zur Weidengasse, und dann zögerte er. Wo sollte er jetzt hin? Er wollte nicht zu Erika Gellert in die Machabäerstraße. An diesem Tag mied er sie nicht etwa wegen dieser blöden Ratschläge, die ihm der Bewährungshelfer gegeben hatte. Er solle das alte Milieu meiden. Quatsch! Nein, er wollte dieser Puffmutter nicht als abgerissener Knastbruder unter die Augen treten. Er, Rudolf Kentenich, der vor vier, fünf Jahren im Sport-Casino mit Erika und ihren zwei Mädels, die mit ihren Freiern immer abwechselnd das »Hotelzimmer« in der oberen Etage nutzten, rauschende Gelage mit Sekt und Champagner gefeiert und immer nur ganze Markstücke in die Wurlitzer-Musicbox geworfen, immer zehn Platten auf einmal gedrückt hatte. Erika und die Mädchen durften sich immer aussuchen, was gespielt wurde. *Itsy Bitsy Teenie Weenie Honolulu Strandbikini* war gerade der große Hit. Die ganze Kneipe sang den Refrain mit. Erika hörte am liebsten *Ein Schiff wird kommen,* von Lale Andersen. Eines der Mädchen hieß Marina, und deswegen wählten sie auch ziemlich oft *Marina, Marina* von Rocco Granata in der Musicbox. Immer großzügig, immer einen springen lassen, immer wie aus dem Ei gepellt, immer ein Mann von Welt. Ja, das war Rudolf Kentenich gewesen! Bevor er vor vier Jahren in den Klingelpütz musste, konnte er sich einen schweren chromblitzenden Opel Kapitän leisten, das neueste Borgward-Modell und sogar einen breiten Ami-Schlitten, einen rosa-weißen Chevrolet Impala, wirklich original amerikanisch. Der Tacho zeigte nicht Kilometer an, sondern Meilen. Jawohl, amerikanische Meilen! Er hatte noch vor Erika damit geprahlt, dass er genau wusste, wie viel Kilometer eine amerikanische Meile ist. Ja, er war eben ein Typ, der sich auskannte!

Und jetzt? Da stand er eine Dreiviertelstunde nach seiner Haftentlassung mit seinem abgenutzten Koffer in der Weidengasse herum und betrachtete sein schemenhaftes Spiegelbild im Glas des Schaukastens vom Hansa-Theater, wo gerade ein Karl-May-Film gezeigt wurde. *Der Schatz im Silbersee.* Mit Pierre Brice und Lex Barker. Lex Barker kannte Rudolf Kentenich noch aus den Tarzan-Filmen der Fünfzigerjahre. Diese Filme waren auch hier im Hansa-Theater gelaufen. Und im Olympia-Kino auf dem Eigelstein. Und jetzt spielte Lex Barker also den Old Shatterhand.

Rudolf Kentenich versuchte wieder, sich auf sein Spiegelbild in der großen Glasscheibe zu konzentrieren. Also wirklich, erst einmal brauchte er dringend andere Klamotten. Und Geld. Wer würde ihm wohl etwas pumpen?

Ihm fiel niemand ein.

Am Eigelsteintor stand immer einer mit einem Wägelchen, der Rasierklingen, Nähgarn und Schnürsenkel feilbot. Er verzichtete darauf, seine Ware lautstark anzupreisen, wie ein Marktschreier. Er stand einfach nur schweigend da, und trotzdem blieben die Leute häufig an seinem Ramsch-Wägelchen stehen, denn er hatte deutlich sichtbar ein Schild an das Gestänge dieses Wägelchens gebunden, und der Text lautete: *Ansehen kostet nichts.*

Irgendwann kapierte ich schließlich, warum die Leute stehen blieben: Sie sahen sich die Ware an, denn das war ja umsonst. Man ging kein Risiko ein, sich die Auslage mit Rasierzeug, Taschenspiegeln und Kämmen einfach mal anzuschauen. Der Typ verkaufte selten etwas; ich weiß nicht, wovon er eigentlich gelebt hat. Im Laufe der Jahre kannten die Passanten seine Auslage natürlich längst in- und auswendig, aber sie blieben trotzdem weiterhin stehen, weil das Ansehen ja nichts kostete.

Jeder im Viertel kannte diesen Straßenhändler. Natürlich auch Rudolf Kentenich. Er kannte den Händler sogar schon ziemlich lange. Direkt nach dem Krieg, da hatte der Mann nur einen kleinen Bauchladen gehabt. Kentenich brauchte Rasierklingen und Rasierseife. Er stellte den Koffer ab und fischte ein paar Münzen aus der Hosentasche.

»Wie läuf et? Wat mäht dat Jeschäft?«, fragte er.

»Nit jot. Weißte, Rudi, jetzt kommen Elektrorasierer in Mode. Da bleibste auf den Rasierklingen sitzen.«

Rudolf Kentenich mochte es nicht, wenn man ihn Rudi nannte. Aber er kaufte bei diesem Straßenhändler schließlich auch noch ein scharfes Rasiermesser, das man zusammenklappen konnte. Das Messer konnte er sich eigentlich gar nicht leisten, bei dem kargen Lohn, den ihm vier Jahre Arbeit im Knast eingebracht hatten. Für seine augenblickliche Situation war das Messer verhältnismäßig teuer, aber ein Mann wie Rudolf Kentenich hatte immer ein Messer mit sich geführt. Schusswaffen hatte er immer verabscheut, von denen hatte er seit dem Krieg die Schnauze voll. Nein, wenn es sein musste, dann konnte man mit einem Messer viel eleganter umgehen ... das lautlose Töten war zu bevorzugen.

Rudolf Kentenich hatte noch nie einen Menschen getötet, außer im Krieg, aber das war etwas anderes gewesen. Im Krieg, da hatten sie sich auch sonst Sachen erlauben dürfen, für die man im Zivilleben streng bestraft würde.

Ein Rasiermesser eignet sich nicht unbedingt als Waffe, weil es keine spitze Klinge hat. Man konnte damit nicht stechen, sondern im Kampf nur jemandem mit einer schnellen, genauen Schnittbewegung die Haut aufratschen.

Später fand man genau dieses Rasiermesser auf dem Boden des Sport-Casino bei seiner Leiche. Als dieses Messer in der ersten Zeitungsmeldung erwähnt und sogar auf einem Foto gezeigt wurde, meldete sich der Straßenhändler vom Eigelsteintor bei der Polizei und erzählte, dass Rudolf Kentenich erst kürzlich das Messer bei ihm gekauft hatte, und zwar am Tag seiner Entlassung aus dem Gefängnis, wie dem Händler der zerbeulte Koffer verriet, den Kentenich an diesem Tag mit sich geführt hatte.

Donnerwetter, Bär, dieser Straßenhändler hatte ja eine ziemlich ausgeprägte Beobachtungsgabe.

Er hatte die Geschichte von dem Messerkauf in aller Breite dem Reporter von der Rundschau erzählt, der sie in seinem Artikel ausführlich wiedergab. Sogar des Händlers Klage über die beginnende Verdrängung der Rasierklingen durch Elektrorasierer war in dem Artikel erwähnt.

Offensichtlich hatte Kentenich versucht, mit diesem Rasiermesser seinen Mörder im Sport-Casino abzuwehren. Hm, hm, Bär, warum hatte er sich nicht längst ein Stilett besorgt, das als Waffe doch viel besser geeignet gewesen wäre? Oder zumindest ein Fischermesser in dem Anglerladen gegenüber dem Hansahochhaus?

Die Polizei stellte Blutspuren an diesem Rasiermesser fest, und diese Spuren wiesen eine völlig andere Blutgruppe auf, als Rudolf Kentenich sie hatte. Es war also nicht sein Blut, sondern das seines Gegners im Kampf in der Kneipe, bei der einiges zu Bruch gegangen war.

Damit schied Franz Kentenich als »Tatbeteiligter« aus, wie die Polizei in ihrem Pressebericht bekannt gegeben hatte. Denn Bruder Franz konnte diese fremde Blutgruppe definitiv nicht haben. Und er hatte auch keine Schnittverletzung gehabt, wie der Zeitungsreporter notierte. Eine solche Verletzung musste Rudolf Kentenich jedoch seinem Gegner bei diesem Kampf um Leben und Tod im Sport-Casino beigebracht haben, bevor dieser Gegner ihn dann mit einem gut gezielten, kraftvollen Messerstich ermordete, der tief in Rudolfs Herzmuskel eindrang. Wahrscheinlich hatte Kentenich in diesem Moment sein Rasiermesser fallen gelassen, er hatte mit der Hand instinktiv nach seinem Herzen gegriffen, war vielleicht noch ein paar Schritte weit durch den Thekenraum getorkelt und dann genau vor dem Tresen zusammengebrochen.

In der Nähe der Tür hatte man ein paar Blutstropfen gefunden, die dem Mörder zugeordnet wurden. Sie stammten offensichtlich aus der Wunde, die Kentenich ihm mit seinem Rasiermesser zugefügt hatte, und sein Gegner hatte dieses Blut verloren, als er durch die Tür hinaus auf die Straße stürzte. Wahrscheinlich hatte sich der Mörder gezwungen, anschließend nicht schnell wegzulaufen, um kein Aufsehen zu erregen. Er muss ganz ruhig über die Straße gegangen sein.

Vielleicht hatten sogar wir Kinder ihn beim Spiel von unserem »Plätzchen« aus gesehen, ihm jedoch keinerlei

Beachtung geschenkt. Mann, Bär, das wäre ja irre gewesen, wenn ausgerechnet wir als Einzige gesehen hätten, wie der Mörder den Tatort verließ.

Die Polizei hatte sich nach der Entdeckung des Mordes durch die Wirtin Erika Gellert natürlich in der Nachbarschaft umgehört; sie hatte den Musikalienhändler drei Häuser weiter befragt, den Hausmeister der Volksschule und den Inhaber von Schreibwaren Grün neben dem Eiscafé.

Diese Ermittlungen verliefen jedoch ergebnislos. Es gab einfach keine Zeugen.

Aber irgendjemandem musste doch bestimmt aufgefallen sein, wie am helllichten Tag ein blutender Mann aus dieser Kneipe kam, die ja eigentlich geschlossen war. Aber dieser Zeuge hatte dann geglaubt, es sei für ihn sicherlich besser, den Mund zu halten. Mit diesen Halbwelt-Typen, die im Sport-Casino verkehrten, handelte man sich lieber keinen Ärger ein.

Die Polizei war nicht auf die Idee gekommen, auch die Straßenjungs zu befragen, die jeden Tag genau gegenüber dem Sport-Casino »Cowboys und Indianer« spielten, auf unserem »Plätzchen« vor der Ruine der Osselmann-Fabrik.

Unsere Fahrräder und Tretroller dienten uns als Pferde, und vor allem Dieter war darin geübt, sich als tödlich getroffener Indianerhäuptling möglichst theatralisch vom Pferd, das heißt von seinem Rad, in eine Regenpfütze fallen zu lassen, als ob er gerade in den Rio Pecos gestürzt sei. Wenn wir in diesem Augenblick gewusst hätten, dass fünfzig Meter weiter ein »echter« Toter in dieser geheimnisvollen Kneipe lag ...

7. Kapitel

Als der Wirt Willi Breckenhorst der Polizei von dem Streit am Telefon in seiner Kneipe berichtet hatte, waren die Ermittler natürlich der Frage nachgegangen, ob nicht der hasserfüllte Bruder Franz ein Tatmotiv hätte haben können. Franz Kentenich hatte kein solides Alibi, und das hätte ihn vielleicht in Schwierigkeiten bringen können. Aber er hatte das verdammt große Glück gehabt, dass der Mörder das blutbefleckte Rasiermesser achtlos am Tatort zurückgelassen hatte, und die fremde Blutgruppe entlastete Bruder Franz.

Der letzte Zeitungsausschnitt in Onkel Manfreds Aktenmappe stammte aus dem Jahre 1969. Es war eine kurze Meldung, dass Erika Gellert einen Hotelier in Bad Niederbreisig geheiratet habe. Noch fünf Jahre nach dem Mordfall hielt man in der Zeitungsredaktion eine solche Notiz für wichtig! Ich konnte verstehen, dass die Wirtin in einen Kurort im Rheintal gezogen war, 75 Kilometer von Köln weg, wo keiner etwas mit ihrem Namen anfangen konnte und niemand über ihre Vergangenheit informiert war.

Ich stopfte den ganzen Papierkram wieder in den Schnellhefter, den ich auf meinem Schreibtisch liegen ließ. Im anderen Zimmer streckte ich mich auf Onkel Manfreds altem Feldbett aus, und im Nu fiel ich in einen tiefen traumlosen Schlaf.

Als ich dann am anderen Morgen zum Frühstücken in meine Stammkneipe wollte, machte ich in der Tür kehrt. Du solltest diesen Schnellhefter nicht einfach so auf deinem Schreibtisch liegen lassen, Bär. Vielleicht bricht der anonyme Anrufer bei dir ein, während du frühstückst! Also deponierte ich die Aktenmappe auch nicht wieder in dem Archivschrank, sondern in dem Tresor, in dem Onkel Manfred früher seine Schusswaffen aufbewahrt hatte. Ich selbst habe keine Waffenbesitzkarte und keinen Waffenerwerbsberechtigungsschein, und irgendwann hat die Polizei bei mir Onkel Manfreds alte Knarren beschlagnahmt. Jahrelang habe ich diesen Tresor überhaupt nicht benutzt, bis ich jetzt den Schnellhefter hineinlegte. Wenn jemand den Tresor knacken wollte, brauchte er dazu einige Zeit, und er würde dabei Krach machen.

Auf dem Weg zu der Eckkneipe, dem Platen-Eck, achtete ich genau auf die Hauseingänge und auf die geparkten Autos. Lungerte irgendwo jemand herum? Nein, nichts Verdächtiges.

Als ich vom Frühstücken zurückkam, blinkte der Anrufbeantworter. Aha! Wieder eine anonyme Botschaft? Oder hatte Rainer Kentenich die Situation überschlafen und sich dazu entschieden, die Segel zu streichen? Nein, es war nur mein Hauswirt, der mich an meine Mietrückstände erinnerte.

Kentenichs Vorschuss kam mir wie gerufen. Ich würde gleich zur Sparkasse am Neptunplatz gehen und meinem Vermieter einen Jubeltag bereiten. Wenn ich meine finanzielle Situation überdachte, blieb mir gar nichts anderes übrig, als Kentenichs Auftrag auszuführen, egal, was der anonyme Anrufer davon hielt. Wenn Kentenich junior jetzt anrief, weil er durch den Anruf am gestrigen Abend doch kalte Füße bekommen hatte, musste ich ihn zum Weitermachen überreden. Wegen des Honorars, das ich dringend brauchte.

Ich schaltete den Computer ein und begann mit meinen Recherchen im Internet. Erika Gellert hatte bei der Heirat sicherlich den Namen ihres Mannes angenommen. Als ich die Internetseite von Bad Breisig aufrief, wusste ich immerhin, dass die Heirat *vor* Juni 1969 stattgefunden haben musste. Denn wie ich der Webseite entnahm, wurden im Juni 1969 Niederbreisig, Oberbreisig und Rheinbrohl als »Gemeinde Bad Breisig« zusammengefasst. In der undatierten Zeitungsnotiz über die Hochzeit war aber noch vom selbstständigen Ort Bad Niederbreisig die Rede.

Es gab ein Hotelverzeichnis mit alphabetischer Auflistung der Unterkünfte. Wenn ich systematisch vorgehen wollte, musste ich bei jedem einzelnen Hotel dessen Homepage aufrufen, sofern es überhaupt eine eigene Internetadresse hatte. Gab es Hinweise auf das Gründungsdatum oder Abbildungen, deren Architekturstil erkennen ließ, dass dieses Gasthaus 1969 noch nicht existiert haben konnte, dann konnte ich dieses Etablissement außer Acht lassen.

Die Recherche war ziemlich mühsam. Gerade bei den kleineren Pensionen war meistens nur eine Telefon- und eine Faxnummer angegeben, aber kein E-Mail-Konto und erst recht keine Web-Adresse. Andere Hotels hatten keine Abbildungen oder boten nur Innenansichten, und es gab in diesem Städtchen mit romantischen Fachwerkbauten auch jede Menge Gasthöfe, die schon sehr lange existierten.

Schließlich hatte ich eine Liste mit siebenundzwanzig Adressen, die ich abtelefonieren musste. Zuerst versuchte ich es bei der Pension Erika. Vielleicht hatte dieser Hotelier in der Honeymoon-Phase die Hütte nach seiner Angetrauten benannt. Doch der Mensch an der Rezeption hielt mich wohl für völlig balla-balla, als ich ihn fragte, ob »Erika« der Name der jetzigen oder früheren Hotelbesitzerin sei, die aus Köln stamme und jetzt so um die achtzig sein müsse. Er legte den Hörer einfach grußlos auf.

Beim nächsten Anruf hatte ich schon wieder einen muffligen Hotelmanager in der Hörmuschel, der sich überhaupt nicht beeindruckt zeigte, als ich ihm erklärte, ich sei Privatdetektiv und betriebe im Auftrage eines Klienten Stammbaumforschung. Ob er wohl in der Hotelszene von Bad Breisig eine etwa achtzigjährige Dame kenne, die mit Vornamen Erika und mit Mädchennamen Gellert hieß. Stammbaumforschung, das war eine gute Ausrede. Ich konnte ja schlecht sagen, ich suche die frühere Geliebte eines ermordeten Kriminellen, die vor vierzig Jahren in Köln eine Bordellkneipe betrieben hatte.

Doch nach dem fünften Anruf merkte ich, dass ich so nicht weiterkam. Ich rief das Verkehrsamt an, aber da geriet ich nur an eine plapprige Praktikantin, die mir erzählte, sie kenne sich in Bad Breisig überhaupt nicht aus, und es sei im Augenblick auch niemand da, der mir weiterhelfen könne.

Im Rathaus wurde ich erst mal an vier oder fünf weitere Telefonplätze verbunden und hing dann mindestens fünf Minuten lang in der Warteschleife, wobei ich mir die Kuschelrock-Version von einem Peter-Maffay-Hit anhören musste und dabei noch ab und zu von einer Computerstimme, die guttural-erotisch klingen sollte, den Satz »Bitte haben Sie noch etwas Geduld, Sie werden gleich verbunden« ins Ohr gesäuselt bekam. Die musikalische Bestückung der Telefonanlage war ein deutlicher Hinweis darauf, dass nun auch die Rock 'n' Roll-Generation in das Alter kommt, wo man Thermalquellen und Fangopackungen zu schätzen beginnt.

Schließlich hielt mir dann einer mit hölzern-abgehackten Sätzen einen Vortrag über die Datenschutzbestimmungen. Er hätte auch einfach nur sagen können: »Da kann ja jeder kommen.« Aber wahrscheinlich hatten sie ihm eingebläut, wenn er schon mal ans Telefon geschlurft kam, sollten die Anrufer bloß nicht den Eindruck gewinnen, im Rathaus von Bad Breisig ginge es zu wie in so einem dämlichen Hotline-Call-Center, wo man sich angewöhnt hat, die Leute mit einer Zermürbungstaktik abzuwimmeln.

Tja, Bär, jetzt ist wieder die gute alte Beinarbeit angesagt. Aber unrasiert solltest du den Leuten nicht unter die Augen treten. Ich rasiere mich übrigens »nass«, genau wie es Onkel Manfred getan hatte. Auf dem Regal über dem Waschbecken im Hinterzimmer steht noch die alte Bakelit-Schale, in der Onkel Manfred die Seife schaumig geschlagen hatte, um dann mit abgehackten, kreisenden Bewegungen sein Gesicht einzupinseln. Meine einzige Konzession an den Fortschritt ist ein Rasierschaum, den man direkt aus der Dose auf die Bartstoppeln sprüht. Allerdings nehme ich immer nur einen Rasierschaum mit dem Prädikat »Classic«, und nicht etwa dieses dämliche Zeug mit Zitronenaroma, das mir höchstens das Gefühl vermittelt, wie ein frisch ausgepackter Klowürfel zu riechen.

Nunmehr rief ich Georg an, um mich mit ihm zu dem Wagentausch zu verabreden. Georg saß schon putzmunter an seinem Schreibtisch im Pressehaus. Während ich gemütlich frühstückte, hatte er sich bereits im Archiv des Pressehauses kundig gemacht und außerdem im Polizeipräsidium angerufen.

»Hallo, Bär, ich habe im Archiv mal die Mikrofilmbögen von den alten Ausgaben überflogen ...«

»Moment mal ... bleib dran ...« Ich ging rüber zum Tresor und holte die Aktenmappe herbei.

»Bär! Ich hab nicht den ganzen Tag Zeit!«

»Sorry, Georg!«

Er nannte mir die Schlagzeilen der Artikel und das Datum, an dem die betreffenden Berichte erschienen waren, und ich verglich seine Angaben mit dem Material in Onkel Manfreds Schnellhefter. Bis auf zwei Berichte hatte Manfred Bär tatsächlich alles ausgeschnitten und aufbewahrt, was 1964 über den Überfall auf den Juwelier Günter Pellenz und über den Mord an Rudolf Kentenich erschienen war. Diese beiden Artikel boten aber keine neuen Informationen.

»Ich hab dir ja gleich gesagt, Bär, im Archiv herumzustöbern ist verlorene Liebesmühe. Mein Anruf bei der Polizei hat auch nicht viel gebracht. Über den Juwelenraub auf dem Eigelstein haben sie nichts mehr. In strafrechtlicher Hinsicht ist ja auch alles verjährt. Und zivilrechtlich ist ebenfalls längst alles paletti. Der Juwelier hat den Schaden von seiner Versicherung reguliert bekommen.«

»Ja, das waren 40.000 Mark.«

»Bei der Polizei sind keine Dienstpläne mehr vorhanden, wer im Jahre 1964 bei der Mordkommission eingeteilt war ... Der Pressesprecher weiß nur, dass zwei oder drei der damaligen Kommissare längst gestorben sind. Ein weiterer lebt in einem Pflegeheim in der Gegend von Lübeck. Er hat zwei Schlaganfälle hinter sich.«

»Aber die Akten über den Fall existieren noch?«

»Ja, Bär, aber sie werden irgendwo in einem Kriminalmuseum aufbewahrt ... so ohne weiteres kommst du als Privatperson an diese Akten nicht heran. Ich als Journalist übrigens auch nicht. Du bräuchtest vom Innenminister oder vom Justizminister persönlich eine Genehmigung zur Akteneinsicht. Du müsstest einen Antrag stellen, und der wandert dann erst mal durch ein Dutzend verschiedene Instanzen.«

»Weißt du, was das Beschissene an der deutschen Bürokratie ist, Georg? Die langen Dienstwege. Deswegen kriegen sie in diesem Land nichts auf die Reihe. Alles ist viel zu umständlich. Alles wird immer in irgendwelchen Gremien zerredet.«

Manfred Bär hatte seinerzeit zu der Versicherung Kontakt aufgenommen, bei welcher der überfallene Juwelier Günter Pellenz seine Preziosen versichert hatte. Nun, ich sollte auch mal bei dieser Versicherung auflaufen. Das würde mein erster Arbeitsschritt sein. Auch nach vierzig Jahren konnte es dieser Versicherung nicht gleichgültig sein, dass diese Juwelen möglicherweise doch noch irgendwo aufzuspüren waren. Denn falls die Kolliers und Armreifen tatsächlich wieder auftauchten, würden sie der Versicherung gehören, da Günter Pellenz ja seinen Schaden reguliert bekommen hatte.

Das Sonnenlicht war noch etwas fahl an diesem frühen Vormittag, und die Temperatur war ebenfalls noch etwas frisch. Aber es tat mir gut, mich an der kühlen Luft zu bewegen, auch wenn es nur höchstens 100 Meter bis zu meinem VW Jetta waren, den ich in der Marienstraße geparkt hatte. Ich achtete auch jetzt wieder auf die Hauseingänge und ob jemand in einem der anderen parkenden Wagen saß. Nichts Verdächtiges.

Ich fuhr zweimal um den Block. Niemand folgte mir. Dann fuhr ich die Subbelrather Straße stadteinwärts schnurstracks auf den Dom zu. Über die Gladbacher Straße, die Christophstraße, an St. Gereon vorbei, an der Börse, und ich behielt immer den Rückspiegel im Auge. Bog nach rechts auf die Nord-Süd-Fahrt ab, und am Offenbachplatz fädelte ich mich auf die rechte Spur ein, die unter dem neuen Weltstadthaus hindurch auf die Cäcilienstraße führt. Ich war mit Georg zu dem Wagentausch im Parkhaus vom Kaufhof verabredet. Ich fuhr bis nach oben aufs Dach. Alle anderen Autos, die hinter mir die Schranke passiert hatten, waren auf einer der unteren Etagen abgebogen. Georg hatte seinen schwarzen Golf ganz hinten geparkt, direkt am Geländer. Ich setzte meinen Jetta in die Parkbucht daneben. Wenn ich wirklich beschattet wurde und den Kerl mit Erfolg austricksen wollte, musste es jetzt schnell gehen.

Ich ließ den Motor laufen, als ich ausstieg.

»Papiere sind im Handschuhfach«, rief ich Georg zu. »Vergiss nicht zu tanken. Der Tank ist fast leer.«

Was mein Vetter darauf antwortete, bekam ich nicht mit. Denn ich hatte schon längst die Fahrertür von seinem Golf zugeknallt und lenkte den Wagen Richtung Ausfahrt. Wenn meine Rechnung aufging, würde sich ein eventueller Verfolger jetzt an Georg hängen.

Ich hatte in Onkel Manfreds Unterlagen die Visitenkarte eines Versicherungsagenten gefunden. Er hieß Karl Baumüller und arbeitete für die Assekurantas-Versicherung, die ihre Kölner Filialdirektion auf der Christophstraße hat. Ich fand mit Georgs Golf sogar einen Parkplatz direkt vor der Haustür und betrat den Fünfzigerjahre-Bau mit seiner großen, hellen Glasfront, den blank polierten ockerfarbenen Bodenplatten und dem schön geschwungenen Treppengeländer mit messing-goldenem Handlauf. An der Rezeption saß eine Frau mit honigblondem Haar, akkurat geschminkt wie ein Filmstar, mit glänzendem Lippenrot, das einen leichten Himbeer-Schimmer hatte. Wenn ein Grobian hier antanzte, um sich zu beschweren, die Versicherung hätte ihn beschissen, bedachte sie ihn wohl mit einem Lächeln, das so verführerisch wirkte, dass er im Nu bereit war, noch vier weitere Policen abzuschließen. Sie trug ein schwarzes Businesskostüm mit einer Bluse so leuchtend weiß wie der Schnee auf dem Gipfel der Zugspitze. Ich zeigte ihr die alte Visitenkarte aus der Mappe von Onkel Manfred.

Sie schaute in einer Liste nach. »Einen Herrn Baumüller gibt es nicht mehr bei uns.«

»Ich weiß. Er hat in den Sechzigerjahren eine Schadensregulierung bearbeitet. Juwelen, die geraubt worden waren. Ich bin Detektiv und hätte gerne einen der Nachfolger von Herrn Baumüller gesprochen.«

Sie griff zum Telefon. »Herr Paul? Ein Detektiv möchte Sie sprechen ...«

Drei Minuten später lotste mich Herr Paul in sein Büro. Ein dynamischer Typ um die vierzig, der mich so nebenbei fragte, ob ich eine Lebensversicherung hätte, eine Hausratsversicherung, ob ich für den Krankheitsfall noch eine private Zusatzversicherung gebrauchen könnte ... so läuft das also. Diese Superfrau an der Rezeption betört die Kunden mit ihrem Filmstarlächeln, und dann hat Herr Paul seinen Auftritt. Aber bei mir biss er auf Granit.

»Hausratsversicherung? Das Wertvollste in meiner Bude ist ein altes Militär-Feldbett aus dem Jahre 1945. Eine museumsreife Antiquität. Hat aber keinen großen materiellen Wert. Vergessen Sie's.«

Nach den frustrierenden Telefonaten am Morgen mit den Hotels, dem Verkehrsamt und dem Rathaus von Bad Breisig war es nun eine wahre Freude, mit Herrn Paul über meinen Auftrag zu sprechen. Er war in höchstem Maße interessiert und stellte mir eine Belohnung in Aussicht, wenn es mir tatsächlich gelingen sollte, die verschollenen Juwelen wieder zu beschaffen.

»Ringe und einfache Kettchen haben die Diebe vielleicht einschmelzen lassen, Herr Bär. Um die Herkunft zu verschleiern. Aber bei Broschen und Kolliers kommt es nicht nur auf den Materialwert des Edelmetalls und der Steine an. Kunstvolle Goldschmiedearbeiten haben durchaus ihren Preis, wie Sie sich denken können. Die Diebe wären dumm gewesen, wenn sie diesen Schmuck zerstört hätten. In den Sechzigerjahren war noch nicht so viel billiger Modeschmuck im Umlauf wie heute. Wir können also davon ausgehen, dass der beraubte Juwelier keinen Talmi-Kram in seiner Auslage hatte. Der damalige Versicherungswert betrug 40.000 Mark? Dann hat man ihm tatsächlich nicht nur ein paar simple goldene Eheringe geraubt, sondern ein paar relativ kostbare Stücke. Bis heute dürften diese Juwelen sogar eine ziemliche Wertsteigerung erreicht haben. Sie sollten sich mal mit dem pensionierten Kollegen Baumüller zusammensetzen. Warten Sie doch bitte einen Moment draußen. Ich versuche inzwischen, seine Adresse ausfindig zu machen und Sie telefonisch anzukündigen.«

Er geleitete mich ins Vorzimmer zu einer Sitzgruppe und ließ mir von einer Mitarbeiterin eine Tasse Kaffee servieren. Nach zehn Minuten kam Herr Paul zurück und erzählte mir, dass er den alten Baumüller erreicht habe. Der sei hellauf begeistert, dass jemand die alte Sache noch mal umgraben wolle. Herr Baumüller wohne in der Weidengasse, und ich könne jetzt sofort zu ihm fahren.

Ich schwang mich in Georgs Golf. Trotz des Wagentauschs achtete ich auf einen eventuellen Beschatter und schaute immer wieder in den Rückspiegel. Auf dem Hansaring fuhr ich betont langsam, aber alle anderen Wagen überholten mich, keiner blieb ebenso langsam hinter mir. Ich konnte mich sicher fühlen. Bis jetzt. Aber wenn dieser anonyme Anrufer mir tatsächlich gefährlich werden konnte, dann wurde es ernst, sobald ich mich wieder im Eigelsteinviertel blicken ließ und mich jemand sah, der den Anrufer sofort informieren würde. Aber wer? Wir hatten gestern mit vier Personen über Rainer Kentenichs Anliegen gesprochen. Mit meinem früheren Spielkameraden Peter Sievers, mit Karin Kastenholz-Bendler, mit dem Veedelsmanager und mit dem Vorsitzenden des Geschichtsvereins Altstadt-Nord, dem pensionierten Studienrat, der Gustav Hollender hieß und am Sudermanplatz wohnte.

Doch keinem von ihnen traute ich zu, uns einen Straßenschläger auf den Hals zu hetzen.

8. Kapitel

Ich bog mit Georgs Golf vom Hansaring in die Lübecker Straße ein, wo ich eine Parklücke erspähte. Ich konnte nicht damit rechnen, direkt vor der Wohnung von Karl Baumüller am Anfang der Weidengasse einen Parkplatz zu finden. Also stellte ich den Wagen in der Lübecker Straße ab, kurz hinter dem Café Schmitz und der Filmschänke Daneben, die früher zu einem Kino gehörte und in der heute Leute herumhocken, die von den Stadtzeitungen als »Szenepublikum« beschrieben werden. Ganz hier in der Nähe hatte seinerzeit der alte Rechtsanwalt Dr. Hans Sommerschladen seine Praxis gehabt und ab und zu mal einen Absacker in dieser Filmschänke genommen.

Das Eigelsteinviertel teilt sich in die Pfarreien St. Ursula und St. Kunibert. Der Eigelstein selbst bildet die Grenze. Die Pfarrkirmes von St. Kunibert fand immer im Juni statt. Patronatsfest. Als wir Kinder waren, gab es am Sonntag immer eine Prozession durchs Viertel, und ich nehme an, das ist heute noch so. Jedenfalls spannen sie am Thürmchenswall auch in unseren Tagen noch bunte Fähnchen über die Straße.

Vetter Georg und ich standen damals bei jeder Prozession am Straßenrand, und mit unserem kindlichen Gemüt ahnten wir, dass die rheinischen Karnevalsumzüge und die kirchlichen Prozessionen wohl eine gemeinsame Wurzel haben – der Narrenumzug war ja früher wohl so eine Art »Gegenprozession« gewesen. Tatsächlich gab es in Köln im 16. Jahrhundert auch noch keinen Prinz Karneval als Repräsentanten einer symbolischen Umkehrung der Feudalordnung, sondern einen »Narrenpapst«.

Um 1960 bestand diese Pfarrkirmes nur aus drei oder vier Rummelbuden auf einem Brachstreifen vor der Mauer des

Ursulinenklosters, einem platt gewalzten Trümmerareal, genau an der Ecke Domstraße/Unter Krahnenbäumen. Ein Kinderkarussell mit Autos, auf dem eine Fahrt damals 10 Pfennig kostete, und wo ich immer vorne im Feuerwehrauto sitzen wollte, Vetter Georg dahinter auf einem Motorrad. Es gab außerdem eine Schiffsschaukel und eine Überschlagschaukel mit Drahtkäfigen, für die man 20 Pfennig bezahlen musste, und schließlich noch eine Los- oder Schießbude. Das war alles gewesen.

Bis zu Baumüllers Wohnung waren es nur fünf Minuten Fußweg über den Eigelstein. Ich kam an der Galerie Rachel Haferkamp vorbei. Vetter Georg hatte mich neulich mal zu einer Vernissage in diese Galerie mitgenommen. Ein Klangkünstler hatte seismografische Messungen von Erdbeben akustisch umgesetzt und den ganzen Abend die Räume mit einem dumpfen Gebollere zugedröhnt. Georg begeistert sich für so etwas, aber ich bin ein ziemlicher Banause und fand das langweilig. Ich kam erst hinterher auf meine Kosten, als wir nebenan im türkischen Grillrestaurant Hasan Usta saßen, wo ich mich an einer fantastischen, leicht säuerlichen Pansensuppe labte. Georg probierte eine Lammkopfsuppe, und die schmeckte auch toll. Als zweiten Gang aßen wir noch mild gewürzte Hackspieße. Ich beschloss, nach meinem Gespräch mit dem pensionierten Herrn Baumüller dort zu Mittag zu essen.

Ich überquerte die Dagobertstraße. Zwei Häuser neben dem Weinhaus Vogel war früher das Café St. Tropez gewesen, in dem wir als Gymnasiasten den Schulgottesdienst schwänzten. An der nächsten Kreuzung münden auf der einen Seite die Weidengasse und die Eintrachtstraße in den Eigelstein und auf der anderen Seite die UKB, Unter Krahnenbäumen.

Auf der linken Seite der UKB hat man alles abgerissen. Man hat jetzt freien Blick auf das Haus, in dem Henner

Krause gewohnt hatte, neben dem Weinhaus Vogel. Wo früher Hans Fischer seine Buchbinderei hatte, existiert heute ein Neubau, den zwei große Fotofirmen nutzen. Auf der anderen Straßenseite schloss sich an Radio Wieseneck damals eine Pferdemetzgerei an, in die später ein türkischer Metzger einzog, jetzt steht der Laden leer.

Dieser Teil der UKB verläuft ziemlich abschüssig bis zur Nord-Süd-Fahrt, die an dieser Stelle Turiner Straße heißt. Auf der anderen Seite der Turiner Straße muss man eine kleine Treppe hinuntersteigen, wenn man auf der UKB in Richtung Domstraße weitergehen will. Die Textilfabrik aus der Nachkriegszeit hatte fünfzig Jahre später ausgedient; sie ist vor zwei oder drei Jahren durch einen hellen Neubau-Komplex ersetzt worden, der sich jetzt Domstraßen-Carré nennt.

Im Eckhaus zur Eintrachtstraße unterhält heute die Bäckerei-Kette Kamps eine Filiale. An der Fassade sieht man noch die Schmutzspuren vom früheren Wappen der Kronen Stuben. Vetter Georg hatte mal über die Karnevalsdekoration in dieser Kneipe eine seiner Kunstkritiken verfasst. Die Dekoration stammte nämlich von dem Maler Antonius Höckelmann, und sie bestand ausschließlich aus kleinen Skulpturen, die der Künstler aus Stanniolpapier zurechtgeknetet hatte. Die Wirtsleute und die Stammgäste waren von dieser bizarren Karnevalsdekoration so begeistert, dass man sie noch jahrelang dort so ließ. Vetter Georg hatte mir neulich erzählt, dass das New Yorker Guggenheim-Museum dem Sohn von Antonius Höckelmann diese Karnevalsdekoration abkaufen wollte, aber der wollte sie lieber da lassen, wo sie hingehört, nämlich in Köln.

Bestimmt hatte auch Rudolf Kentenich in den Kronen Stuben verkehrt, deren Publikum man als »gemischt« bezeichnen kann. Hier tranken biedere Handwerker ihr Kölsch, gealterte Prostituierte aus dem Stavenhof träumten von ihrer Vergangenheit, und der Detektiv Manfred Bär machte heimlich Fotos von einem Scheidungsgrund.

Auf dem Eigelstein sind auch sechzig Jahre nach Kriegsende die Folgen des Bombeninfernos noch gut sichtbar: In der unmittelbaren Nachkriegszeit hatte man nämlich viele der Trümmerlöcher nur in einer sehr hastigen, provisorischen Weise neu bebaut. Es entstanden unscheinbare schmale Ladenpavillons, die lediglich aus dem Erdgeschoss bestehen. Sie sind zwischen die hohen braun-rußigen Backsteinwände der Nachbargrundstücke gequetscht, an denen manchmal noch Tapetenreste von den ausgebrannten und durch Sprengbomben zerstörten Wohnungen in den oberen Etagen zu sehen sind. Im Bücherparadies verscherbelten wir als Zwölfjährige unsere ausgelesenen Karl-May-Romane.

Andere Häuser hatte man immerhin bis zum ersten Stock wieder aufgebaut; aber manche dieser Grundstücke sind so schmal geschnitten, dass kein Platz für einen separaten Hauseingang neben dem Ladenlokal wäre. Nur durch das Geschäft gelangt man in das oberste Stockwerk, und zumeist hat hier der Ladeninhaber seine Wohnung.

An dieser architektonischen Situation hat sich bis heute nichts geändert. Lediglich der Ladeninhaber hat gewechselt. Der Juwelier Günter Pellenz, der 1964 überfallen und ausgeraubt wurde, ist inzwischen von einem türkischen Kollegen abgelöst worden, der den Schriftzug *Uhren Schmuck Pellenz* durch *Kuyumcusu* ersetzt hat.

Herr Baumüller wohnte gleich am Anfang der Weidengasse, in dem lang gestreckten Eckhaus aus Beton und blassen roten Klinkersteinen.

Beim Anblick der vielen türkischen Obstläden und Lamm-Metzgereien, der kleinen Reisebüros mit dem Schild *Hava Yollari*, der orientalischen Cafés und Imbisse mochte man meinen, die Straße werde hauptsächlich von Türken bewohnt.

An dem Schaufenster mit den Modelleisenbahnen und den alten Spielzeugautos haben wir uns schon als Kinder die Nase platt gedrückt. Das Haushaltswarengeschäft Eduard Balke hat noch originale Holzregale mit kleinen Fächern und Schubladen aus dem Jahre 1937, und hier kann man noch Tropfenfänger und Eierpicks kaufen, die es in den Küchenbedarfsabteilungen der großen Kaufhäuser und in den Design-Läden längst nicht mehr gibt.

Iran Shop und Ristorante San Remo. Unscheinbare Läden mit Schmuck und billigen Uhren, mit Manga-Comics, mit Vinylplatten und CDs, die ausschließlich Aufnahmen kleiner Independent-Labels enthalten, und die man sonst nirgendwo bekommt. Dazwischen findet man auch zwei Gourmet-Tempel – das Bosporus und das Bizim. Beide heimsen in Restaurantführern Jahr für Jahr eine ziemlich hohe Punktzahl ein.

Karl Baumüller war ein kleiner, drahtiger Mann mit einer sportlichen Figur, mit braungebranntem Gesicht, wachen, hellblauen Augen und kurzgeschnittenen braunen Haaren, die nur an den Schläfen leicht ergraut waren. Sein Alter war schwer zu schätzen, er sah gewiss jünger aus, als er in Wirklichkeit war. Kurz nach Abschluss seiner Lehre als Versicherungskaufmann sei der Juwelenraub damals der erste Fall gewesen, an dem er mitgearbeitet habe. Er war einem älteren Sachbearbeiter zugeteilt gewesen, und der wiederum hielt engen Kontakt zu zwei Detektiven, erzählte er mir. Kürzlich habe er seinen Vorruhestand angetreten. So nahm ich an, er müsse vielleicht einundsechzig oder zweiundsechzig Jahre alt sein.

Er lebte mit seiner Frau in einer großen Dreizimmerwohnung. Die Einrichtung konnte man als »geschmackvollmodern« bezeichnen – dunkle Ledergarnitur, gläserner Wohnzimmertisch, Regale mit verchromtem Gestänge. Stereoanlage, Fernseher, Videoplayer, PC, DVD-Player ... Der ganze Kram sah noch ziemlich neu aus. Karl Baumüller ging mit der Zeit, er war technisch auf aktuellem Stand, was man von der Detektei Bär allerdings nicht behaupten kann.

Karl Baumüller lehnte sich auf seiner Couch zurück und zündete sich einen Zigarillo an.

»Als Sie vorhin anriefen, dachte ich mir: Bär? Der Name kommt dir doch bekannt vor. Ja, richtig, wir hatten damals bei diesem Juwelenraub mit einem Privatdetektiv namens Bär zu tun. Sie sind also der Sohn?«

»Nein, der Neffe. Ich führe das Detektivbüro meines Onkels weiter. Sie haben ihn also persönlich gekannt?«

»Nein, Herr Bär ... mein Kollege Ralf Breitenstein hielt den Kontakt zu den Detektiven. Breitenstein war für die Bearbeitung der Schadenssache Pellenz verantwortlich, und ich war ihm damals nur als so eine Art Assistent zugeteilt. Ich war ja noch ziemlich jung, und so kurz nach meiner Kaufmannsgehilfenprüfung durfte ich noch nicht selbstständig irgendwelche Schadensfälle bearbeiten. Unsere hauseigenen Detektive kamen allerdings mit ihren Ermittlungen nicht weiter, die Polizei tappte ebenso völlig im Dunklen – und da waren wir ganz froh, dass sich schließlich Ihr Onkel bei uns meldete.«

Er stand auf und ging in die Küche, um nachzuschauen, ob der Kaffee inzwischen durchgelaufen war, den er eben aufgesetzt hatte.

Als er mit der Kanne zurückkam und uns zwei Tassen einzugießen begann, sagte ich: »Mein Onkel Manfred war vom Bruder eines Mannes angeheuert worden, der im Verdacht stand, als Hehler Abnehmer der Beute aus dem Pellenz-Raub zu sein.«

»Ja, ich weiß ... wie hieß dieser Hehler doch gleich?«

»Rudolf Kentenich!

»Kentenich! Richtig, Herr Bär! Jetzt fällt auch mir der Name wieder ein. Ja, ja, Rudolf Kentenich ... jeder hier im Viertel wusste damals, dass dieser Kentenich ein ziemlich übler Vogel war. Der hatte jede Menge Dreck am Stecken. Aber er wurde kurze Zeit später ermordet.«

»Ja, ich weiß Bescheid. Stellen Sie sich vor, gestern hat mich sein Sohn Rainer beauftragt, Nachforschungen anzustellen.«

»Wozu soll das nach vierzig Jahren noch gut sein?«

»Mein Klient will wissen, was damals eigentlich wirklich passiert ist. Selbst wenn es mir nicht gelingt, das herauszufinden, so will Rainer doch wenigstens wissen, wer sein Vater war. Wie er in diesem Viertel aufwuchs, wie er hier lebte. Wo er verkehrte ... Ich befrage Zeitzeugen, Herr Baumüller. Ich bilde mir nicht ein, nach vierzig Jahren noch einen Mordfall aufklären zu können, nachdem die Polizei, Ihre Versicherungsdetektive und auch mein Onkel Manfred damit keinen Erfolg hatten. Für meinen Klienten sind aber auch noch ganz andere Dinge wichtig. Viel harmlosere Details und Begebenheiten.«

Karl Baumüller nickte verständig und schaute versonnen auf sein Zigarillo. »Natürlich werden Sie nichts herausfinden. Es gibt ja kaum noch jemanden, den Sie befragen können. Mein Kollege Ralf Breitenstein hatte sich nach der Pensionierung auf eine Finca in Mallorca zurückgezogen und ist vor vier Jahren dort gestorben. Der ausgeraubte Juwelier Günter Pellenz ist auch tot. Er kam Ende der Siebzigerjahre bei einem Verkehrsunfall ums Leben. Und die Ermittlungsbeamten damals bei der Polizei ...«

»Nach denen habe ich mich schon erkundigt, Herr Baumüller ... Fehlanzeige. Was ist mit den Detektiven, die in den

Sechzigerjahren für Ihre Versicherung gearbeitet haben?«

»Der eine ist in den Achtzigerjahren zu seiner Tochter nach Australien gezogen. Wenn er noch lebt, müsste er jetzt weit über achtzig sein. Der andere, er hieß übrigens Michael Gawliczek, ist 1965 ermordet worden. Ungefähr ein Jahr nach dem Überfall. Er wurde nachts Am Salzmagazin niedergestochen, genau unter der Bahnunterführung.«

»Ach ...«

»Ja, ich weiß, was Sie jetzt denken, Herr Bär ... Er wurde genauso erstochen wie dieser Rudolf Kentenich. Und kurz vorher hatte Michael Gawliczek tatsächlich noch meinem Kollegen Breitenstein erzählt, er sei im Schadensfall Pellenz auf eine heiße Spur gestoßen. Natürlich hatten Breitenstein und ich damals den Verdacht gehabt, zwischen diesen beiden Mordfällen müsse doch ein Zusammenhang bestehen. Erst wird ein Hehler ermordet, und ein Jahr später ein Detektiv, der etwas über diesen Hehler herausgefunden hatte. Aber das war eben nur so ein Verdacht gewesen, es gab keinen stichhaltigen Beweis für diese Hypothese.«

»Ist denn der Mörder von diesem Gawliczek gefasst worden?«

»Nein. Auch dieser Mordfall ist bis heute ungeklärt.«

»Und trotzdem hat Ihre Versicherungsgesellschaft dem Juwelier Pellenz die Schadenssumme erstattet?«

»Uns blieb doch nichts anderes übrig! Zeitweise hatten wir Günter Pellenz im Verdacht, mit den Räubern gemeinsame Sache gemacht zu haben. Aber das ließ sich nicht beweisen. Er drohte schließlich, vor Gericht zu ziehen, um die Begleichung des Schadens einzuklagen. Solch ein Prozess hätte für uns eine absolut unerwünschte negative Werbung bedeutet ... ein immenser Imageverlust ... Also haben wir aus Kulanzgründen diesen Juwelier Pellenz ausgezahlt, obwohl uns ziemliche Zweifel plagten.«

»Und wieso kamen Sie auf die Idee, Pellenz könnte in

einen Juwelenraub auf Bestellung verwickelt gewesen sein?«

»Ihn drückten Schulden. Er stand bei einem Diamantenhändler in Antwerpen in der Kreide, er hatte Spielschulden ... und er hatte gerade eine teure Scheidung hinter sich, musste seiner Frau eine Abfindung zahlen, die mit ihm zusammen das Geschäft aufgebaut hatte ...«

»Was ist aus der Frau geworden?«

»Sie war nach Düsseldorf gezogen und unternahm gerade eine Mittelmeer-Kreuzfahrt, als der Überfall passierte. Sie hatte definitiv nichts mit der Sache zu tun ... Zu der Zeit war sie übrigens bereits mit einem steinreichen Fabrikanten liiert, mit dem sie sich kurze Zeit später in der Schweiz niederließ.«

»Aber Günter Pellenz hatte sich durch den Schadensersatz, den Ihre Versicherung rausrückte, auf einen Schlag finanziell saniert?«

»Richtig, Herr Bär, ganz genau. Deswegen kam ja auch dieser Verdacht gegen ihn auf ...«

»Ich bin eben bei der Assekurantas gewesen, Herr Baumüller. Die sind an der Wiederbeschaffung des Schmucks sehr interessiert.«

»Ich weiß, Herr Paul hat ja vorhin bei mir angerufen und Ihr Kommen angekündigt, Herr Bär. Wissen Sie, was die Beute heute wert wäre? Mindestens 200.000 Euro! Ich mache Ihnen einen Vorschlag: Wir beide tun uns zusammen. Ich versorge Sie mit Informationen über den damaligen Schadensfall, und Sie können zwei Fliegen mit einer Klappe schlagen, wenn Sie für den Sohn die Biografie dieses Hehlers rekonstruieren und gleichzeitig den Verbleib des Schmucks aufklären. Die Belohnung der Assekurantas teilen wir fifty-fifty.«

9. Kapitel

Mann, dieser Karl Baumüller war ja ein ganz schön ausgekochter Bursche! Aber so sind diese Versicherungstypen nun mal. Sie jagen immer hinter jedem Euro her, der irgendwo auf der Straße herumliegen könnte. Immer scharf auf Provisionen, Abfindungen, Beteiligungen ... Ich musste höllisch aufpassen, dass dieser ausgeschlafene Pensionär mich nicht über den Tisch zog.

»Das ist doch eine Schnapsidee, Herr Baumüller. Sie sitzen hier schön auf Ihrem Sofa herum und erzählen mir im Grunde genommen nur das, was damals in der Zeitung stand. Ich aber habe die Laufarbeit. Ja, ich renne mir für meinen Klienten die Hacken ab, drücke mich in üblen Kaschemmen herum und versuche, allen möglichen Leuten was aus der Nase zu ziehen, die sich gar nicht so gerne an Rudolf Kentenich erinnern wollen, wie ich gestern Nachmittag bei einem ersten Rundgang bereits feststellen musste. Und wenn ich tatsächlich Erfolg habe, wollen Sie einfach mit abkassieren? Nee ...«

Er zuckte mit den Schultern.

»Sie können ja auf meine Mithilfe verzichten, Herr Bär. Mir ist das völlig egal.«

»Ich trage das Risiko ganz allein! Gestern Abend hatten mein Klient und ich zwei anonyme Anrufe! Wir werden von irgendjemandem bedroht, dem es nicht passt, dass wir durchs Viertel laufen und Fragen nach Rudolf Kentenich stellen.«

Ich erzählte ihm von den Begegnungen, aber auch Karl Baumüller konnte sich nicht vorstellen, dass eine dieser Kontaktpersonen uns unter Druck setzen wollte.

»Die Karin Bendler kenne ich noch als junges Mädchen. Ihr Vater hatte damals diese Konditorei neben dem Stempelgeschäft ...«

»Ich kannte die Konditorei Bendler auch, Herr Baumüller.«

»Sie hat diesen Kastenholz geheiratet, der sich seit den Achtzigerjahren eine goldene Nase an der Stadtteilsanierung verdiente. Damals strich er Subventionen aus Landesmitteln ein. Jetzt kauft er Altbauten auf, unterzieht sie einer Luxusmodernisierung und verkauft sie als Eigentumswohnungen. Sicherlich bricht er nicht gerade in Jubel aus, wenn Sie mit Rainer Kentenich durchs Viertel laufen und irgendwelche Räuberpistolen verbreiten. Aber diese vierzig Jahre alte Geschichte berührt doch nicht die heutigen Geschäftsinteressen der Immobilienfirma Kastenholz-Bendler. Und selbst wenn es anders wäre: Ich kann mir nicht vorstellen, dass Heinz Kastenholz-Bendler Sie anonym am Telefon bedroht.«

»Na ja, ich kannte mal einen Bauunternehmer, der hat eine Rockerbande angeheuert, um Hausbesetzer aus einem Altbau in der Maybachstraße zu vertreiben. Anschließend ließ er durch die Rocker alle Leitungen und die Treppengeländer herausreißen, und als das Haus gründlich demoliert war, bekam er endlich die Abrissgenehmigung, auf die er so lange gewartet hatte.«

»Aber Heinz Kastenholz-Bendler ist nicht so ein Gangster! Ich kenne ihn. Ein hochkultivierter Mensch! Der wäre zu solch rabiaten Methoden gar nicht fähig, Herr Bär!«

»Kennen Sie auch seine Stimme, Herr Baumüller? Ziemlich verraucht und versoffen, starker kölscher Akzent?«

»Da ist auf keinen Fall Heinz Kastenholz-Bendler. Der kann gar kein Kölsch. Ich glaube, der ist aus Norddeutschland zugezogen!«

Naja, gewiss hatte ein Handlanger die anonymen Anrufe getätigt. Dass Baumüller mir erklärte, dieser Immobilienfritze hätte nicht den geringsten geschäftlichen Grund, Nachforschungen nach Rudolf Kentenich zu verhindern, hörte sich eigentlich logisch an.

Der Vorsitzende des Geschichtsvereins, Gustav Hollender wiederum, hätte sich eher freuen müssen, dass jemand die Geschichte dieses Viertels in den Sechzigerjahren aufarbeiten wollte, aber er hatte uns mürrisch abgewiesen. Baumüller kannte auch diesen Lehrer im Ruhestand.

»Ach, der alte Hollender. Der ist immer ziemlich miesepetrig. Und seit vor zwei Jahren seine Frau starb, ist er noch unausstehlicher geworden. Ich frage mich, ob der Geschichtsverein außer Hollender überhaupt noch andere Mitglieder hat ... Gustav Hollender war schon immer ein ziemlich kauziger Vogel. Der kam so um 1960 als junger Studienassessor hierher ins Viertel. Unser Sohn hatte bei ihm Erdkunde und Geschichte.«

»Ist Ihr Sohn auch in der Versicherungsbranche tätig, Herr Baumüller?«

»Nein, er lebt heute als Architekt in Karlsruhe ... Aber bevor Sie mich nun weiter ausfragen: Teilen wir uns die Belohnung, Herr Bär?«

Mir blieb nichts anderes übrig, als auf sein Ansinnen einzugehen. Baumüller hatte über den »Schadensfall Günter Pellenz« Insider-Kenntnisse, auf die ich nicht verzichten konnte. Außerdem hatte er die besseren Kontakte zur Assekurantas-Versicherung und zu den Leuten hier im Viertel. Es war besser, Karl Baumüller auf meiner Seite zu haben und nicht gegen mich. Daher stimmte ich zähneknirschend zu:

»Also schön, fifty-fifty. Abzüglich der Spesen, die ich nicht meinem Klienten in Rechnung stellen kann.«

»Gut, wo wollen Sie mit Ihren Recherchen anfangen, Herr Bär?«

»Bei dem Überfall auf den Juwelier. Was hatte Ihr Versicherungsdetektiv damals herausgefunden?«

»Gawliczek? Dem kam der Überfall von Anfang an ziemlich merkwürdig vor. An einem Samstagmittag, als es auf dem Eigelstein nur so an Passanten wimmelte, stürmen drei maskierte Räuber in den Juwelierladen, raffen die Auslagen zusammen und laufen dann zu Fuß weg. Völlig ungehindert. Das fand Gawliczek reichlich komisch.«

»Ich bitte Sie, Herr Baumüller! Wer stellt sich schon bewaffneten Gangstern in den Weg?«

»Natürlich niemand. Aber wo kamen die drei Gangster her? Sind sie aus einem Auto ausgestiegen? Oder kamen sie zu Fuß zum Tatort? Wenn ja, aus welcher Richtung? Sind die drei unmittelbar vor dem Überfall niemandem auf der Straße aufgefallen? Wann haben sie eigentlich ihre Masken aufgesetzt? Doch nicht erst im Juwelierladen! Sie müssen sich schon auf der Straße ihre Masken angezogen haben ... wahrscheinlich unmittelbar vor Betreten des Schmuckladens. Hat das niemand bemerkt?« Er schaute mich durchdringend an, als ob er ausgerechnet von mir eine Antwort auf diese vierzig Jahre alten Fragen erwartete.

Haargenau dieselben Fragen waren mir gestern Abend durch den Kopf gegangen, als ich die alten Zeitungsartikel aus Onkel Manfreds Schnellhefter las. »Wenn es Profis waren, ging wahrscheinlich alles sehr schnell«, überlegte ich. »Ich kann mir vorstellen, die haben sich unauffällig vors Schaufenster gestellt, als ob sie sich die Uhren in der Auslage anschauen, das Gesicht von den Passanten abgewandt, zack, Maske auf, rein in den Laden ...«

»So könnte es gewesen sein, Herr Bär. Die waren wohl keine zwei Minuten in dem Laden. Fakt ist aber: Günter Pellenz hat nach dem Überfall nicht sofort um Hilfe gerufen! Das hatte uns alle stutzig gemacht: Unseren Detektiv Michael Gawliczek, meinen Kollegen Breitenstein von der Schadensabteilung und unseren Vorgesetzten, der die Auszahlung der Schadenssumme an Pellenz schließlich abzeichnen musste. Gawliczek hatte sich mit den Ermittlungsbeamten im Polizeipräsidium ausgetauscht, und die Polizei hatte sich ebenfalls über dieses höchst merkwürdige Verhalten von Pellenz gewundert. Normalerweise brüllt man doch hinter solchen Gangstern her: Hilfe, Polizei! Hilfe, Überfall!«

»Wieso? Diese drei Gangster hatten ihm doch ganz gehörig eins übergebraten, stand jedenfalls damals in den Zeitungen. Pellenz war bewusstlos oder zumindest benommen. Black Out, Mattscheibe ... Der Mann stand unter Schock!«

»Nein, Herr Bär, er hat zwar geblutet wie ein Schwein, aber in diesem Augenblick war er völlig klar im Kopf. Er hat erst nach einer Weile nach der Polizei telefoniert und dann ganz ruhig abgewartet, bis der Peterwagen kam. Das ist wirklich ein völlig untypisches Verhalten! Gawliczek hatte uns den Meldebericht vom Polizeieinsatz besorgt. Da stand Schwarz auf Weiß im Protokoll, dass das Opfer einen gefassten Eindruck machte, als die Beamten eintrafen. Und so etwas habe ich in meiner ganzen beruflichen Laufbahn nie wieder erlebt, das können Sie mir glauben, Herr Bär!«

Karl Baumüller goss Kaffee nach und zündete sich ein neues Zigarillo an. Er schaute gedankenverloren aus dem Fenster, und dann meinte er: »Na ja, was soll's. Wir konnten Günter Pellenz jedenfalls keine Anstiftung oder Tatbeteiligung nachweisen. Und er ist ja nun auch längst tot.«

»Wie kam Rudolf Kentenich ins Spiel?«

»Nun ... die Polizei und auch wir stellten uns die Frage: Was haben die Täter mit ihrer Beute gemacht? Sie mussten sie ja so schnell wie möglich wieder loswerden und zu Geld machen. Profi-Räuber planen den Absatz ihrer Beute schon vor der Tat. Manchmal stimmen sie sich sogar mit ihrem Hehler vorher ab, was sie eigentlich klauen und was sie lieber zurücklassen. Wir hatten mal in den Siebzigerjahren eine

Serie mit Villeneinbrüchen in Lindenthal. Da hatten die Täter immer nur die Teppiche mitgenommen, Fernseher und Schallplattenspieler. Wertvolle Bilder und Schmuck ließen sie hingegen unbeachtet zurück. Warum? Die Antwort ist einfach: Diese versicherten Gegenstände waren alle fotografiert und genau registriert worden. Das hätte die Fahndung erleichtert, denn mit solchem Beutegut hinterläßt man eine Spur. Das kriegen schnell irgendwelche V-Leute und Spitzel im Milieu mit. Also klauten sie in diesen Villen nur Sachen, die relativ anonym waren und sich leicht absetzen ließen.«

»Und Sie glaubten damals, diese drei Eigelstein-Räuber hatten ebenfalls vorher mit Rudolf Kentenich ausgemacht, was sie bei Pellenz an Uhren, Ringen und Colliers einsacken?«

»Wir nahmen an, dass die drei Räuber gute Ortskenntnisse hatten. Es waren keine Ortsfremden. Heute reisen solche Gangster ja sogar aus Rumänien oder Albanien an, spionieren hier in Köln Wohnungen für Einbrüche aus oder einsam gelegene Bankfilialen auf dem Land ... und nach vollbrachter Tat verschwinden sie wieder und tauchen auf dem Balkan unter. Aber vor vierzig Jahren waren die Räuberbanden noch nicht so mobil. Wir nahmen an, dass die Pellenz-Räuber hier in Köln ihre Milieukontakte hatten und dass sie schon vor dem Überfall mit einem Hehler handelseinig waren. Es kamen nur wenige in Frage ... Einige stadtbekannte Figuren saßen gerade im Knast, einer lag mit einer lebensgefährlichen Schussverletzung im Krankenhaus, einige hatten sich zur Ruhe gesetzt und blieben sauber ... So konzentrierte sich der Verdacht schließlich auf Rudolf Kentenich. Er war ja gerade aus dem Gefängnis entlassen worden und musste wieder Fuß fassen.«

»Kentenich hatte nichts auf der Naht, als er aus dem Klingelpütz kam. Er war völlig abgebrannt. Wie hätte er die drei Räuber bezahlen sollen?«

»Natürlich bekamen diese Gangster von einem Hehler als Erlös nicht den vollen Versicherungswert, sondern nur einen Bruchteil davon. Kentenich hätte die Beute vielleicht für ein Drittel dieses Wertes an einen anderen Hehler weiterverkauft. Natürlich hätte Kentenich nicht sofort bei Empfang der Beute von den drei Räubern mit ihnen abgerechnet, sondern erst dann, wenn er selbst das Zeug versilbert hatte. Er musste ihnen kein Geld vorstrecken, Herr Bär.«

»Hat man eigentlich Rudolf Kentenich wegen des Verdachts der Hehlerei polizeilich vernommen?«

»Nein, er war nicht aufzutreiben. Niemand wusste, wo er steckte. Schließlich fand man einige Tage später dann seine Leiche in einer Spelunke in der Machabäerstraße ...«

»Im Sport-Casino!«

»Wir nahmen an, dass er dort mit den drei Räubern oder zumindest mit einem von ihnen verabredet war, um den Erlös aus dem Verkauf der Beute aufzuteilen. Dabei muss es Streit gegeben haben. Vielleicht hielt Kentenich die drei hin. Möglicherweise fühlten sie sich von ihm betrogen, ein Wort gab das andere, der Streit wurde immer hitziger, schließlich zückt einer das Messer ...«

»Laut Zeitungsbericht war außer Rudolf Kentenich nur noch eine einzige andere Person am Tatort. Sein Mörder. Kentenich wollte sich mit einem Rasiermesser wehren, aber er wurde von dem anderen ganz brutal abgestochen. Hatten Sie keinen Verdacht, wer die drei Räuber hätten sein können?«

»Doch. Es gab da jemanden, der war schon wegen drei oder vier Überfällen auf Schmuckgeschäfte vorbestraft. Er hieß Helmut Schaeben, wuchs in Kalk auf, wohnte aber später in der Plankgasse und verschwand im Sommer 1964 aus Köln. Er tauchte bei der französischen Fremdenlegion unter und machte dann in den Sechziger- und Siebzigerjahren in Afrika alle möglichen Söldnerkriege mit. Schließlich wurde er Sicherheitschef in einer Goldmine in Katanga und dort bei einem Streik erschlagen. Das muss 1978 oder 1979 gewesen sein. Er war hier die ganze Zeit zur Fahndung ausgeschrieben, aber er ließ sich bis zu seinem Tod nie wieder in Europa blicken.«

»Wenn er 1965 nicht in Europa war, kommt er für den Mord an dem Versicherungsdetektiv Michael Gawliczek nicht in Frage«, warf ich ein.

Baumüller nickte und fuhr dann fort:

»Dann gab es noch einen Fritz Lorenz. Der stammte aus Unter Kahlenhausen und war im Klingelpütz mal Zellengenosse von Schaeben gewesen. Er wurde 1967 bei einem Wohnungseinbruch in Bremen festgenommen, wurde anschließend wegen diverser Delikte zu fünf Jahren Haft verurteilt und starb an einem aufgebrochenen Magengeschwür 1971 im Gefängniskrankenhaus. Ein brutaler Typ. Ihm hatten wir die Ermordung unseres Detektivs Michael Gawliczek durchaus zugetraut.«

»Aber man konnte ihm nichts beweisen?«

»Nein, Herr Bär. Bei den Vernehmungen nach seiner Festnahme behauptete er steif und fest, mit dem Juwelenraub, mit der Ermordung von Rudolf Kentenich und mit dem Tod von unserem Kollegen Gawliczek nichts zu tun zu haben. Er hatte zwar für den Überfall auf Pellenz und für die Zeit, als Rudolf Kentenich ermordet wurde, kein glaubwürdiges Alibi, aber die Indizien reichten nicht aus. Verurteilt wurde er 1967 in Bremen wegen ganz anderer Delikte.«

»Und der dritte?«

»Bert Scheuren aus der Niederichstraße. Wurde Ende der Fünfzigerjahre mal als kleiner Zuhälter aktenkundig. Sonst ist nicht viel über ihn bekannt. Und niemand weiß, was aus ihm geworden ist.«

10. Kapitel

Als Rudolf Kentenich ermordet wurde, hatten die »Wirtschaftswunderjahre« seinen Zeitgenossen Vollbeschäftigung und einen aus heutiger Sicht bescheidenen Wohlstand beschert. Allmählich verschwand in der Kölner Innenstadt ein Trümmerloch nach dem anderen. Glatt gekachelte Neubauten schlossen die Baulücken. Einen dieser Neubauten in der Eintrachtstraße ließ Jupp Grassmann hochziehen, der auf dem Eigelstein eine Reibekuchenbude betrieb. Gulasch und Schaschlik gab es dort auch, und manchmal standen wir Kinder vor dieser Bude und schauten durch das Fenster auf die große viereckige Pfanne, in der die Schaschlikspieße in einer blubbernden scharfen Sauce schmorten. Dieses Haus war Grassmanns Altersversorgung. Damals bestimmten noch so solide Bauherrn wie dieser Reibekuchenbudenbesitzer die Geschehnisse in der Baubranche und nicht solche windigen Spekulanten, mit denen der Immobilienmakler Heinz Kastenholz-Bendler seine Geschäfte macht.

Erna Götte betrieb in diesen Wirtschaftswunderjahren eine kleine Änderungsschneiderei am Thürmchenswall, und Karl Baumüller hatte mir erzählt, Erna Götte sei eine gute Bekannte von Margarete Kentenich gewesen, Rudolfs Mutter. Wenn ich also etwas über die Großmutter meines Klienten erfahren wollte, dann wäre es ratsam, mal mit Erna Götte zu reden. Ich könne sie zu jeder Zeit in der Eintrachtstraße in einer Kneipe namens Em Entepohl antreffen. Wenn ich ihr einen »schönen Gruß vom Karl« bestellen und ihr ein paar Kölsch und ein paar Schnäpse ausgeben würde, dann bekäme ich schon einiges aus dem Leben dieser Frau zu hören.

Es war eine dunkle, traurige Kneipe, in der es genauso säuerlich roch wie damals bei Willi Breckenhorst. In der Musik-Box eierte eine Scheibe mit *Mallorca-Hits Vol. IV*. Irgendein Stimmungsbarde verschmalzte sich über die Sonne, den Strand, das Meer, schöne Frauen und eine mega-geile Party, die dort angeblich rund um die Uhr abging, aber diese Party-Stimmung sprang nicht über, denn die einsamen Trinker Em Entepohl stierten nur brütend in die Kölsch-Gläser, die sie vor sich auf der Theke stehen hatten. Ausgemergelte Gestalten mit schlechten Zähnen, aufgedunsene Frauen, ein bleicher Jüngling mit fettigen Haaren, den ich für einen Strichjungen hielt. Kurz nach mir kam ein Unrasierter mit einem Koffer herein, und außer dem Koffer schleppte er noch eine prall gefüllte Reisetasche und ein paar Plastiktüten mit sich, die er neben dem Eingang abstellte. Er zog eine Laute hervor, klimperte ein wenig darauf herum, steckte sie dann in eine andere Tüte zurück. Ein großer besoffener Afrikaner hörte auf, an einer zerknitterten Blondine herumzufummeln und kam auf den Unrasierten zugetorkelt, um ihm eine gute Reise zu wünschen. Der Unrasierte zog einen Ghetto-Blaster aus der Reisetasche hervor und zeigte den Apparat dem Afrikaner, als ob er ihm das Teil verkaufen wolle. Er suchte nach einem Sender, um dem Afrikaner zu zeigen, wie gut das Radio funktioniere. Schließlich trollten sie sich an die Theke. Der Unrasierte stellte das Radio auf den Tresen; er hatte einen Sender gefunden, der Tango spielte, und der Typ drehte die Lautstärke auf, um die Mallorca-Hits übertönen zu können.

»Eh, du Arsch, maach dat Ding us«, krakeelte einer von den Tischen herüber.

Ich hatte mich zu der alten Frau hinten am letzten Tisch gesetzt und das Sprüchlein aufgesagt, dass Karl Baumüller mir aufgetragen hatte. Erna Götte war schon ziemlich besoffen, aber sie war noch nicht so zugeballert, dass sie nichts mehr mitbekam. Sie schaute mich lauernd und misstrauisch an, auf einmal schien sie knallwach und nüchtern zu sein. Gerade noch hatten ihre Augen glasig geschimmert, aber jetzt war ihr Blick klar und fest.

Ich blickte mich in der Kneipe um. Kamen etwa aus dieser Szene die anonymen Anrufe gestern Abend?

Erna Götte hatte strähnige graue Haare, die ziemlich verfilzt waren. Ihr fettes, glänzendes Gesicht war stark gerötet, sie atmete schnaufend. In ihrem Mund hatte sie nur noch zwei einzelne nikotingelbe Zähne. Dicke, aufgequollene Beine. Sie trug eine Art Putzkittel und darüber eine zerschlissene Strickjacke.

Der Krakeelige, der eben den Unrasierten abgeblafft hatte, behielt mich genau im Auge. Er würde sofort einschreiten, wenn Erna Götte sich über mich beschweren würde. Aber die alte, versoffene Schneiderin war einfach nur froh, dass ihr einer ein paar Runden Bier ausgab und ihr zuhörte. Es war leichter, Erna Götte zum Reden zu bringen, als ich eben beim Betreten dieser Bierhölle gedacht hatte. Und für die Striche, die Erna Götte schon auf ihrem Deckel hatte und die eine recht ansehnliche Zeche dokumentierten, war ihre Aussprache noch ziemlich klar.

Ja, sie hatte die Margarete Kentenich aus der Domstraße recht gut gekannt. Auch die beiden Jungs, den Rudolf und den Franz.

»Ach ja, die Margarete, die hat et schwer jehabt met dä zwei Pänz ... un dä Rudolf, dä war schon als Kleiner ein janz Wilder ... die Leute em Veedel han damals schon jesacht: Dat nimmt kein jutes Ende mit dem. Als Kinder, da haben wir zusammen jespielt ...«

Ihr Augen hatten jetzt wieder einen feuchten Schimmer. Sie stierte versonnen auf das halbleere Glas. Die Erinnerung an die Vergangenheit versetzte sie in eine weinerlich-sentimentale Stimmung. Das Beste war, sie einfach reden zu lassen, ihr einfach nur zuzuhören, auch wenn der größte Teil ihrer Erzählung für meine Nachforschungen keinerlei Bedeutung hatte.

Der Unrasierte und der Afrikaner schienen handelseinig geworden zu sein, denn der Afrikaner führte jetzt der zerknitterten Blondine den Ghetto-Blaster vor.

Georg hat mir neulich mal ein altes Foto aus dem Jahre 1932 gezeigt. Man sieht, wie eine SA-Mannschaft der Nazis durch die UKB marschiert, und undeutlich ist auch an einer Häuserwand das Schild der *Schrotthandlung August Kaufen* zu erkennen, die es also bereits in jener Zeit der Weltwirtschaftskrise gegeben hatte.

In den Dreißigerjahren war der kleine Rudolf Kentenich als Zehnjähriger genauso durch die Straßen des Viertels gestrolcht wie drei Jahrzehnte später Georg, Adi, Dieter, Frieder und ich. Vielleicht hatte auch Rudolf in jenem Alter sich sein erstes Geld damit verdient, ein paar alte Lumpen an den Schrotthändler in der UKB zu verticken.

Ernas Mutter arbeitete in der Textilfabrik bei Bierbaum Proenen, und die Nachbarin Margarete Kentenich passte dann auf die kleine Erna auf. Das Aufpassen bestand aber lediglich darin, das Mädchen zum Spielen zu den beiden Jungs auf die Straße zu schicken.

»Die han sich immer mit den anderen Jungs us dä UKB jeprügelt. Aber keiner traute sich, mir wat zu tun. Die wussten jenau, dann kriejen se Riss vum Rudolf.« Dann würde Rudolf sie verprügeln.

»Die Kraate hätten sonst auch ein Mädchen verhauen?«

»Oh ja, da kannten die nix!«

Das wiederum glaubte ich nicht so ganz. Wir hatten uns als Zehnjährige auch mit diesen Kraate herumgezofft.

Mädchen interessierten uns in diesem Alter überhaupt nicht. Nein, die Kraate hätten Erna in Ruhe gelassen, auch wenn sie nicht von Rudolf Kentenich beschützt worden wäre.

Bei Erna Götte mochte wohl der Alkohol die Erinnerung ziemlich getrübt haben, aber auch bei anderen Kontaktpersonen musste ich mich fragen, ob das alles stimmte, was man mir über die Ereignisse vor vierzig Jahren erzählte. Kriminalistik ist eine empirische Wissenschaft, aber es gab nichts mehr an Spuren, an Indizien, die mir die Möglichkeit gegeben hätten, den Wahrheitsgehalt der Zeitungsartikel und der Erzählungen von Zeitzeugen wie Erna Götte zu überprüfen.

Alte Leute neigen dazu, die Vergangenheit zu verklären. Bei Erna Götte kam noch der Alkoholpegel hinzu. Einerseits musste ich ihr noch weitere Biere ausgeben, um die Frau bei Laune zu halten, andererseits wusste ich genau, dass mit jedem weiteren Bier ihre Erzählung mühsamer wurde, abgehackter und zu ganz anderen Dingen abschweifend, und wenn jetzt noch zwei, drei Schnäpse hinzukamen, dann würde ihre Lebensbeichte in einem undeutlichen Gestammel enden.

Als die Fabrik ausgebombt wurde, war Ernas Mutter ihren Job los. Sie machte schließlich eine kleine Änderungsschneiderei auf, nähte die Militärklamotten der Kriegsheimkehrer zu Zivilkleidung um. Sie lernte Erna an, und die übernahm später den Schneiderladen.

Wäre aus Rudolf Kentenich auch ein Maggler, Dieb und Hehler geworden, wenn er unter anderen Umständen groß geworden wäre? War er eigentlich mit vierzehn Jahren der Hitler-Jugend beigetreten? Kurz vor dem Kriegsausbruch 1939 hatte er dieses Alter erreicht. 1938 war sein Vater bei einem Unfall ums Leben gekommen. Als Rudolf die Volksschule verließ, musste er kräftig mit anpacken: Damals hatte eine Witwe, die zwei Kinder durchbringen musste, es noch viel schwerer als heute eine »allein erziehende Mutter«. Obwohl Rudolf und Franz als sehr intelligent galten, wäre es unmöglich gewesen, sie auf eine höhere Schule zu schicken. Die Mutter hätte das Schulgeld nicht aufbringen können, und Stipendien oder so etwas wie »Bafög« gab es in jenen Zeiten nicht.

Der Versicherungsfachmann Karl Baumüller und sein älterer Kollege Ralf Breitenstein, der für den »Schadensfall Pellenz« zuständig war, hatten bei der Polizei Rudolf Kentenichs Kriminalakte einsehen dürfen. Mit dem Datenschutz nahm man es 1964 noch nicht so genau, und allein der vage Verdacht, Rudolf Kentenich könnte als polizeibekannter Hehler Abnehmer der geraubten Juwelen sein, reichte damals für die Polizei aus, mit der betroffenen Versicherung Informationen über Kentenich auszutauschen.

Was Erna Götte mir über Rudolfs Jugend erzählte, deckte sich in groben Zügen mit dem, was ich eben von Karl Baumüller gehört hatte. Ende der Dreißigerjahre hatte Rudolf Kentenich zweimal die Lehre geschmissen. Einmal hatte er seinen Lehrherrn bestohlen, einen Schlossermeister am Thürmchenswall. Anschließend hatte seine Mutter ihn als Lehrling in der Gummifabrik Osselmann untergebracht, doch Rudolfs Ausbildung endete auch hier wenige Wochen später mit einem Rauswurf: Er hatte im Umkleideraum die Spinde seiner Kollegen aufgebrochen. Seine Beute betrug allerdings nur zwanzig Mark; mehr Bargeld führten die Arbeitskollegen nicht mit sich.

So bekam Rudolf Kentenich zum ersten Mal richtig dicken Ärger mit der Polizei, und auf diese Weise ist der Abbruch seiner Lehre aktenkundig geworden. In der Hitler-Jugend hätte man ihn nun bestimmt nicht mehr haben wollen. Man steckte ihn in eine »Besserungsanstalt« in Porz, wo es aber nicht anders zuging als im Gefängnis: Die Erzieher trugen Uniform, und ich konnte mir gut vorstellen, dass Kentenich noch Jahre später das heisere Geschrei dieser Aufseher und das Getrappel ihrer blankpolierten Stiefel im Ohr hatte, das durch die dunklen weiß gekachelten Flure hallte.

Am 1. September 1939 brach der Zweite Weltkrieg aus, und schon im ersten Kriegsmonat wurden Lebensmittelmarken ausgegeben. Die Versorgung wurde eingeschränkt, und dank der furchtbaren Luftangriffe auf Städte und Bahnstecken herrschte für die Zivilbevölkerung bereits im Jahr 1943 eine spürbare Knappheit an Grundnahrungsmitteln. In den Restaurants und in den Brauhäusern auf dem Eigelstein, Em kölsche Boor und im Gaffel-Brauhaus, ebenso in der Paulus-Wache auf der Marzellenstraße, bekam man schon in den ersten Kriegswochen ein Mittagessen nur noch auf Marken. Es gab jeden Tag auch nur ein Standardgericht, oder höchstens ein weiteres zur Auswahl.

Franz Kentenich, der jüngere Bruder, bekam zur Vorbeugung gegen Vitaminmangel nun jeden Tag einen Löffel reinen Lebertran verabreicht. Ebenso Erna Götte. Ein gesundes, aber ungewöhnlich, eben nach Fischtran schmeckendes Zeug, das die Mutter Margarete Kentenich in einer großen braunen Flasche in der Eigelstein-Apotheke kaufte.

»Bah, dat Zeug war widerlich!« Die alte Schneiderin schüttelte sich schon bei der Erinnerung: »Darauf brauche ich einen Schnaps! Trinkste einen mit?«

Ich wehrte ab: »Nee, ich bleibe bei Kaffee.«

Erna Götte erzählte vom Krieg, stockend und manchmal nur undeutlich brabbelnd. Sie konnte sich noch genau an den »Tausend-Bomber-Angriff« auf Köln erinnern, den die britische Royal Air Force in der Nacht auf den 31. Mai 1942 unternommen hatte und bei dem vierhundert Zivilisten ums Leben gekommen waren.

»Dat Heulen der Sirenen, dat hatte ich noch Jahre später im Ohr. Und im Traum ... Die janze Nacht dat Tatütata der Feuerwehrautos. Überall war et am brennen. Auch am anderen Tag noch, überall war Rauch. Man konnte überhaupt nicht auf die Straße. Es gab viel zu wenig Feuerwehr, um all die Brände zu löschen. Aus den Trümmern haben sie Leichen herausgezerrt. Eine war ganz verkohlt. Richtig schwarz. Meine Mutter sagte, Erna, guck da nicht hin. Wenn wir im Luftschutzbunker waren und janz in der Nähe eine Sprengbombe einschlug, dann wackelten die Wände von dem Bunker. Wir hatten Angst. Todesangst. Dass die Decke von dem Bunker zusammenbrach und wir verschüttet wurden.«

»Und Rudolf Kentenich? War der die ganzen Kriegsjahre in der Besserungsanstalt?«

»Der Rudolf? ... Ja, was war mit dem Rudolf in der Zeit? Besserungsanstalt?«

»Sie erzählten mir doch eben, man hätte ihn in eine Besserungsanstalt gesteckt. In Porz.«

»Ja, in Porz. Aber ich glaube, die haben ihn dann in den Reichsarbeitsdienst gesteckt. Als Erntehelfer. Und als er dann gegen Kriegsende alt genug war, da haben sie ihn noch zur Wehrmacht eingezogen. Und aus dem Haus nebenan den Beckers Willi. Der war erst siebzehn. Der kam nicht zurück. Der ist Anfang 1945 gefallen, als die Amerikaner schon Aachen eingenommen hatten.«

Margarete Kentenich war froh, dass ihre beiden Söhne den Krieg heil überstanden hatten. Sie half mit, aus den Trümmerhaufen noch brauchbare Ziegel herauszusuchen und in kleine blecherne Loren zu packen, für die man provisorische Schienen angelegt hatte. Rudolf hatte derweil Ärger mit der britischen Militärpolizei, aber Erna Götte wusste nicht mehr genau, weswegen. Anfang der Sechzigerjahre, als Rudolf wegen Hehlerei im Gefängnis saß, da bekam auch eine »Trümmerfrau« wie Margarete Kentenich etwas vom Wohlstand der »Wirtschaftswunderjahre« ab. Sie zog in die Eintrachtstraße, in eine Wohnung mit Bad und Zentralheizung, in jenem schwarz-weiß gekachelten Neubau, den der Imbissbudenbesitzer Jupp Grassmann für seine Altersversorgung hatte errichten lassen.

In die feuchte und dunkle Altbauwohnung in der Domstraße, wo Margarete Kentenich früher gewohnt hatte, zog eine Flüchtlingsfamilie aus dem Osten ein. Zehn Jahre später wurde die Wohnung einem türkischen Mieter überlassen.

Mit dieser Information hatte sich der Erzählfluss der alten Schneiderin erschöpft. Sie war nun wirklich hackedicht, ihr Gerede wurde immer sprunghafter und sabbeliger, und sie war im Laufe unseres Gesprächs immer näher an mich herangerückt, was mir ziemlich unangenehm war, wegen dieses säuerlichen Geruchs, den ihr Körper und ihre Kleidung ausströmten.

Sie wirkte auf einmal müde, unheimlich müde. Gleich würde ihr Oberkörper nach vorne sinken, sie würde ihren Kopf auf der Tischplatte zwischen den Armen vergraben und einfach einpennen.

Ich stand auf und ging zur Theke, um zu bezahlen.

Der Unrasierte und der Afrikaner feilschten immer noch um den Ghetto-Blaster.

»Schatz, gibste auch mir einen aus?« Die zerknitterte Blondine schob sich an mich heran.

»Wat häste denn vun dä Ahl jewollt?«, wollte sie wissen.

Ich gab keine Antwort, legte einen Geldschein auf die Theke und wartete nicht aufs Wechselgeld, denn der Krakeelige war aufgestanden. Er sah aus wie einer, der Streit suchte, und er kam langsam auf mich zugetorkelt.

Ich machte, dass ich aus dieser Spelunke rauskam. Der Krakeelige rief mir etwas hinterher, was ich aber nicht verstand. Mit schnellen Schritten ging ich zurück zum Eigelstein.

Was nun, Bär? Mittagessen beim Türken am Eigelsteintor? Wieder diese leckere Pansensuppe? Ach nein, ich hatte noch keinen Hunger. Durch den Aufenthalt in dieser heruntergekommenen Kneipe mit diesem intensiven, schalen Geruch war mir der Appetit gründlich vergangen.

11. Kapitel

Ich rief per Handy Georg im Pressehaus an:
»Was macht mein Golf, Bär?«

»Der steht auf einem legalen Parkplatz in der Lübecker Straße.«

»Wenn's ein Knöllchen gibt, geht das natürlich auf deine Kappe, Bär!«

»Klar. Was macht mein Jetta?«

»Ich habe für zwanzig Euro getankt. Die kriege ich von dir wieder.«

»Ja, sicher.« Im Moment war ich flüssig. Ich hatte ja von Rainer Kentenich einen Vorschuss erhalten. »Sag mal, Georg, dieser Reporter, der damals den langen Artikel über Rudolf Kentenich in der Rundschau geschrieben hat: Wie komme ich an den heran? Hast du den noch persönlich kennen gelernt?«

»Ja, als Volontär. Er lebt heute in der Eifel. Ich kann versuchen, über die Internet-Telefonauskunft seine Nummer zu ermitteln. Ruf mich später noch mal an. Wann krieg' ich mein Auto wieder?«

»Im Moment wäre es mir ganz lieb, wenn ich deinen Golf noch etwas behalten könnte.«

»Das kann ich gut verstehen, bei dem Schrotthaufen, mit dem du durch die Gegend fährst. Ist dir noch nicht aufgefallen, dass der Auspuff völlig hinüber ist? Der knattert wie ein Rasenmäher.«

Wenn's nur der Auspuff wäre. An der Karre ist so ziemlich alles am Arsch. Nächsten Monat müsste die Mühle zum TÜV, aber die würden den Wagen sofort zwangsweise stilllegen. Ich muss mich wohl mental darauf einstellen, den Jetta zu verschrotten.

Ich fuhr nach Ehrenfeld zurück und parkte Georgs Golf zwei Blocks weiter in der Heliosstraße. Mein Vetter hatte inzwischen die Telefonnummer von Bernd Mottsching in Nettersheim ausfindig gemacht. Nach der schwierigen Unterhaltung mit der betrunkenen Schneiderin war es nun für mich richtig erholsam, ein Gespräch mit diesem Journalisten zu führen. Mottsching war hilfsbereit und auskunftsfreudig, er konnte seine Beobachtungen detailliert schildern und schweifte nicht ab, kurz: er war ein Informant, wie ihn sich jeder Detektiv wünscht. Er lud mich ein, ihn in der Eifel zu besuchen, aber er reagierte verständnisvoll, dass ich es aus zeitökonomischen Gründen vorzog, mit ihm zu telefonieren.

»Ich kenne das aus meiner Reporterzeit, Herr Bär. Man arbeitet immer unter Zeitdruck, und manchmal ist man froh, wenn sich eine Sache mit einem fünfminütigen Telefonat erledigt hat. Manche Recherchen erfordern aber tatsächlich eine Präsenz vor Ort, und manchmal tauen die Leute nur bei einem direkten persönlichen Kontakt auf.«

»Das ist bei meiner Arbeit als Detektiv genauso.« Mit Erna Götte ein Telefonat führen zu wollen, wäre zwecklos gewesen.

»Wissen Sie, Herr Bär, das finde ich ja bemerkenswert, dass Sie sich nach vierzig Jahren noch mal an diese alte Geschichte heranrobben. Die Kentenich-Story war meine erste große Reportage für die Rundschau gewesen, damals, als junger Reporter.«

»Irgendjemand anderer findet das allerdings ebenfalls sehr bemerkenswert. Mein Klient und ich haben gestern Abend Drohanrufe gekriegt, wir sollten die Finger von dem Fall lassen. Stellen Sie sich vor, ich laufe mit meinem Klienten einmal über den Eigelstein, und schon haben wir im Milieu jemanden aufgescheucht!«

»Nach vierzig Jahren? Das hört sich grotesk an, Herr Bär!«

»Ja, nicht wahr? Ich habe keine Erklärung dafür.«

»Tja ... vielleicht hat jemand damals den Schmuck aus diesem Überfall unterschlagen, und jetzt hat der Betreffende Angst, Sie schaffen es, ihn zu identifizieren, und er muss den Schmuck wieder herausrücken. Oder derjenige, der den Schmuck inzwischen von ihm geerbt hat, will Ihre Recherchen verhindern.«

»Sie glauben also auch heute noch, dass der Überfall auf den Juwelier Pellenz und der Mord an Rudolf Kentenich wenige Tage später zusammenhängen?«

»Ja, ich hatte mich ja damals im Milieu gründlich umgehört ... ich wollte rekonstruieren, was Rudolf Kentenich eigentlich in der kurzen Zeit zwischen seiner Entlassung aus dem Klingelpütz und seiner Ermordung so getrieben hatte. Er wusste zum Beispiel nicht, dass seine Mutter inzwischen in die Eintrachtstraße gezogen war.«

»Das habe ich auch eben erst erfahren. Haben Sie damals auch die Schneiderin Erna Götte kennengelernt, Herr Mottsching? Mit der hab ich nämlich eben gesprochen. In einer Kneipe.«

»Et Erna? Ende der Fünfzigerjahre ist die zeitweise auf den Strich gegangen. Dann hatte sie von ihrer Mutter diese kleine Schneiderwerkstatt am Thürmchenswall übernommen. Die Göttes waren Nachbarn der Kentenichs in der Domstraße.«

Rudolf Kentenich war nach seiner Haftentlassung an der alten Adresse in der Domstraße aufgetaucht, aber die Nachbarn wiesen ihn schroff ab und wollten ihm nicht sagen, wo Margarete Kentenich jetzt wohnte. Dies erzählten sie dem Rundschau-Reporter Bernd Mottsching, und wahrscheinlich auch dem Versicherungsdetektiv Michael Gawliczek, und auch Onkel Manfred war bei seinen Nachforschungen bestimmt dort in der Domstraße aufgetaucht, obwohl sich darüber keinerlei Hinweis in seinem Schnellhefter fand.

Mit einiger Verblüffung musste Rudolf Kentenich feststellen, dass die Leute im Viertel den Respekt vor ihm verloren hatten. Früher, da hätten die Nachbarn in der Domstraße es nicht gewagt, ihn so frech zu behandeln. Im Gegenteil – ein Knastaufenthalt galt normalerweise in den Kreisen, in denen er verkehrte, sogar als so etwas Ähnliches wie ein Adelsprädikat. Ja, früher, da war man auf der Straße zur Seite gewichen und hatte ihm auf dem Bürgersteig bereitwillig Platz gemacht, wenn er des Weges kam.

Aber jetzt hatten offensichtlich andere Leute hier das Sagen. Und die würden nicht dulden, dass er Rabatz machte. Rudolf Kentenich hatte vor diesen Typen keine Angst; er war ein guter Boxer, aber er musste höllisch aufpassen, dass er sich in der Bewährungsfrist nichts zuschulden kommen ließ. Die Schmier wartete nur darauf, ihn wieder einzubuchten. Würde er sich in eine Schlägerei verwickeln lassen, wäre das ein Grund, seine Bewährung zu widerrufen.

»Stellen Sie sich vor, Herr Bär: Der kommt aus dem Knast und steht vor dem Nichts. Alle weisen ihn ab. Sein Bewährungshelfer läßt ihn hängen. Er braucht ein Dach über dem Kopf, er braucht Geld ... Das war damals der Ausgangspunkt meiner Reportage gewesen«, erklärte Mottsching.

»Wo war Kentenich also untergekrochen? Bei Bert Scheuren. Einem kleinen Zuhälter, der zwei Zimmer in der Niederichstraße bewohnte.«

»Scheuren? Das ist doch einer der drei mutmaßlichen Tatverdächtigen beim Pellenz-Raub!«

»Richtig, Herr Bär! Und da haben Sie die Verbindung zwischen dem Überfall und Kentenichs Rolle als Hehler. Warum hätten Scheuren und seine Komplizen das Zeug einem anderen Hehler anvertrauen sollen, wo doch Kentenich in jenen

Tagen Mitbewohner bei Scheuren war? Und für Kentenich war dieser Coup eine Gelegenheit, nach vier Jahren Abwesenheit als Hehler wieder ins Geschäft zu kommen.«

»Hört sich plausibel an, Herr Mottsching. Nur hat niemand diese Theorie bisher beweisen können.«

»Das gehört jetzt zu Ihrem Job als Detektiv!«

»Nach vierzig Jahren? Unmöglich! Ich habe meinem Klienten direkt gesagt, dass ich keinen Kriminalfall aufkläre, sondern ihm nur helfe, etwas über das Leben seines Vaters zu erfahren.«

»Ich gebe Ihnen einen Tipp, Herr Bär: Treiben Sie diesen Scheuren auf. Er müsste noch leben. Ich weiß aber nicht, wo.«

Dass Rudolf Kentenich bei Bert Scheuren wohnte, war also die heiße Spur, auf die der Versicherungsdetektiv Michael Gawliczek gestoßen war. Und die Polizei? Hatte die diese Verbindung zwischen Scheuren und Kentenich übersehen? Bestimmt nicht. Aber das war noch längst kein Beweis für eine tatsächliche Verwicklung Kentenichs in den Juwelenraub.

Was der Reporter Bernd Mottsching mir über seine Dokumentation der ersten Tage nach Kentenichs Haftentlassung erzählte, hörte sich allerdings schlüssig an. Mottsching konnte sich an diese allererste große Story noch genauso präzise erinnern wie an seinen letzten Kommentar als Lokalchef, bevor er in den Ruhestand gegangen war. Das wunderte mich nicht, denn ich kann mich auch noch sehr gut an meinen allerersten Auftrag als Detektiv erinnern. Das ist so ähnlich wie das erste Glas Bier mit vierzehn oder der erste Kuss mit sechzehn. So etwas vergisst man auch nicht.

Nach vier Jahren Knast stand Rudolf Kentenich also vor dem Nichts und musste sein Terrain zurückerobern, er musste sich wieder Respekt verschaffen ... Er musste wieder Leute um sich scharen, die sich ihm gegenüber loyal verhielten: Lieferanten und Abnehmer heißer Ware, und verlässliche Informanten, die überall die Ohren offen hielten und die ihn rechtzeitig warnten, wenn ihn einer an die Schmier verzinken wollte.

»Wer hatte wohl die Idee, den Uhrenhändler Günter Pellenz auf dem Eigelstein auszurauben, Herr Mottsching? Bert Scheuren? Ich kann mir vorstellen, dass sein Untermieter Kentenich ihm die Ohren volljammerte, er müsse wieder ins Geschäft kommen, und dass Scheuren dann sagte: ›Okay, wenn du das Zeug für uns losschlagen kannst, dann nehmen wir einen Schmuckladen aus.‹«

»Es könnte auch umgekehrt gewesen sein, Herr Bär: Scheuren und seine beiden Komplizen ... wie hießen die doch gleich?«

»Helmut Schaeben und Fritz Lorenz!«

»Ah ja, genau ... also ... dieses Trio hatte den Überfall schon längst geplant. Ihnen fehlte nur noch ein Hehler, der ihnen anschließend die heiße Ware sofort abnahm. Da kam Kentenichs Haftentlassung wie gerufen, und es war für die drei Gauner wie ein Wink des Schicksals, dass er ausgerechnet bei Bert Scheuren einzog.«

Über das weitere Schicksal von Schaeben und Lorenz wusste Mottsching auch nicht mehr, als ich schon von Karl Baumüller erfahren hatte. Die beiden waren längst tot. Aber einer lebte noch. Bert Scheuren. Wo sollte ich nach ihm suchen? Am besten fing ich in der Niederichstraße an. Vielleicht gab es dort noch jemanden, der mir etwas über Scheuren zu berichten wusste.

Ich machte mich also wieder auf die Socken und schlug einen Umweg zu Georgs Golf in der Heliosstraße ein. Auch wenn du bislang keinen Beschatter bemerkt hat, Bär: Bloß nicht nachlässig werden. Wenn man vom Eigelstein in die

Dagobertstraße abbiegt, gelangt man auf den Parkplatz hinter dem Globus-Warenhaus. Dort stellte ich Georgs Wagen ab und überquerte zu Fuß die Turiner Straße.

Das Trümmergrundstück Ecke Domstraße/Dagobertstraße ist erst vor kurzem neu bebaut worden, fast sechzig Jahre nach Kriegsende. Das Postamt Dagobertstraße schräg gegenüber ist schon seit Jahren geschlossen, und es ist nicht ersichtlich, ob die Räume hinter den staubblinden Scheiben im Erdgeschoss überhaupt noch genutzt werden.

In dem alten Gesellenhaus mit seinem großen Treppengiebel aus roten Klinkersteinen residiert heute das Designer-Hotel Hopper St. Antonius. Dazu gehört auch ein Restaurant, und das haben sie nach L. Fritz Gruber benannt, dem großen Kölner Fotoprofessor, der in den Siebzigerjahren in der Kunsthalle die »Bilderschauen« zur photokina organisiert hatte.

Auf der anderen Straßenseite hat man in unseren Tagen freien Blick auf das frühere Dreikönigsgymnasium, das als die älteste Schule Kölns gilt und das von 1911 bis 1977 diesen grau verputzten Gebäudekomplex im Kunibertsviertel nutzte, in dem heute die Fachhochschule für öffentliche Verwaltung untergebracht ist. Hier war also Gustav Hollender Lehrer gewesen, der mufflige Vorsitzende des Geschichtsvereins, und bei ihm hatte der Sohn von Karl Baumüller die Schulbank gedrückt.

Aus einer Garage im Krahnenhof, die sich jemand als Bastelwerkstatt eingerichtet hat, dröhnte scheppernde Radiomusik. In dem Ecklokal zu Unter Krahnenbäumen ist jetzt ein Döner-Grill. Um 1960 war das noch eine urkölsche Kneipe gewesen. An den Tagen der Kunibertskirmes war in dieser Wirtschaft immer Tanz angesagt. Dann spielte einer auf dem Quetschebüggel, und manchmal trat auch eine kleine Kapelle mit drei oder vier Mann auf.

Nur an diesen Kirmestagen konnten wir Kinder aus der Machabäerstraße uns unbehelligt in die UKB wagen. Dann ließen uns die Kraate in Ruhe, denn an den Tagen des Patronatsfestes herrschte Frieden zwischen den Cowboys und den Indianern im Viertel.

Wenn der Kardinal Frings zusammen mit seinem Adlatus einen Spaziergang von seiner Residenz oben in der Eintrachtstraße zur Rheinpromenade unternahm, galt ebenfalls zwischen uns Kindern ein unbedingter Waffenstillstand. Sobald nämlich der Ruf ertönte, »Achtung, dä Kardinal kütt!«, hörten sofort sämtliche Raufereien auf. Unsere Eltern hatten uns eingeschärft, dass wir dann ruhig stehen bleiben und artig die Mütze ziehen mussten, und zwar auch die evangelischen Kinder.

Denn der Kardinal genoss bei allen Kölnern ein hohes Ansehen, auch bei den Protestanten, bei den Konservativen ebenso wie bei den Linken, bei den Alteingesessenen wie bei den Zugezogenen, seit er in seiner berühmten Silvesterpredigt 1945 erklärt hatte, wenn die britische Besatzungsmacht nicht in der Lage sei, die frierenden Kölner mit Heizmaterial zu versorgen, und wenn jemand sich in höchster Not nicht anders zu helfen wisse, dann sei der Kohlenklau eine lässliche Sünde. Von den langsam daherrumpelnden Lastwagen ein paar Briketts herunterzuwerfen und sich dann mit der Beute aus dem Staub zu machen, hieß fortan im Volksmund »fringsen«.

Ich bekam nun doch Hunger, aber auf Döner hatte ich heute keine Lust.

Ich ging stattdessen ein Stückchen die UKB hinunter. Gegenüber der Musikhochschule, die man 1976 als hässlichen Betonklotz in dieses Viertel gepflanzt hat, gibt es einen kleinen koreanischen Imbiss. Die Sushi-Portionen in diesem Imbiss sind billig; eine Schale mit diesen Reisröllchen kostet nur 2,60 Euro, und das Publikum besteht zumeist aus asiatischen Musikstudenten, die ihre Instrumentenkoffer neben sich abgestellt haben und scharfen Kimchi-Salat oder eine Schale mit heißer Nudelsuppe »Ramen« löffeln.

Ich balancierte ein kleines Tablett mit Sushirollen und einem Becher Tee zu dem Stehtresen. Aus dem Fernsehapparat plärrten bunte Zeichentrickfilme im Stil der japanischen Manga-Comics. Quäkige Stimmen, unterlegt mit martialischer Musik. Ein großes Plakat an der Wand informiert über das System der koreanischen Schrift mit einundzwanzig Zeichen für Vokale und neunzehn Zeichen für Konsonanten. Klasse, Bär, auf deiner Recherche-Tour kriegst du sogar was Bildung mit.

Um die Ecke war früher das Milchgeschäft Hüll gewesen. Auch Rainers Kentenichs Mutter musste hier die tägliche Milchration eingekauft haben, die man sich noch in Blechkannen abfüllen lassen konnte. Doch Anfang der Sechzigerjahre setzten sich dann allmählich Glasflaschen durch. »Goldmilch« mit einem goldenen Stanniolverschluss; sie hatte einen größeren Fettgehalt. Oder die magere »Silbermilch«. Erst einige Jahre später gab es auch Milch in dreieckigen Papptüten, aber die kauften wir nicht, weil meine Mutter sich einbildete, die Milch würde nach Pappe schmecken.

Vielleicht war Familie Kentenich auch in der Bäckerei ein Stückchen weiter Kunde gewesen, in dem Eckhaus An der Linde. Kurz vor der Straßenkreuzung zur Machabäerstraße war früher die Kohlenhandlung Werheid gewesen. Bestimmt hatte Werheid auch die Familie Kentenich mit seinen Klütten beliefert. Ein großer struppiger Schäferhund bewachte den Hof mit dem riesigen Briketthaufen, und so hatte es nie jemand gewagt, hier ein paar Klütten »fringsen« zu wollen. Die Kohlenhandlung ist schon lange geschlossen.

Heute heizt kaum noch jemand in diesem Viertel mit Kohlen. Das alte Schild ist aber noch da.

Als Rudolf Kentenich bei Bert Scheuren wohnte, musste er täglich an dieser Kohlenhandlung vorbei. Ich stellte mir vor, wie er sich möglicherweise an dem Kiosk, der zur Kohlenhandlung Werheid gehörte, Zigaretten gekauft und festgestellt hatte, dass jetzt Filterzigaretten in Mode gekommen waren.

Mein Vater hatte sich nach dem Krieg das Rauchen abgewöhnt und seine Zigaretten lieber gegen etwas Essbares getauscht, aber Onkel Manfred rauchte Zigaretten der Marke »Muratti privat«, und ich weiß noch, wie der Werbeslogan hieß: »Ab heute wird privat geraucht!« Onkel Manfred hatte sich jahrelang geweigert, auf Filterzigaretten umzusteigen, die würden nicht schmecken, behauptete er. Er rauchte lieber starke filterlose Orient-Zigaretten. Emir, Orienta, Nil, und zu besonderen Gelegenheiten besorgte er sich auch mal eine teure Schachtel Abdullah, die es nur in dem Zigarrenladen am Wallrafplatz gab. Aber irgendwann wurde sein Raucherhusten immer schlimmer, und er musste auf die Filter-Marke Muratti privat umsteigen, und als sein Bronchialkatarrh schließlich noch schlimmer wurde, stieg er sogar auf die leichtere Filterzigarette HB um. Onkel Manfred hat dann bis ins hohe Alter seine Kippen gequalmt und ist mit dieser Raucherlunge immerhin fünfundachtzig Jahre alt geworden.

Im Bahnhof und am Neumarkt gab es ein »Aktualitätenkino« namens Aki. Das Programm dauerte eine Stunde und fing dann wieder von vorne an. Es bestand aus Nachrichtenfilmen, die *Fox Tönende Wochenschau* und *Blick in die Welt* hießen, und dazwischen gab es Dick & Doof mit Stan Laurel und Oliver Hardy, Tom & Jerry-Trickfilme und Werbespots zu sehen.

Wenn Adi und ich beim Schrottsammeln genug verdient hatten, konnten wir uns eine Eintrittskarte leisten und verbrachten ganze Nachmittage in diesem Aki-Kino. Von den Werbespots waren uns die Trickfilme mit dem HB-Männchen am liebsten, dem immer alles misslang, das eine Panne nach der anderen erlebte, und als dieses HB-Männchen sich in einen Wutausbruch hineinsteigerte, sagte eine sanfte, ruhige Stimme: »Warum denn gleich in die Luft gehen? Greife lieber zu HB! Dann geht alles wie von selbst.«

Was für eine Zigarettenmarke hatte eigentlich Rudolf Kentenich geraucht? Eckstein ohne Filter? Overstolz oder Juno? Im Knast hatte er sich bestimmt mit Drehtabak begnügen müssen, und ich kann mir vorstellen, wie gut er sich gefühlt haben muss, als er draußen in der wiedergewonnenen Freiheit endlich wieder an einer »richtigen« Zigarette zog. Wenn er Filterzigaretten bevorzugte, dann bestimmt eine exzentrische Marke mit Goldmundstück, die es auch nur in dem vornehmen Zigarrenladen am Wallrafplatz gab, wo Onkel Manfred sich eindeckte.

Mein Weg zu der früheren Adresse von Bert Scheuren führte mich an St. Kunibert und dem Marien-Hospital vorbei. Einen Patienten hatten sie in seinem Rollstuhl auf den kleinen Vorplatz geschoben. Er trug ein blütenweißes Unterhemd, hielt sein Gesicht in die warme Sonne und rauchte mit Genuss eine Zigarette. Ein Nichtraucher kann sich wahrscheinlich kaum vorstellen, dass es für einen Frischoperierten ein wichtiger Schritt zurück ins Leben und damit ein augenfälliger Beweis für den Fortschritt seiner Genesung ist, wenn man ihm endlich erlaubt, das Bett zu verlassen und wieder zu rauchen, wenn auch nur im Rollstuhl draußen vor dem Krankenhauseingang.

Die Niederichstraße beginnt an der nächsten Straßenkreuzung. Links erstreckt sich der Schulhof der Realschule

Dagobertstraße mit ihrem renovierten Klinkerbau. Am Haus auf der anderen Straßenseite prangt an der Fassade noch die alte Reklame *Presse und Buch Vertrieb* in der Typografie der frühen Sechzigerjahre. Ein Stückchen weiter sieht man große gelbe Buchstaben DSG an der Wand. War hier früher nicht die Unterkunft der Deutschen Schlafwagengesellschaft gewesen, wo die Schaffner übernachteten, die abends in Köln ankamen und erst am anderen Morgen mit dem Frühzug wieder in ihren Heimatort zurückfuhren? In der Schwarzmarktzeit hatte jedenfalls Onkel Manfred häufig diese Schaffnerherberge aufgesucht und seine Deals mit den Zugbegleitern abgewickelt.

Das Café Muckefuck ist schon lange geschlossen. Den verstaubten, bunt bemalten Rollladen sieht man an, dass man sie schon seit Jahren nicht mehr hochgezogen hat. In den Siebzigerjahren hockte hier immer ein dicker Künstler herum, der seinen Körper in weite, bunte orientalische Gewänder hüllte. Er spielte immer Backgammon mit einem anderen Künstler, der sein Atelier in der Erdgeschosswohnung zwei oder drei Häuser weiter hat. Vetter Georg hat diesen Künstler mal interviewt. Er heißt Fritz Berchem, und ich weiß noch, wie er damals mit theatralischer Geste zu Georg sagte, wenn er mal sechzig ist, würde man ihn als den »Meister des Ultramarin-Blau« bezeichnen.

Inzwischen ist Fritz Berchem schon längst über sechzig, und niemand bezeichnet ihn als Meister des Ultramarin-Blau. Ein schlacksiger, hagerer Bursche mit grauem Gewölle auf dem Kopf, dem die Jahre ähnlich entglitten sind wie Prince Charles, der sein ganzes Leben lang darauf gewartet hat, dass seine Mutter ihn endlich mal auf den Thron von England lässt.

Berchem hat immer noch das Atelier im Erdgeschoss dieser Altbauwohnung, zwei Häuser neben dem Café Muckefuck. Die Fenster standen weit offen, und so konnte jeder von der Straße aus mit erleben, wie Fritz Berchem in einem farbbekleckerten grauen Kittel an der Staffelei stand und mit behutsamen Pinselstrichen eine glänzende blaue Farbschicht über eine andere, schon getrocknete blaue Farbschicht in einem etwas helleren Ton legte.

Mein Vetter hatte dem Interview damals die Schlagzeile *Schichtung der Farbe* verpasst, und diesen Titel rief ich nach einem fröhlichen »Tag, Herr Berchem« ihm jetzt durchs offene Fenster zu.

Fritz Berchem drehte sich langsam um und lächelte. »Hallo«, grüßte er zurück, »woher haben Sie diese Formulierung: Schichtung der Farbe? Mit diesen Worten hat mal jemand meine Bilder beschrieben!«

»Ich weiß, das war mein Cousin.«

Er nickte. »Ah ja ... Georg Bär, richtig? Endlich hat mal einer das Konzept meiner Malerei richtig verstanden! Ich habe das Interview zigmal kopiert und verteile es heute noch. Sie können stolz auf ihren Cousin sein. Aber Sie kenne ich doch auch! Ich habe Sie mal mit Ihrem Cousin auf einer Vernissage gesehen.«

»Das kann gut sein, ich begleite ihn schon mal zu Ausstellungen.«

»Ach, Sie interessieren sich auch für Kunst? Das ist ja prima! Haben Sie Lust, sich mal meine neuen Bilder anzuschauen?« Fritz Berchem zeigte auf einmal eine ungeheure Lebhaftigkeit. Er kam in den Flur, öffnete mir die Tür, und so kam ich mit dem Maler ins Gespräch. Er führte mich in das hofseitige Zimmer, das er als Lagerraum für seine Werke nutzte. Die Bilder waren in Noppenfolie gehüllt und lehnten an der Wand. Der Maler zog eine der Leinwände hervor, schlug die Schutzfolie zurück und schaute mich erwartungsvoll an, welche Reaktion ich jetzt wohl zeigen würde.

»Blau hat so etwas Sphärisches«, sagte ich, »es ist die Farbe des Himmels.«

Er strahlte mich an. »Genau so ist es«.

Dieser Satz hat gestern im Kölner Stadtanzeiger gestanden und er galt dem Werk von Sam Francis, dessen Bilder gerade in der Baukunst-Galerie am Theodor-Heuss-Ring ausgestellt wurden. Aber ich finde, diese Aussage lässt sich auch auf Fritz Berchem anwenden.

Und der hakte auch prompt nach: »Sie wollen mich mit Sam Francis vergleichen?« Ich dachte schon, ich sei mit meinem Zitat gehörig ins Fettnäpfchen getreten, aber Fritz Berchem klopfte mir auf die Schulter. »Sie haben Recht! Nur ist bei mir das Blau viel ursprünglicher und viel authentischer als bei Sam Francis!« Und dann nörgelte er ein wenig herum, dass Sam Francis berühmt geworden ist und er nicht, obwohl doch Fritz Berchem viel besser ist als Sam Francis.

Berchem wohnte und arbeitete hier in der Niederichstraße, seit er sein Malereistudium an den Kölner Werkschulen beendet hatte, und das war lange genug, dass ich ihn nach Bert Scheuren fragen konnte. Ich klärte ihn über das Anliegen meines Mandanten Rainer Kentenich auf, erzählte ihm kurz von dem Juwelenraub am Eigelstein und dem Mord im Sport-Casino. Und dass von denjenigen, die mutmaßlicher Weise in diese Sache verstrickt waren, außer der Bordellwirtin Erika Gellert nur Bert Scheuren als Einziger lange genug gelebt hat oder sogar heute noch lebte, um an der Beute aus dem Überfall noch Freude gehabt zu haben. »Scheuren muss bis in die Siebzigerjahre hier in der Nachbarschaft gewohnt haben. Ein kleiner Zuhälter ...«

»Der Bert? Klar, kenne ich den. Ich kenne jeden hier in der Straße. Aber Zuhälter ist übertrieben. Der Bert war höchstens ein Liebeskasper. Wenn ein Mädchen einen Freier mit aufs Zimmer nahm und dieser Freier dann Sekt bestellte, hat Bert den Zimmerkellner gespielt. Er hat für die Mädchen Zigaretten besorgt und ihnen auch mal was zu Essen rangeschafft. Er gehörte immer nur zum Gefolge der richtigen Zuhälter. Er war ein kleiner Ganove, der sich so durchs Leben schummelte. Ein ziemlich freudloses Leben, wenn Sie mich fragen.«

Der Maler machte eine wegwerfende Handbewegung. Für ihn hatte dieser Bert Scheuren keine große Klasse gehabt.

Wir gingen in den vorderen Raum mit der Staffelei, und Fritz Berchem bot mir einen Stuhl an. Der war mit Farbe bekleckert. Die Farbe war zwar längst getrocknet, aber ich war trotzdem froh, am Morgen eine alte Hose angezogen zu haben.

1964 hatte Fritz Berchem allerdings sein Atelier noch nicht hier in der Niederichstraße gehabt, und deshalb hatte er nicht mitbekommen, wie Rudolf Kentenich nach seiner Haftentlassung bei Bert Scheuren auftauchte und für ein paar Tage bei ihm unterkroch. Der Maler wusste aber, dass man Bert Scheuren verdächtigt hatte, an dem Raubüberfall auf den Juwelier und Uhrmacher Günter Pellenz beteiligt gewesen zu sein.

»Wissen Sie, die Leute hier in der Straße haben noch Jahre später darüber getuschelt, dass ausgerechnet der Bert bei diesem Überfall seine Finger mit im Spiel hatte. Der Schmuck blieb verschwunden, nicht wahr? Die Polizei und die Versicherung von diesem Uhrmacher haben den Bert nie aus den Augen gelassen. Als ich 1966 dieses Atelier bezog, tauchte ein Detektiv von der Versicherung auf und horchte die Nachbarn über den Bert aus. Mich hat er auch befragen wollen, aber so kurz nach meinem Einzug kannte ich die Leute hier in der Straße ja noch nicht so richtig.«

Er machte eine kleine Pause und konzentrierte sich darauf, sich eine Zigarette zu drehen. Als er sie angezündet hatte, fuhr Berchem fort: »Die Polizei hatte den Bert auch auf dem Kieker. Nicht nur wegen dieser Juwelensache. Das muss so um 1970 herum gewesen sein, da haben sie beim Bert alle paar Monate lang eine Hausdurchsuchung gemacht. Also ... das waren in dieser Zeit bestimmt vier, fünf Durchsuchungen. Da standen immer drei Peterwagen bei dem vorm Haus, das kriegte die ganze Nachbarschaft alles hautnah mit ...«

»Und? Hat man was bei ihm gefunden?«

»Keine Ahnung. Ein- oder zweimal ist er im Anschluss an diese Durchsuchungen verhaftet worden. Er kam aber nach ein paar Tagen U-Haft wieder frei. Der hatte einen ganz cleveren Anwalt. So' n kauziger alter Typ ...«

»Den kenne ich. Dr. Hans Sommerschladen. Der hat in der Nachkriegszeit so ziemlich alle Maggler und Schieber hier im Viertel verteidigt. Und er hatte auch ein paar richtig schwere Jungs als Mandanten ... Sagen Sie, Herr Berchem, bekam Scheuren eigentlich regelmäßig Besuch? Ich meine, außer von der Polizei?«

»Ja, warten Sie ... ach, das ist lange her ... Besuch ...ja, ich glaube, da tauchte in den Sechzigerjahren auch mal so'n Privatdetektiv auf. Das war auch so'n schrulliger Kerl. Der Bert schien den zu kennen. Die beiden sind jedenfalls zusammen da vorne in die Eckkneipe am Thürmchenswall einen trinken gegangen.«

»Ein Privatdetektiv? Schrullig? Und er kannte Bert Scheuren? Das kann nur mein Onkel Manfred gewesen sein. Der kannte alle möglichen Leute hier im Viertel. Aber hatte Bert Scheuren sonst noch Besuch? Von Leuten aus dem Halbweltmilieu? Haben Sie mal etwas über Helmut Schaeben und Fritz Lorenz gehört? Das sollen Bert Scheurens Komplizen gewesen sein?«

Berchem schüttelte den Kopf. »Schaeben? Lorenz? Nein, nie gehört.«

»Schaeben soll sich sofort nach dem Mord an dem vermeintlichen Hehler im Sport-Casino als Söldner nach Afrika abgesetzt haben. Das macht Helmut Schaeben als Mörder von Rudolf Kentenich allerdings am meisten verdächtig. Aber Fritz Lorenz muss weiterhin hier in Köln gelebt haben, bis man ihn ein paar Jahre später in Norddeutschland verhaftete. Es ist doch denkbar, dass die zwei in Köln zurück gebliebenen Komplizen Lorenz und Scheuren weiterhin Kontakt hielten. Und möglicherweise hat einer von ihnen ein Jahr nach dem Raubüberfall und dem Mord im Sport-Casino den Versicherungsdetektiv Michael Gawliczek umgebracht. Der glaubte, etwas herausgefunden zu haben ...«

Manfred Bär hatte also noch Jahre nach dem Mord an Rudolf Kentenich hinter dessen Kumpan Bert Scheuren hergeschnüffelt, obwohl Franz Kentenich ihn für diese Nachforschungen längst nicht mehr bezahlte. Onkel Manfred war immer noch auf die Belohnung von der Versicherung scharf. Und es war noch eine zweite Belohnung ausgelobt worden, nämlich für Hinweise zur Aufklärung des Mordes an Michael Gawliczek. Ich hatte einen Zeitungsausschnitt mit dem Steckbrief in einem Schnellhefter gefunden. Hatte er den Ehrgeiz, den Mörder seines Kollegen zu identifizieren? Wenn etwas für ihn dabei heraussprang, konnte Onkel Manfred ungeahnte Aktivitäten entwickeln. So habe ich ihn in Erinnerung. Die Stimme des Malers riss mich aus meinen Gedanken: »Ehrlich gesagt, Herr Bär, einen Mord hätte ich diesem Bert Scheuren nicht zugetraut. Also ... auf mich hat er jedenfalls keinen brutalen Eindruck gemacht. Er war ein kleiner Ganove, der mit gezinkten Karten spielte oder einem Besoffenen Glasperlen als echte Brillianten andrehte. Und Besuch bekam er sonst nur von seinem Bruder. Der hatte so eine komische Kriegsverletzung. Dem hatten sie den halben Unterkiefer weggeschossen. Jedenfalls ... er konnte keine Zahnprothese tragen. Er sah merkwürdig aus, so ohne Zähne. Er war Konditorgeselle im Café Bendler auf dem Eigelstein ...«

12. Kapitel

In den frühen Sechzigerjahren war das Café Bendler auf dem Eigelstein für seine Nuss-Sahnetorte berühmt gewesen. Das Café befand sich zwei Häuser neben der Kölner Stempelfabrik Köstefa, in deren Schaufenster sich glänzende Pokale und blankpolierte Plaketten türmten, Orden und Medaillen, Entwürfe für Firmenschilder und Ziffern aus Metall oder auf Emailleblech, die man als Hausnummern an die Fassade schrauben kann. Der Gastraum des Cafés bestand aus einem langen dunklen Schlauch mit einer bräunlichen Tapete, die seit der Zeit der Währungsreform nicht mehr erneuert worden war.

Dort bediente ein Aushilfskellner namens Richard, der immer ein ziemlich schmutziges und knülliges weißes Jackett anhatte. Er trug eine dicke schwarze Hornbrille; ein billiges Gestell, wie man es damals von der Krankenkasse umsonst bekam, und er hatte eine flaumige braune Glatze. Das Auffälligste aber war sein zerschossener und von einem Chirurgen wieder zusammengeflickter Unterkiefer, dessen Anblick ich als Zehnjähriger ziemlich gruselig fand.

Wenn es sonntags zu Hause selbst gemachte Obsttorte gab, schickte meine Mutter mich mit einer großen Glasschüssel ins Café Bendler, um frische Schlagsahne zu holen. Die Besitzerin stellte die Schüssel auf die Waage, weil sie das Leergewicht der Schüssel später vom Preis für die Sahne abziehen musste, und dann ließ sie den Sahneschaum aus einer großen silbrigen Maschine in die Schüssel quellen, wobei die Maschine ein lautes, stotterndes Spotz-Geräusch von sich gab.

Ich übernahm die Aufgabe des sonntäglichen Sahneholens äußerst ungern, denn ich ekelte mich vor diesem schmuddeligen Kellner namens Richard Scheuren mit seiner Kriegsverletzung. Wenn allerdings Bendlers Tochter Karin da war, riss ich mich zusammen. Sie sollte mich nicht für einen Feigling halten und nicht merken, dass ich mich vor dem Kellner Richard grauste.

Manchmal mussten üppig dekorierte Torten für Familienfeiern ausgetragen werden. Diese Aufgabe überließ man Fibbes, der eine ähnliche unmodische Kassenbrille trug und schlohweiße Haare hatte. Fibbes wusste wie ein Grandseigneur aufzutreten. Im Eigelsteinviertel hatte er den Ruf eines kölschen Originals, und er hielt sich mit allen möglichen Boten- und Handlangerdiensten über Wasser.

Dem Gemüsehändler Unkelbach lud er die Obstkisten vom Wagen ab, und auch sonst machte er sich überall nützlich. Fibbes wohnte in einem Schrebergartenhäuschen am Aachener Weiher, auch im Winter, und er war schon im April immer total braungebrannt. Wenn man ihn auf dem Eigelstein sah, trug er meistens einen grauen Kittel, und aus der Tasche lugte ein Schraubenzieher hervor. Fibbes tat immer so, als ob er gerade in Eile wäre, und meistens rief er irgendjemandem quer über die Straße zu: »Ich muss jrad beim Schnorrenberg ein paar Schrauben holen!« In Wirklichkeit hatte er aber nichts zu tun. Fragte man ihn nach seiner Lebensphilosophie, dann erklärte er, der liebe Gott ernähre die Vöglein unter dem Himmel, und der liebe Gott würde selbstverständlich auch ihn ernähren.

Solange es noch das Ursulabad gab, hatte Fibbes dort als Bademeister gewirkt. In diesem Badehaus am Ursulaplatz konnte man duschen oder ein heißes Wannenbad nehmen. An den gekachelten Wänden hingen geheimnisvolle weiße Emaille-Schilder: *Männer und Frauen, achtet auf Eure Gesundheit!*

Fibbes ließ das Wasser ein, sorgte für Seife und Handtücher. In den Häusern, die vor dem Krieg entstanden waren, gab es in der Regel noch keine Badezimmer; viele

Häuser hatten sogar die Toiletten draußen auf dem Treppenabsatz. Wer dort wohnte, der suchte einmal in der Woche das Ursulabad auf, um sich richtig zu säubern.

Doch nach und nach wuchsen aus den Ruinen moderne neue Häuser mit Bad und Toilette, wie jenes in der Eintrachtstraße, in das Margarete Kentenich gezogen war. Das Ursulabad wurde irgendwann überflüssig und Fibbes war seinen Bademeisterjob los.

Der zahnlose Konditorgeselle in dem Café neben dem Stempelgeschäft galt als Kriegsheld, doch diese Tatsache allein reichte nicht aus, um die rothaarige Kellnerin im Café Bendler zu betören, eine schlanke Kriegerwitwe mit einem strengen, etwas verhärmten Gesichtsausdruck. Der Maler Fritz Berchem wusste jedenfalls zu berichten, dass sie abweisend auf Richard Scheurens schüchterne Avancen reagierte, und der ahnte natürlich, dass dies an seinem Äußeren lag. Manchmal bildete er sich jedoch auch ein, sie wolle nichts mit ihm zu tun haben, weil sein Bruder Bert im Viertel als Gauner bekannt sei.

»Das war also eine ähnliche Konstellation wie bei den Brüdern Kentenich, Herr Berchem. Aber während bei Franz Kentenich die Versuche, sich vom kriminellen Milieu abzugrenzen, in welchem sein Bruder Rudolf verkehrte, schließlich zu einer offenen und erbitterten Feindschaft führten, blieb das Verhältnis des braven Konditorgesellen Richard Scheuren zu seinem zwielichtigen Bruder Bert herzlich.«

»Ja, das war mein Eindruck von den Gebrüdern Scheuren. Die Kentenichs kannte ich allerdings nicht persönlich. Aber dass Richard sehr an seinem Bruder Bert hing, ist doch verständlich. Finden Sie das nicht auch, Herr Bär? Richard Scheuren hatte doch niemanden außer seinem Bruder.«

»Sie haben Recht. Wahrscheinlich wagte Richard es nicht, gegen den Lebenswandel von Bert aufzubegehren, weil ein Zerwürfnis ihn völlig in die Einsamkeit hätte abdriften lassen ...«

»Warten Sie ... da fällt mir gerade wieder ein ... das muss 1966 oder 1967 gewesen sein, als ich dieses Atelier erst einige Monate hatte. Ich hatte beschlossen, so nach und nach alle Kneipen hier im Viertel zu testen, vom Thürmchenswall bis zum Eigelstein. Jeden Abend eine andere Kneipe, bis ich sie alle durch hatte und mich für eine von ihnen als meine künftige Stammkneipe entscheiden konnte. In einer dieser Kneipen traf ich mal auf die Gebrüder Scheuren. Welche das war, weiß ich nicht mehr. Richard war schon total besoffen und redete dauernd von seiner Kollegin, dieser rothaarigen Kriegerwitwe. Also, er lallte nur noch ... Er konnte sich kaum noch aufrecht halten. Ich hab Bert dann geholfen, den besoffenen Richard nach Hause zu schleifen. Das war so eine düstere Junggesellenbude in der Machabäerstraße, fast an der Ecke Johannisstraße. Hier verbrachte Richard Scheuren seine freien Tage. Er bekam nie Besuch. Er hörte Walzer und Operettenmusik im Radio und hing seinen Erinnerungen nach, wie er vor dem Krieg in den glitzernden Tanzlokalen auf dem Ring von den Damen umschwärmt wurde. Manchmal stellte er sich vor, wie er mit leichten, eleganten Schritten seine Kellnerkollegin übers Parkett schieben würde. Er hat mir bei anderer Gelegenheit, als er nicht ganz so besoffen war, mal ein paar Tanzschritte vorgemacht. Ich glaube, der muss sogar mal ein recht guter Tänzer gewesen sein.«

Er war auch froh, wenn Bruder Bert mal mit ihm zusammen ins Olympia-Kino ging oder in eines der Bierlokale auf dem Ring, die Richard an diese Tanzschuppen in der Vorkriegszeit erinnerten. Im Olympia-Kino zeigten sie sonntags vormittags immer Wildwest-Filme mit einem komischen Cowboy namens Fuzzy. Wenn es keine Freikarten gab, erzählten wir unseren Eltern, der Lehrer hätte uns den Kinobesuch empfohlen, weil es in den Filmen Tiere zu sehen gäbe, die anderntags im Unterricht durchgenommen werden sollten, und wenn wir besonders geschickt argumentierten, schafften wir es tatsächlich, fürs Kino zusätzliches Taschengeld zu bekommen.

Die Kinos hießen damals noch Lichtspieltheater; es waren große Säle mit Bühnen wie in einem richtigen Theater; und selbst das Olympia am Eigelstein hatte ein verschwenderisch großes Foyer mit einer glänzenden, schwarzen Wandverkleidung und goldenen Messingeinrahmungen für die lang gestreckten Schaukästen mit Plakaten und Fotos.

Viele Jahre später lernte ich Klaus Wittenberg kennen, der mir stolz erzählte, wie er als junger rebellischer Rock 'n' Roll-Fan im Capitol-Kino auf dem Ring eine ganze Sitzreihe auseinandergenommen hatte, als der Film *Elvis Presley – Rhythmus hinter Gittern* gezeigt wurde. Das Publikum kreischte und tobte, als Elvis den Titelsong *Jailhouse Rock* anstimmte, und als der Film zu Ende war, musste der Kinobesitzer die Bestuhlung komplett erneuern.

Als Klaus Wittenberg mir das erzählte, war er schon ziemlich dick geworden, und die dunkelblonden Haare über der Stirn waren inzwischen so dünn, dass er auch mit viel Pomade keine Schmalztolle mehr hinbekommen hätte. Also ließ er es bleiben und legte sich eine Kurzhaarfrisur zu, die man in jenen Jahren Messerschnitt nannte. Wittenberg war inzwischen Schichtleiter des Aufsichtspersonals im Agrippabad. Er watschelte mit seiner dicken Leibesfülle durch die Schwimmhalle und achtete darauf, dass alle Badegäste mit längeren Haaren eine Kappe trugen. Er kontrollierte die Sauberkeit in den Dusch- und Umkleideräumen, und er legte großen Wert darauf, sein Beruf sei »Schwimmmeister« und nicht »Bademeister«. Jemand wie Fibbes war für ihn nur ein »Badewärter«.

Als es nur ein einziges Fernsehprogramm in Schwarz-Weiß gab, das auch nicht wie heute rund um die Uhr lief, sondern erst so gegen 16 oder 17 Uhr mit der Kinderstunde anfing, da war ein Kinobesuch in diesen plüschigen Lichtspieltheatern noch etwas Besonderes gewesen. Der Maler Fritz Berchem erzählte mir, das Richard Scheuren sich immer in Schale geworfen hatte, wenn er seinen Bruder Bert zum Kinobesuch abholte. Er trug einen braunen Anzug mit Nadelstreifen und einen grünlich schimmernden eleganten Hut. Auch Bert sah wie aus dem Ei gepellt aus, und dann zogen die beiden los, ins Olympia-Kino. Manchmal gingen sie vor der Vorstellung auch erst noch ins Café Bendler, wo Richard es genoss, an seiner Arbeitsstelle als Gast zu verkehren und sich von dieser rothaarigen Kellnerin mit den schmalen, schön geschwungenen Lippen und den grünen Augen bedienen zu lassen. Fritz Berchem hatte diese Szene zufällig mal beobachtet, als er selbst Gast in dem Café war: Eigentlich musste Richard genau gespürt haben, dass die Kellnerin seinen halbseidenen Bruder nicht mochte und ihm nur das absolut notwendige Minimum an Höflichkeit zuteil werden ließ. Selbst das großzügige Trinkgeld, das Bert Scheuren ihr gab, quittierte sie nur mit einem kurzen, fast schon schnippisch klingenden »Danke!«

Auf der Schildergasse standen immer drei einbeinige Gitarristen. Auch sie waren Kriegsversehrte, wie Richard Scheuren, und einer von ihnen hatte eine Stimme wie Freddy Quinn. Mein Vater gab normalerweise den Bettlern rund um den Dom und in den Einkaufsstraßen nichts, vor allem dann nicht, wenn ganz offenkundig Alkoholismus die Ursache ihres Schicksals zu sein schien, und mein Vater begründete diese harte Haltung mit den Worten, es lohne sich nicht, sie mit einem Almosen zu beglücken, die würden ja sowieso nur alles versaufen. Doch bei den Gitarre spielenden Kriegskrüppeln auf der Schildergasse drückte er mir fast immer eine Münze in die Hand, damit ich sie bei den Musikern in die Blechbüchse klimpern ließ, denn er war ja selber Soldat gewesen und konnte froh sein, mehr Glück gehabt zu haben, und so war diese kleine Geldspende eine scheue Geste unter Kriegskameraden.

»Wissen Sie, was aus Bert Scheuren geworden ist?«, fragte ich den Maler Fritz Berchem am Ende eines langen, interessanten Gesprächs.

»Er verschwand irgendwann so um 1980 hier aus der Gegend. Er hatte früher mal was mit einer Wirtin aus der Machabäerstraße gehabt. Die war dann nach Bad Breisig gezogen, hatte da ein Hotel aufgemacht ...«

»Das war die Wirtin vom Sport-Casino. Sie hatte 1969 einen Hotelier geheiratet, und mit dem zusammen hat sie dort ein Hotel geführt.«

»Ja ... Anfang der Siebzigerjahre, als Bert Scheuren noch hier in der Niederichstraße wohnte, da ist er immer nach Bad Breisig in Kur gefahren. Also ... alle in der Straße haben sich gewundert. Der Bert ist doch nicht der Typ, der sich da an eine Thermalquelle hockt und so'n Wässerchen schlürft. Nee ... für uns alle war sonnenklar: Der Bert hat da ein Fisternöll. Und weil man ja wusste, dass er mal mit dieser Wirtin aus der Machabäerstraße was hatte und dass die nach Bad Breisig gezogen war ... also, man konnte zwei und zwei zusammenzählen und sich denken, mit welcher Frau in Bad Breisig der Bert ... verstehen Sie, Herr Bär?«

»Klar.«

»Der Hotelier starb Ende der Siebzigerjahre ... Bald darauf zog der Bert von hier fort. Es gab Gerüchte, er sei nach Bad Breisig gezogen.«

»Wissen Sie, wie der Hotelier mit Nachnamen hieß?«

»Hm ... ich glaube ... der Bert ist dort immer im Hotel Wüstenhagen abgestiegen ...«

Volltreffer! Eine Erika Wüstenhagen in Bad Breisig ausfindig zu machen, dürfte nicht sehr schwer sein. Dieses mühsame Herumtelefonieren mit den Hotels in Bad Breisig am Morgen hätte ich mir sparen können.

13. Kapitel

Zwei Minuten, nachdem ich den Maler verlassen hatte, klingelte das Handy. Georg wollte seinen Golf wieder haben. Er hatte am Abend eine wichtige Verabredung, und da wollte er nicht mit meinem verstaubten und zerbeulten Jetta vorfahren. »Wo bist du jetzt mit meinem Golf, Bär?«

»Er steht gegenüber von Glas Bong in der Dagobertstraße auf dem Parkplatz. Ich kann in fünf Minuten da sein.«

»Gut, warte da auf mich. Ich fahre jetzt vom Pressehaus los!«

»Okay, bis gleich.«

Ich setzte mich in den Golf und wartete. Zehn Minuten. Zwanzig Minuten. Eine halbe Stunde. Vom Pressehaus in der Amsterdamer Straße bis hierher würde man bei normalen Verkehrsverhältnisse nicht länger als zehn Minuten brauchen. Einfach nur die Riehler Straße runter und dann schräg rechts in die Greesbergstraße ... Aber jetzt herrschte Berufsverkehr ... Fünfunddreißig Minuten. Mann, Georg flucht bestimmt, dass er solange im Stau stehen muss!

Und da kam mein roter Jetta auf den Parkplatz eingebogen. Georg war kreidebleich, und er zitterte, als er ausgestiegen war.

»Was ist los? Hast du einen Unfall gebaut? Ich hab mich schon gewundert, wo du solange bleibst, Georg!«

»Du hattest einen guten Riecher mit dem Wagentausch ... aber du hast dabei eines nicht bedacht, Bär: Wenn ein Verfolger dir ans Fell will und sich an deinen Jetta ranhängt, dann sitze ich in der Scheiße, wenn ich der Fahrer bin! Du hast mich einfach leichtsinnig in Gefahr gebracht, du Arschloch!«

»He, Moment mal, Georg!«

»Ich hatte eine nicht sehr erfreuliche Begegnung mit deinem Beschatter! Der muss mir heute morgen vom Kaufhof-Parkhaus bis zum Pressehaus gefolgt sein. Der muss die ganze Zeit den Parkplatz dort im Auge gehabt haben. Und als ich eben in den Wagen steigen wollte, da hat er mich abgepasst!«

»Oh, Mann, ist was passiert?«

»Nein ... noch nicht ... Aber er hat mir einen Schlagring unter die Nase gehalten ... beim nächsten Mal schlägt er zu, hat er gesagt. Bär, der Kerl versteht wirklich keinen Spaß! In was für eine Scheiße hast du mich da hineingezogen!«

»Ruhig, Georg, ganz ruhig. Dir kann überhaupt nichts passieren ... sobald der Kerl merkt, dass du nicht Karl-Josef Bär bist, lässt er dich in Ruhe!«

»Eben nicht! Dem ist es egal, wer in deiner Karre sitzt! Scheiße! Dein zerbeulter Jetta ist ja wirklich unverwechselbar. Er wusste also genau: Es ist auf jeden Fall dein Wagen. Er hat schon gemerkt, dass ich nicht der Detektiv Karl-Josef Bär bin. Trotzdem hat er die ganze Zeit gewartet, bis ich zum Wagen zurückkam. Er raunte mir zu: ›Sag' diesem Detektiv, wenn er nicht auf mich hört, mach' ich ihn fertig. Und wenn du dich nicht aus der Sache raushältst, bist du auch dran!‹«

So ein Mist! Da hatte ich tatsächlich einen Fehler gemacht. Jetzt bedrohte dieser geheimnisvolle Anrufer nicht nur meinen Klienten und mich, sondern auch meinen Vetter Georg. Die Sache war ihm so wichtig, dass er sogar stundenlang wartete, bis Georg zu dem Wagen zurückkehrte. Solch eine direkte persönliche Bedrohung wirkte eindringlicher als ein weiterer anonymer Anruf. Und dieser Bursche fühlte sich so sicher, dass er sich aus der Deckung wagte. Wir wussten ja nun, wie er aussieht. Aber was nützte uns das? Offenbar war er davon überzeugt, dass wir nicht zur Polizei gehen würden.

Der Typ war nicht blöd. Wenn Rainer Kentenich und ich vorgehabt hätten, die Polizei einzuschalten, dann hätten wir das schon längst gemacht. Und der geheimnisvolle Unbekannte hätte uns beobachtet, wie wir heute Morgen zur Polizei gegangen wären oder diese wegen der Telefonüberwachung in mein Büro gekommen wäre. Nein, Bär, der Typ ist wirklich nicht blöd. Und deswegen ist er gefährlich. Du musst nun wirklich auf der Hut sein.

»Georg, wie sah der Typ aus?«

»Also, ziemlich groß, deutlich über 1,80 Meter. Recht kräftig. Bisschen dick, aber durchtrainiert. Trug so eine Bomberjacke aus blau-weißer Seide. Sonst hab ich auf seine Kleidung nicht so geachtet. Der hatte Sommersprossen im Gesicht. Ziemlich massiver Schädel. Volle, fleischige Lippen. Die Haare total kurzgeschoren, weißte, so 'ne Kampfschnitt-Frisur wie bei Türstehern oder Bodyguards. Im rechten Ohr ein silberner Ohrring.«

»Das Alter?«

»Schon was älter. Mindestens vierzig.«

»Die Stimme?«

»Hörte sich an, als ob er jeden Morgen mit Stroh-Rum gurgelt.«

Das traf auch auf den Anrufer vom Vorabend zu. Was hatte der mit der Vergangenheit der Familie Kentenich zu tun? Wenn Georg sich bei dem Alter dieses Gesellen nicht völlig verschätzt hatte, dann war der Bursche noch gar nicht geboren oder noch ein ganz kleines Kind, als Rudolf Kentenich ermordet wurde. Ein gedungener Schläger? Für solche Einsätze heuert man normalerweise etwas jüngere Typen an, die noch absolut reaktionsschnell sind und eine Bombenkondition haben. Eher jemanden, der höchstens dreißig oder fünfunddreißig Jahre alt ist. War es also kein Miet-Schläger, sondern jemand, der einen persönlichen

Grund hatte, meinen Klienten von Nachforschungen nach seinem Vater abzuhalten?

»Hat der Kerl sonst noch was gesagt?«

»Nein. Er war auch auf einmal weg. Da kamen Kollegen von mir auf den Parkplatz ... Er verschwand einfach hinter einem geparkten Lieferwagen ...«

»Hast du gesehen, wie er den Parkplatz verlassen hat?«

»Nein ... hör mal, ich hab mich sofort ins Auto ... ich wollte nichts wie weg ...«

»Okay, tut mir wirklich Leid, dich in solch eine Gefahr gebracht zu haben, Georg. Heute Abend kommt Trench zurück. Ich werde ihn als Leibwächter einstellen. Die Kosten dafür muss Rainer Kentenich übernehmen.«

Trench ist mein Nachbar. Er gehörte früher bei der Bundeswehr zu einer Spezialeinheit mit lauter Einzelkämpfern. Jetzt hält er an den Wochenenden in der Eifel Überlebenskurse für Manager ab. Investment-Banker, die sieben oder acht Millionen Euro im Jahr verdienen und die mal ausprobieren wollen, ob sie es schaffen, sich drei Tage lang im Wald nur von Würmern und wild wachsenden Beeren zu ernähren. Ich hatte Trench schon einige Male angeheuert, wenn es brenzlig wurde, so wie jetzt. Der würde diesem Schlagring-Besitzer schon den Marsch blasen.

Es gab dabei nur ein Problem. Trench konnte nicht drei Schützlingen gleichzeitig dienen, nämlich meinem Klienten, meinem Vetter und mir. Aber wenn ich noch zwei weitere Security-Leute einstellte, wurde das verdammt teuer. Rainer Kentenich würde wohl kaum für den Schutz meines Vetters aufkommen wollen, denn den Versuch, den anonymen Anrufer durch den Wagentausch hereinzulegen, hatte schließlich ich verbockt und nicht mein Klient.

Georgs Vorwurf war berechtigt: Ich hatte die möglichen Konsequenzen nicht richtig durchdacht, und das war für einen Profi-Detektiv ein verdammt übler handwerklicher Schnitzer gewesen. Das hätte schon jetzt für Georg bös enden können. Die nächste Begegnung mit diesem Schläger würde bestimmt nicht mehr so glimpflich enden.

»Georg, ich werde dich in diese Geschichte nicht mehr weiter hineinziehen. Und das Beste wird sein, ich werde mich auch sonst in den nächsten Tagen von dir völlig fernhalten, solange ich für Rainer Kentenich arbeite. Das wird deine Sicherheit erhöhen ...«

»Glaubst du? Der Kerl könnte auf die Idee kommen, mich oder eine andere Person zu entführen, um dich und deinen Klienten zu zwingen, weitere Schnüffeleien zu unterlassen. Solchen Figuren traue ich alles Mögliche zu.«

Ich auch. Aber das sagte ich ihm nicht, um Georg nicht noch weiter gegen mich aufzubringen. Er stieg in seinen Wagen und haute ab, denn allmählich wurde es Zeit für seine Verabredung.

War dieser Schläger Georg vom Pressehaus bis zu diesem Parkplatz in der Dagobertstraße gefolgt? Beobachtete er mich jetzt in diesem Augenblick, wie ich neben meinem Jetta stand und hinter Georgs Golf herschaute, der gerade auf die Turiner Straße abbog? Am Morgen auf dem Weg zum Kaufhof-Parkhaus hatte ich keinen Verfolger bemerkt. Ja, der Bursche stellte sich ganz schön clever an. Aber jetzt hatte ich einen kleinen Vorteil: Ich wusste, wie er aussah.

Ich rief meinen Klienten an.

»Wir müssen uns treffen. Aber nicht in meinem Büro.«

Die nächste Stunde verbrachte ich damit, einen eventuellen Beschatter abzuschütteln. Ich stellte den Jetta wieder im Parkhaus vom Kaufhof ab, tauchte dann im Gewühl der Kunden unter und hastete durch mehrere Abteilungen, verließ das Kaufhaus durch den Ausgang zur Schildergasse, betrat es erneut durch einen anderen Eingang und ging schnurstracks zum Ausgang an der Cäcilienstraße. Dort warteten Taxis. Ich ließ mich zum Barbarossaplatz chauffieren, wechselte dort das Taxi, fuhr mit der U-Bahn vom Rudolfplatz bis zum Friesenplatz, und dann steuerte ich das Billiard-Café über dem Capitol-Kino an.

Ein großer Raum im ersten Stock mit authentischem Siebzigerjahre-Ambiente: Abgewetzter brauner Teppich und überall Löcher im roten Kunstlederbezug der Sitzbänke, die sich an den Wänden entlang ziehen. Kleine runde Holztische zum Abstellen der Getränke. Pfeiler mit speckigen braunen Holzpaneelen, in deren Rillen sich Tabakqualm hineingefressen hat. Einige Bretter waren herausgebrochen. An den Pfeilern waren die Queue-Stöcke aufgereiht, aber auch an diesen Ständern, die man an die Paneelen geschraubt hatte, war im Laufe der Jahre einiges abgebrochen.

An der Wand hing ein Schild, es sei strengstens verboten, hier um Geld zu spielen. Das Lokal würde seine Konzession verlieren, stand da weiter, und handschriftlich hatte jemand mit ziemlich krakeligen Buchstaben ganz unten auf dem Schild notiert, gewisse Kreise hätten wohl ein Interesse an einem Konzessionsentzug.

Auf einer Empore mit kleinen Tischen zum Schachspielen saßen unter bunten Lampen fünf ältere Männer. Sie schauten sich schweigend ein Fußballspiel im Fernsehen an. Borussia Dortmund gegen FC Sochaux. Das Spiel stand 0:2.

Ein dicker Farbiger mit einer massiven schwarzen Hornbrille und einem Pepita-Hütchen hatte sich direkt am Geländer der Empore so hingesetzt, dass er sich das Fußballspiel ansehen und gleichzeitig den Billardspielern zuschauen konnte. Er verzog keine Miene, auch nicht bei einer spannenden Torszene, und die anderen Männer hinter ihm saßen ebenfalls völlig gleichgültig und regungslos da.

Wahrscheinlich sitzen diese fünf jeden Abend auf der Empore des Billard-Salons. Die Drinks sind billig, und man kann auch eine ganze Stunde lang mit einem Bier oder einer Cola dasitzen, ohne vom Personal zu einer neuen Bestellung genötigt zu werden.

Mein Klient war schon da. Er trug heute einen grau-seidenen Jogginganzug, darunter ein blaues T-Shirt, und er hatte sich an den Tisch gesetzt, der von den fünf Fußballfans und dem Farbigen mit dem Pepitahütchen am weitesten entfernt war. Rainer Kentenich trank ein Bier, und ich besorgte mir an der Theke eine Cola, bevor ich mich zu ihm setzte.

Ich sagte leise: »Es wird ernst, Herr Kentenich. Dieser Anrufer hat meinem Vetter aufgelauert, dem ich heute Morgen meinen Wagen überlassen hatte.«

Rainer Kentenich zuckte zusammen: »Aber ... wieso Ihr Vetter? ... Der hat doch nichts mit diesem Fall zu tun!«

»Indirekt schon. Wir hatten unsere Autos getauscht, weil ich einen möglichen Beschatter in die Irre führen wollte. Das ist mir auch gelungen. Aber ich hatte nicht einkalkuliert, dass der Kerl sich hinter meinen Vetter klemmt und ihm Feuer unter dem Arsch macht.«

Kentenich stimmte zu, dass ich Trench einbeziehen wollte, meinen Spezialisten fürs Grobe, und ich durfte auch das Honorar für Trench auf die Spesenrechnung setzen. Mit den Nachforschungen aufzuhören kam für Rainer Kentenich jedenfalls nicht in Frage. Mit der Beschreibung des Schlägers konnte er nichts anfangen. »Keine Ahnung, wer das sein könnte.«

»Sie haben niemanden in der Verwandtschaft, der in etwa in jenem Alter wäre?«

»Nein. Nach dem Tod meines Onkels Franz gibt es in Köln wohl auch keine Verwandten mehr.« Er nahm einen tiefen Schluck aus seinem Bierglas und sagte dann: »Hören Sie, Herr Bär. Ich finde, wir hätten sofort nach diesen anonymen

Anrufen gestern die Polizei einschalten sollen. Wir tun doch nichts Verbotenes! Dieser Mann, der Ihren Cousin bedroht hat, der hat überhaupt nicht das geringste Recht, von uns irgendetwas zu verlangen! Wir müssen uns doch diese Bedrohung nicht gefallen lassen! Oder sehen Sie das anders?«

»Nein, Sie haben Recht.«

»Dann nehme ich mir morgen früh bei meinem Chef zwei Stunden frei und fahre nach Kalk ins Polizeipräsidium. Ich werde Anzeige erstatten.«

»Ja, tun Sie das, Herr Kentenich. Georg und ich werden Ihre Aussage bestätigen.«

Noch vor zwei Minuten war ihm ziemlich mulmig gewesen, als ich ihm von Georgs Erlebnis erzählte. Aber dass sich Rainer Kentenich im Grunde genommen nicht so leicht einschüchtern ließ und nun bereit war, die Flucht nach vorne anzutreten, gefiel mir.

»Wenn ich abends allein in der Tankstelle bin: Ich habe an der Kasse immer eine Gaspistole griffbereit liegen und einen Schlagstock, der Elektroschocks austeilt. Ein Kollege von mir hat früher an einer anderen Tankstelle gearbeitet. Da hat mal so ein Bürschchen versucht, den auszurauben. So'n Junkie. Mein Kollege hat ihm einfach eins mit dem Schlagstock über die Rübe gesemmelt. Der ist schreiend wieder rausgerannt. Blutüberströmt. Ich denke, ich werde mich bewaffnen. Für alle Fälle. Ich fahre gleich zur Tankstelle und hole die Pistole und den Elektroschocker.«

»Spielen Sie nicht unnötig den Helden, Herr Kentenich.«

»Nein, Herr Bär, ich weiß, was ich tue.«

Rainer Kentenich besorgte uns zwei neue Drinks an der Theke. Das Fußballspiel war zu Ende. Zwei der Männer begannen ein Schachspiel, und die drei anderen schauten ihnen dabei zu. Der dicke Farbige stand auf und verließ das Billiard-Café.

Ich unterrichtete meinen Klienten über meine Gespräche mit dem Versicherungsmenschen Karl Baumüller, mit der alten versoffenen Schneiderin Erna Götte, mit dem pensionierten Reporter Bernd Mottsching und dem Maler Fritz Berchem. »Die Versicherung musste dem ausgeraubten Juwelier den Schaden ersetzen. Aber anschließend forschte die Assekurantas nach dem Verbleib der Beute, die ja nun rechtlich gesehen der Versicherung gehörte. Baumüller erzählte mir, dass es die Verantwortlichen bei der Assekurantas ganz schön gefuchst hat, dass sie Günter Pellenz auszahlen mussten, obwohl es jede Menge Ungereimtheiten gab. Also haben sie den Versicherungsdetektiv Michael Gawliczek auf den Fall angesetzt.«

»Was für Ungereimtheiten?«

»Die Art und Weise, in der sich der Überfall abspielte ... Natürlich ging auch die Polizei der Frage nach, ob es ein bestellter oder verabredeter Überfall war. Ob also Pellenz ein Komplize des Räuber-Trios war. Die Höhe der Schadenssumme kam ihnen komisch vor. 40.000 Mark waren damals sehr viel Geld für einen kleinen Uhrenladen am Eigelstein. Oft schlagen die Opfer auf die Schadenssumme noch etwas drauf, um die Versicherung zu bescheißen. Der Detektiv Michael Gawliczek jedoch hatte den Verdacht, es sei in diesem Fall genau umgekehrt gewesen: Der reale Verlust sei womöglich weitaus höher gewesen, als der ausgeraubte Günter Pellenz gegenüber der Polizei und der Versicherung angegeben hatte. Wahrscheinlich sind auch ein paar Stücke weggekommen, die Pellenz nicht auflisten konnte, weil ihre Herkunft unsauber war.«

»Pellenz selbst war Abnehmer von Hehlerware? Und die klaute man ihm, um sie anschließend an einen anderen Hehler zu verkaufen? Nämlich an meinen Vater! Herr Bär, das hört sich aber verdammt abenteuerlich an!«

»Nein ... es ging um andere krumme Geschäfte. Gawliczek war zum Beispiel darauf gestoßen, dass es 1953 eine Anzeige gegen Günter Pellenz gegeben hatte, er hätte Goldschmuck eingeschmolzen, der zehn Jahre zuvor von den Nazis konfisziert worden sei. Irgendein ehemaliger Nazifunktionär hätte diesen Schmuck durch die Wirren der Kriegs- und Nachkriegszeit gebracht und ihn dann Pellenz zum Einschmelzen und Umarbeiten gegeben, als er glaubte, zehn Jahre später würde kein Hahn mehr danach krähen. Nun ja, die Justiz war in den Fünfzigerjahren mit Richtern und Staatsanwälten durchsetzt, die selbst eine üble Nazi-Vergangenheit hatten. Pellenz blieb jedenfalls wegen dieser Anzeige juristisch unbehelligt. Aber der Versicherungsdetektiv Michael Gawliczek war sich sicher, dass der Uhrmacher Günter Pellenz noch mehr Dreck am Stecken hatte. Das waren allerdings nur vage Vermutungen. Gawliczek konnte keine Beweise herbeischaffen.«

»Und Ihr Onkel Manfred Bär? Was hatte der damals herausgefunden? Hatte der auch einen Verdacht?«

»Sein Auftraggeber, Ihr Onkel Franz, war nicht so sehr an der Aufklärung des Juwelenraubs interessiert, sondern an der Suche nach dem Mörder seines Bruders Rudolf. Franz Kentenich hätte sicherlich wohl auch gerne die Belohnung für die Wiederbeschaffung der geklauten Juwelen kassiert, aber in erster Linie ging es ihm darum, mit der Entlarvung des Mörders seine eigene Unschuld zu beweisen. Die Polizei hatte ihn ja zwischenzeitlich verdächtigt, seinen eigenen Bruder umgebracht zu haben, bis sich bei der Analyse der Blutspuren herausstellte, dass er unschuldig war.«

»Aber Manfred Bär sah doch wohl auch in der Aufklärung des Juwelenraubs den Schlüssel zur Überführung des Mörders? Der Überfall auf den Juwelier und der Mord an meinem Vater stehen doch in einem unmittelbaren zeitlichen Zusammenhang?«

»Ja. Und der Einzige, der uns darüber noch Auskunft geben kann, ist Bert Scheuren. Einer der drei mutmaßlichen Räuber.«

»Wo finden Sie den?«

»Er lebt nach Auskunft seines früheren Nachbarn Fritz Berchem möglicherweise heute noch in Bad Breisig, und dorthin ist übrigens 1969 auch die Wirtin vom Sport-Casino gezogen ...«

»Ach ...«

»Ja, Herr Kentenich. Das ist kein Zufall. Die Wirtin soll ja schon in ihrer Kölner Zeit die Geliebte von Bert Scheuren gewesen sein. Das glaubt jedenfalls dieser Maler Fritz Berchem vom Hörensagen zu wissen. Zunächst schien sie wohl mit Ihrem Vater liiert gewesen zu sein. Als Rudolf Kentenich dann 1960 Ihre Mutter heiratete und kurze Zeit später wegen Hehlerei im Knast saß, woran schließlich die Ehe Ihrer Eltern zerbrach, da begann Bert Scheuren um Erika Gellert herumzuscharwenzeln. Beide leben noch, und man müsste sich bei ihnen erkundigen, wie eng ihre Beziehung damals war.«

»Warum?«

»Ich habe in den Unterlagen von Manfred Bär ein Foto gefunden, das Erika Gellert und Ihren Vater beim Sekttrinken zeigt. Entscheidend ist jedoch, wann dieses Foto aufgenommen wurde. Nehmen wir einmal an, es stammt vom Frühsommer 1964. Rudolf Kentenich kommt aus dem Knast. Sein Bewährungshelfer lässt ihn hängen, und er kriecht für ein paar Tage bei seinem alten Kumpel Bert Scheuren in der Niederichstraße unter. Der hat inzwischen ein Fisternöll mit Rudolfs früherer Freundin. Aber da flammt auf einmal wieder die alte Liebe zwischen Erika Gellert und Rudolf Kentenich auf ... Beweis: Dieses Foto, das mein Onkel im Sport-Casino gemacht hat. Aber selbst dann, wenn dieses Sekt-Foto zu einem ganz anderen Zeitpunkt gemacht wurde, könnte die These stimmen, dass Kentenich, der ja nun auch geschieden war, nach seiner Haftentlassung sich wieder an seine frühere Geliebte heranmachte. Wie hat Bert Scheuren darauf reagiert? Warum ist bei den damaligen Ermittlungen niemand auf die Idee gekommen, dass Kentenich nicht im Streit um die Hehlerware aus dem Juwelenraub getötet wurde, sondern aus Eifersucht?«

»Stimmt, Herr Bär, dieser Aspekt taucht in den damaligen Zeitungsartikeln gar nicht auf.«

»Ich kann mir nicht vorstellen, dass der Polizei bei ihren Ermittlungen dieses Dreiecksverhältnis zwischen Erika Gellert, Bert Scheuren und Rudolf Kentenich nicht aufgefallen ist.«

14. Kapitel

Während wir uns unterhielten, ließ ich immer meinen Blick über die Spieler an den Billiard-Tischen schweifen. Ich hatte mich so hingesetzt, dass ich den Eingang zu der Halle im Auge behalten konnte. Keine Spur von einem Mann, wie Georg ihn beschrieben hatte.

Ich bin in einem Milieu groß geworden, wo man Konflikte intern regelt und die Polizei außen vor lässt. Es gilt sogar als schlimmer Verstoß gegen einen ungeschriebenen Verhaltenskodex, die Ordnungshüter um Hilfe zu bitten. Hätte ich nur für mich zu entscheiden gehabt, wäre für mich der Schutz durch meinen Nachbarn Trench genug gewesen. Aber in dieser Situation hatte ich auch eine Verantwortung gegenüber meinem Klienten und meinem Vetter, und deswegen unterstützte ich Kentenichs Absicht, am nächsten Morgen zur Polizei zu gehen.

Rainer Kentenich klappte seine Brieftasche auf. »Schauen Sie mal, Herr Bär, ich hab noch ein paar Sachen im Nachlass von Onkel Franz gefunden.«

Ein Zeitungsausschnitt aus dem Jahre 1942 mit einem Foto, das Erstklässler bei der Einschulung in die Volksschule Machabäerstraße zeigte. Offenbar war unter diesen Kindern auch eines, das mit den Kentenichs verwandt war. Deswegen hatte Onkel Franz diesen Zeitungsausschnitt aufbewahrt. Die Kinder wirkten aus heutiger Sicht ziemlich ärmlich gekleidet, in ihren grob gestrickten Pullovern und den schlotternden kurzen Hosen. Die Bildunterschrift hatte eine eindeutige Propaganda-Funktion: Sie besagte, dass trotz der kriegsbedingten Entbehrungen auch in diesem Jahre 1942 der Brauch geübt werden konnte, die »I-Dötzchen« zum ersten Schultag mit einer »Zuckertüte« auszustatten.

Außerdem hatte Franz Kentenich eine »Bekanntmachung« des »Luftschutzwarts« für die Anwohner der Domstraße aufbewahrt, der ungefähr so lautete: »In den nächsten Wochen werden regelmäßige Hausgemeinschaftsübungen abgehalten. Die Termine werden rechtzeitig bekannt gegeben. Die bestellten und noch nicht abgeholten Volksgasmasken müssen beim Luftschutzwart abgeholt werden. In den kommenden Tagen werden scharfe Verdunkelungskontrollen durchgeführt. Da die Großalarmsirene jetzt nicht ausgelöst werden darf, wird Fliegeralarm durch Signalhörner mit Doppelton bekannt gegeben, Feueralarm durch einen langen Ton.«

Ein weiteres Foto zeigte einen Hitlerjungen, der mit einer Sammelbüchse fürs WHW (Winterhilfswerk) sammelte. Im Hintergrund war undeutlich die Eigelsteintorburg zu erkennen. »Das war Onkel Franz. Ich erkenne ihn genau«, erläuterte mein Klient.

Außerdem hatte Franz Kentenich einen Plan von der Kölner Innenstadt aus der Vorkriegszeit aufbewahrt.

»Komisch, dieser Plan war doch nach dem Krieg bestimmt wertlos geworden«, wunderte sich mein Klient.

»Ja, schauen Sie sich mal die Gegend hinter dem Hauptbahnhof an. Die Platzgasse und die Hermannstraße gibt es heute nicht mehr. Diesen Plan kann er wirklich nur aus sentimentalen und nicht aus praktischen Gründen aufbewahrt haben«.

»Da ist ja unterhalb der Bastei eine Badeanstalt im Rhein eingezeichnet!« Rainer Kentenich konnte sich nicht vorstellen, dass man früher an heißen Sommertagen zum Schwimmen in den Rhein sprang. Heute ist das Wasser viel zu dreckig, aber als Kinder hatten auch Georg und ich noch im Rhein gebadet, unterhalb der Mülheimer Brücke, wo unsere Familie Decken auf der Schafswiese ausgebreitet hatte und ein Picknick abhielt. Georg und ich durften aber nur direkt am Ufer im seichten Wasser plantschen. Von den Erwachsenen schwamm Onkel Manfred als einziger weiter in den Strom hinaus.

Er war ein geübter Schwimmer, und er wusste auch, wie er sich verhalten musste, wenn er in einen Strudel geriet: Keine Panik kriegen, sich einfach von dem Strudel nach unten ziehen lassen, und dann mit einem kräftigen Schwimmstoß zur Seite hin aus dem Strudel heraustauchen und sich wie ein Ballon wieder nach oben treiben lassen. Adi, Dieter und ich durften nicht allein ohne die Aufsicht der Erwachsenen im Rhein baden. Stattdessen schickte man uns ins Freibad, das war aus Sicht der Eltern sicherer. Ein Kinderfahrschein für die Straßenbahn kostete 20 Pfennig, und manchmal liefen wir auch zu Fuß die gesamte Riehler Straße entlang, vom Ebertplatz aus am Oberlandesgericht und am Zoo vorbei, um das Geld zu sparen. Für 20 Pfennig bekam man nämlich an dem Kiosk im Riehler Bad eine Stange Vanilleeis mit Schokoüberzug. Meistens waren allerdings auch ein paar UKB-Kraate im Freibad, und sie versuchten immer uns unterzutauchen. Walter, der Anführer der Kraate hatte immer eine Tarzanbadehose mit Leopardenmuster an.

»Die Bastei, das ist doch ein Restaurant. Onkel Franz hat mir mal davon erzählt.«

»Ja. Sie gehörte zur mittelalterlichen Stadtmauer und wurde im Krieg zerstört. Man hat sie erst 1958 wieder aufgebaut und das Innere als Panoramarestaurant eingerichtet. Jeden Karnevalsdienstag findet dort das Prinzenessen mit dem Dreigestirn und den Obernarren vom Festkomitee statt. Ansonsten wird aber heute kein regelmäßiger Restaurantbetrieb mehr geboten. Aber früher, da war das ein richtiger Gourmet-Tempel. Keiner aus unserer Familie hätte sich ein Menü in der Bastei leisten können. Das wäre einfach zu teuer gewesen.«

»Bei uns war es so ähnlich«, meinte Rainer Kentenich.

»Onkel Franz hat ja nur ganz selten etwas über meinen Vater erzählen wollen. Aber einmal, da machte er eine Bemerkung über die Bastei. Mein Vater sei der Einzige in der Familie gewesen, der in seinen besten Zeiten genug Geld hatte, um dort zu verkehren. Aber das klang so, als ob Onkel Franz das missbilligen würde. Weil das Geld, das mein Vater dort ausgab, aus ... nun ja ... aus dubiosen Quellen stammte. Als hätte mein Vater es nicht verdient, in solchen Lokalen verkehren zu dürfen ...«

Franz Kentenich konnte sich höchstens sonntags in der Paulus-Wache in der Marzellenstraße ein Wiener Schnitzel leisten. Ein gut bürgerliches Esslokal im Brauhaus-Stil, dessen Wände großflächig mit Motiven aus dem Alltag der Blauen Funken bemalt waren.

An dieser Stelle meiner Erzählung muss ich vorwegnehmen: Von Erika Gellert, die später den Hotelier Wüstenhagen heiratete, erfuhr ich, dass Rudolf Kentenich sie mal in die Bastei zum Essen eingeladen hatte. Sie hatten einen Tisch mit einem phantastischen Ausblick auf den Dom, die Hohenzollernbrücke und den Messeturm. Die untergehende Sonne tauchte die Wellen des Rheins in ein rötlich-golden glitzerndes Licht, und von draußen hörte man nichts, außer den Hornsignalen der Kohlenschlepper, die langsam in die Nacht hineintuckerten. In solchen Gourmet-Schuppen ziehen sie immer ein ziemlich vornehmes Gedöns ab, und wenn einer nicht in solch eine Nobelbude reinpasst, lassen sie ihn das deutlich spüren. Rudolf Kentenich hatte jedoch keinerlei Berührungsängste zu dieser Welt der Austernschlürfer und der Hummerzangenartisten. Bei ihm wagten die Kellner es auch nicht, ihn herablassend zu behandeln. Erika Gellert zeigte sich jedenfalls schwer beeindruckt, wie weltgewandt Rudolf Kentenich hier auftrat, wie er mit Kennerblick die

Weinkarte studierte, sich einen Schluck zum Probieren einschenken ließ, das Glas hob, um im Licht die Farbe des teuren Rebensaftes zu prüfen und dann genießerisch ein Schlückchen zu sich zu nehmen. Wenn er dann dem Sommelier jovial zunickte, mochte man meinen, Kentenich sei von Kindesbeinen an mit solch großbürgerlichen Esslokalen vertraut, mit Gänsestopfleber und Chateaubriand, mit Sevruga-Kaviar und Moët et Chandon.

In den Augen von Erika Gellert hatte Rudolf Kentenich viel mehr Klasse als sein Kumpel Bert Scheuren, der zu jener Zeit auch dauernd um sie herumschwärmte, der sich aber in solch »besseren Lokalen« benahm wie ein ungehobelter Klotz. Mit diesem plumpen Bert Scheuren konnte eine Frau, die etwas auf sich hielt, höchstens ins Olympia-Kino auf dem Eigelstein gehen, und Erika Gellert hielt einiges auf sich.

Als Bordellwirtin genoss sie zwar keine große gesellschaftliche Reputation, aber mit dem Sport-Casino verdiente sie immerhin soviel Geld, um sich den Besuch von Orten leisten zu können, an denen sich sonst nur die feine Kölner Gesellschaft traf. Die Weidenpescher Rennbahn zum Beispiel. Unter den Fotos befindet sich eine Aufnahme, die Erika Gellert mit einem eleganten schwarzen Hut und einem hauchdünnen schwarzen Schleier auf der Rennbahn zeigt. Welcher männlicher Begleiter an diesem Rennsonntag die Ehre hatte, sie begleiten zu dürfen, sah man allerdings nicht. Aber ich nahm an, dass sie eher den eleganten Rudolf Kentenich als Galan an ihrer Seite gehabt hatte als den prolligen Bert Scheuren, von dem der Maler Fritz Berchem behauptete, er habe auch in einem teuren Anzug von Sauer auf der Hohe Straße immer ausgesehen wie ein Wermutbruder, der nur Mottenkugeln in der Tasche hat.

Für den Rosenmontagszug mietete sich Erika Gellert immer ein Zimmer im Hotel Excelsior Ernst, um vom Fenster aus die Narrenparade zu verfolgen, wie es sonst nur die Honoratioren aus den Villen von Marienburg taten. Als später nach Rudolf Kentenichs Ermordung Bert Scheuren ihr alleiniger »ständiger Begleiter« wurde und mit ihr auf einen Ball ging, musste sie ihn aushalten, denn Scheuren war immer klamm.

Mit Rudolf hingegen war das ganz anders gewesen, damals in den für Erika und ihn goldenen Jahren von 1959 und 1960. Da konnte er es sich erlauben, beim Bezahlen der Zeche in der Bastei dem Kellner einen großen Geldschein hinzuschieben und mit gleichgültiger Miene zu nuscheln: »Für Sie, mein Lieber!«

Franz Kentenich registrierte gewiss mit einer gehörigen Portion Neid, wie sein halbseidener Bruder auf großem Fuß lebte.

Karneval ging Rudolf Kentenich als Ölscheich, und dieses Kostüm passte zu ihm. Mein Klient hatte im Nachlass von Onkel Franz ein Foto gefunden, dass irgendjemand vor der Stiftsklause aufgenommen hatte, die auf dem Eigelstein direkt neben dem Kölschen Boor lag und das Stammquartier der »Negerköpp vum Eigelstein« war.

Vor den Schull- un Veedelszöch am Karnevalssonntag kauften sich die Negerköpp bei dem Schuhmacher in der Machabäerstraße immer ein Döschen schwarze Schuhcreme, das ihnen als Schminke diente.

Das Foto zeigte Rudolf als Ölscheich und Franz als Lappenclown inmitten der Negerköpp mit ihren schwarz gemalten Gesichtern, mit schwarzen Lockenperücken und Kopfschmuck aus langen, bunten Federn, und mit den Baströckchen, die sich auf dieser Aufnahme kontrastreich von dem übrigen schwarzen Kostüm abhoben. Ich vermutete, dass diese Aufnahme Mitte der Fünfzigerjahre entstanden war, als die Gebrüder Kentenich noch nicht untereinander verkracht waren. Zu dem Ölscheichkostüm gehörte eine Sonnenbrille, außerdem hatte sich Rudolf Kentenich ein Bärtchen angemalt, aber trotzdem konnte ich sein Gesicht identifizieren.

Einer dieser Negerköpp hatte damals bei uns im Haus gewohnt. Hans Darscheid. Er arbeitete nebenan bei dem Metzger Kallrath als Geselle und war ein ziemlich biederer Bursche. Der verkehrte bestimmt nicht unter Dieben, Hehlern und anderen Kriminellen. Rudolf Kentenich muss also zu dieser Zeit, als er mit seinem Bruder und den Negerköpp in der Stiftsklause Karneval feierte, im Viertel noch nicht den Ruf eines Außenseiters gehabt haben. Obwohl sein aktenkundiges Sündenregister bis in die Lehrlingsjahre zurückreichte, war er Mitte der Fünfzigerjahre wohl noch nicht ein gefürchteter schwerer Junge gewesen. Im Karneval verwischen sich zwar die sozialen Schranken ganz gehörig, jeder schunkelt mit jedem, aber das wäre nie soweit gegangen, dass sich ein braver Veedelsverein mit Jungs aus der Unterwelt verbrüdert hätte.

Ich fragte mich, ob der Versicherungsfachmann Baumüller in seiner Erzählung Rudolf Kentenich nicht doch ein wenig zu sehr zu einer rüden Gangstergestalt stilisiert hatte. Möglicherweise war Rudolf in Wirklichkeit viel harmloser gewesen. Vielleicht hatten auch andere ihm einfach alles Mögliche angedichtet. Er war zwar ein paar Mal vor Gericht verurteilt worden, das war unstrittig. Aber das alles bedeutete noch längst nicht, dass er um 1960 so eine Art Al Capone vom Eigelstein gewesen war.

Als Rainer Kentenich mir jetzt in dieser Billardhalle seine alten Familienfotos zeigte, fiel mir ein, dass ich am Vorabend bei der Durchsicht von Onkel Manfreds Schnellhefter auf ein ähnliches Karnevalsfoto gestoßen war. Rudolf in haargenau demselben Scheichkostüm und Erika Gellert als Haremsdame.

15. Kapitel

Die Juwelenräuber sind damals zu Fuß angehauen. Wo könnten sie hingelaufen sein, Herr Bär?«

»Man sah sie in Richtung Hauptbahnhof verschwinden. Nahe liegend ist die Vermutung, dass sie dann im Gewimmel der Passanten in der Bahnhofshalle untertauchten.«

»Und die Beute hatten sie noch bei sich?«

»Woher soll ich das wissen, Herr Kentenich? Auf diesem Fluchtweg hätte es in den Trümmerlöchern genügend Schlupfwinkel gegeben, wo man die Beute hätte vergraben können.«

Auf dem Brachfeld direkt an der Maximinenstraße gastierte im Sommer schon mal ein kleiner Wanderzirkus. Dieter und ich halfen beim Aufbau des Zeltes, und dafür bekamen wir Freikarten für den Sperrsitz oben in der letzten Reihe. Die Vorstellung war aber nur recht spärlich besucht, und nach der Pause setzten wir uns vorne hin, direkt hinter den Logen. Niemand störte sich daran. Drei Liliputaner zogen eine Clownnummer ab, danach gab es eine Dressurnummer mit vier Ponys, die traurig im Kreis trotteten und sich manchmal auf das Kommando eines Peitschenknalls um die eigene Achse drehten. Insgesamt war es ein recht dürftiges Programm, mit dem man heutzutage bestimmt keinen Erfolg mehr hätte. Der Zirkus baute nach zwei oder drei Tagen sein Zelt wieder ab, aber dabei halfen wir diesmal nicht, denn die Zirkusleute waren zu arm, um uns dafür ein paar Groschen zu geben: sie hatten zu wenig eingenommen und konnten sich noch nicht einmal ein kleines Trinkgeld für zwei elfjährige Handlanger leisten.

Genau an dieser Stelle hatte man die Gangster zum letzten Mal gesehen. Zumindest zwei von ihnen. Denn der dritte soll ja angeblich im Sport-Casino oder im Hof nebenan verschwunden sein. Wenn Rudolf Kentenich ihr Hehler war, dann hatten sie bestimmt geplant, die Beute komplett bei ihm abzuliefern und später den Gelderlös zu teilen. Aber sie trennten sich auf der Flucht, und wenn der dritte Mann, der sich angeblich im Sport-Casino oder in dessen Umfeld versteckte, die Beute bei sich hatte, dann war es denkbar, dass die beiden anderen ihn später bezichtigten, einen Teil der Beute für sich abgezweigt zu haben.

Konnten die drei Räuber sich gegenseitig trauen? Wir Kinder hatten jedenfalls schnell gelernt, dass man sich nur auf sich selbst verlassen kann. Frieder, Dieter, Georg und ich hatten mal einem Autofahrer geholfen, seinen Wagen auf dieser holprigen Brachfläche an der Maximinenstraße anzuschieben. Zur Belohnung gab er Frieder ein Markstück und trug ihm auf, dieses Geldstück in dem Gemüseladen oben an der Ecke zu wechseln und dann jedem von uns einen gleichen Anteil auszuhändigen. Der Gemüseladen war dazu die nächstgelegene Möglichkeit gewesen, er war nur zweihundert Meter entfernt, und niemandem von uns kam es in den Sinn, dass Frieder auf dieser kurzen Strecke ein krummes Ding abziehen könnte. Wir ließen ihn also allein losziehen, und als er nach ein paar Minuten zurückkam, hatte er nur 80 Pfennig dabei und behauptete, die restlichen 20 Pfennig hätte er unterwegs verloren.

Wenn *ich* zu den drei Juwelenräubern gehört hätte, dann hätte ich nach dieser Erfahrung keinen meiner Komplizen mit der Beute allein gelassen.

»Morgen fahre ich nach Bad Breisig«, sagte ich zu meinem Klienten. »Ich hoffe, dass Erika Wüstenhagen mir verrät, wo ich Bert Scheuren finde. Ich glaube, mit diesem Scheuren hat Erika Gellert immer die Molli gemacht. Für ihn war sie vielleicht die große Liebe. Aber sie hat mit ihm immer nur herumgespielt. Wenn meine Theorie von dem Dreiecksverhältnis stimmt, dann gab sie ihm 1964 den Laufpass, als Ihr Vater aus dem Knast kam. Nach dessen Ermordung machte sich Bert Scheuren erneut an sie heran, aber 1969 heiratete sie dann nicht ihn, sondern den Hotelier Wüstenhagen aus Bad Breisig. Also, Herr Kentenich, ich hätte spätestens dann von dieser Frau die Schnauze endgültig voll gehabt.«

»Ich auch, Herr Bär, das können Sie mir glauben.«

»Aber was macht dieser idiotische Bert Scheuren? Er kommt von dieser Frau nicht los und gönnt sich fortan regelmäßig einen Kuraufenthalt in Bad Breisig. Wenn man dem Maler Fritz Berchem glauben darf ... Irgendwann stirbt der Hotelier Wüstenhagen, und Bert Scheuren hat seinen großen Auftritt als Witwentröster. Aber möglicherweise nicht allzu lange. Ich würde mich bei dieser Frau jedenfalls nicht wundern, wenn sich die Witwe Wüstenhagen bald darauf den nächsten reichen Knacker geangelt und Bert Scheuren zum dritten Mal abserviert hätte.«

Mein Klient schaute mich ungläubig an. »Ehrlich gesagt, Herr Bär, ich kann mir nicht vorstellen, dass ein hartgesottener Gangster sich solch ein Verhalten von einer Frau gefallen ließe. Das scheint mir zu diesem Scheuren nicht so recht zu passen.«

»Mir eigentlich auch nicht. Immerhin hatte er mal ein Verfahren wegen Zuhälterei am Hals, und deswegen können wir annehmen, dass Bert Scheuren alles andere als ein gemütlicher Geselle ist. Aber ein großer, hartgesottener Gangster scheint er auch nie gewesen zu sein. An seinem bescheidenen Lebensstil hat sich jedenfalls nie etwas geändert. Natürlich wäre er nicht so dämlich gewesen, nach einem gelungenen Raubüberfall plötzlich auf großem Fuß zu leben. Aber ich glaube, er hat niemals das richtig große Ding gedreht. Er hat nur davon geträumt. Schlug sich sein ganzes

Leben lang immer nur mit kleinen Gaunereien durch. Den Eindruck hat jedenfalls der Maler Berchem von ihm. Einmal die Woche ging Scheuren mit seinem Bruder ins Kino und anschließend mit ihm in einer ganz normalen Veedelskneipe einen trinken. Keine Ausschweifungen in teuren Nachtbars. Bert und Richard Scheuren ließen bei ihren Familientreffen keineswegs die Puppen tanzen.«

»Nun, Herr Bär, dieser bescheidene Lebensstil würde ja bedeuten: Entweder hatte dieser Bert Scheuren mit dem Juwelenraub nichts zu tun oder er ist beim Versilbern der Beute leer ausgegangen.«

»Oder er war einfach nur clever. Er wusste ja, dass der Versicherungsdetektiv Gawliczek immer noch hinter ihm her war.« So grübelten wir wenig erfolgreich hin und her, um schließlich einzusehen: »... alle diese Spekulationen führen uns jetzt nicht weiter. Warten Sie doch ab, bis ich Bert Scheuren gefunden habe.«

Ja, es hatte wirklich keinen Sinn, Theorien zu wälzen. Wir konnten es jedoch nicht lassen!

Es gab nur eine verlässliche Tatsache, die man dem damaligen Polizeibericht entnehmen konnte: Rudolf Kentenich war mit einem anderen Mann im Sport-Casino zusammengetroffen, obwohl das Lokal eigentlich an jenem Tag geschlossen war. Hatten beide einen Schlüssel? Oder nur einer von ihnen? Waren die beiden dort miteinander verabredet, hatte also der eine den anderen eingelassen? Oder waren sie unabhängig voneinander in die Kneipe eingedrungen und zufällig dort im Thekenraum aufeinandergetroffen? Was hatten die beiden dort eigentlich zu suchen, in einer geschlossenen Puffkneipe?

Mit Bert Scheuren musste der Hehler sich nicht unbedingt dort verabreden. Sie konnten sich jederzeit in Scheurens Wohnung zu einem klärenden Gespräch zusammensetzen.

Oder wollte Kentenich dort einfach nur ein privates Saufgelage abziehen? Er war nach seiner Haftentlassung klamm, und seine Geliebte hätte ihm bestimmt nicht die Hölle heiß gemacht, so lange ein solches Besäufnis sich in Grenzen hielt.

»Wissen Sie, Herr Bär, es ist für mich einfach eine schreckliche Vorstellung: Jemand rammt ihm ein Messer in den Leib, und er liegt da und verblutet ... ganz langsam. Wie lange ... wie lange mag es gedauert haben?«

»Ich weiß es nicht. Ich weiß auch nicht, wie lange er noch bei Bewusstsein war. In solch einer Situation tritt ein Schock ein ... Der Blutdruck sackt total ab, der Kreislauf bricht zusammen. Die Schmerzen? Erst mal tut das gar nicht so weh. Haben Sie sich mal in den Finger geschnitten? Natürlich spüren Sie in dem Moment, wie die Haut aufgeratscht wird, den Schmerz. Aber kurze Zeit später die offene Wunde, die schmerzt dann viel mehr ...«

Was war damals wirklich passiert? Der Einzige, der es wohl geschafft hatte, der Wahrheit ziemlich nahe zu kommen, war inzwischen auch tot: Der Versicherungsdetektiv Michael Gawliczek, der ein Jahr nach Rudolf Kentenichs Ermordung ebenfalls Opfer einer Messerstecherei wurde. Vierzig Jahre später fing ich mit meinen Ermittlungen da an, wo er aufgehört hatte, und prompt rückte uns ein Schlägertyp mit Drohungen auf die Pelle. Warum? Der Fall Kentenich war wirklich verdammt merkwürdig ...

»Dieser Versicherungsdetektiv wurde auf die gleiche Weise ermordet wie mein Vater«, fiel Rainer Kentenich ein.

»Ja, das gleiche Tatmuster bedeutet aber nicht zwangsläufig, dass es derselbe Täter war. Was meinen Sie, wie viele Messerstecher in den Sechzigerjahren im Eigelsteinviertel herumliefen! Ein Straßenräuber schied als Mörder aus. Jedenfalls hat Herr Baumüller mir das so erzählt.«

»Dieser Gawliczek hatte ein Jahr lang nichts anderes gemacht, als sich um die Aufklärung dieses Schmuckraubs zu kümmern?«

»Genau. Er hatte gegenüber der Schadensabteilung der Assekurantas angedeutet, seine Ermittlungen stünden kurz vor dem Abschluss. Deswegen nimmt Baumüller an, dass die Täter es mit der Angst zu tun bekamen. Sie brachten Gawliczek zum Schweigen ... Waren Sie mal dort Am Salzmagazin an der Rückseite der Brauerei? Da war zwischen der Eisenbahnunterführung und der Eintrachtstraße im Krieg alles kaputt gegangen, und diese Ecke sieht heute noch fast genau so aus. Was hat Michael Gawliczek dort mitten in der Nacht gewollt? Da gab es nichts, keine Kneipe ... Ich sagte eben, die gleiche Tatwaffe allein bedeutet noch nichts. Erst bei mehreren übereinstimmenden Tatmerkmalen lässt sich ein identisches Tatmuster erkennen, und damit ein identischer Täter.«

»Sie sagen es, Herr Bär! Jemand muss ihn dort hinbestellt haben. Und wenn dieser Jemand ein Jahr zuvor meinen Vater in die geschlossene Kneipe bestellt hatte ... Das ist doch eine Übereinstimmung: Das Zusammentreffen zwischen Mörder und Opfer an einem Ort, wo beide allein sind. In beiden Fällen gab es keine Zeugen. Es sieht so aus, als ob mein Vater und dieser Michael Gawliczek von ihrem Mörder vorsätzlich in eine Falle gelockt worden sind ... Und dieser Gawliczek verblutete anschließend genauso auf dem Straßenpflaster wie ... wie mein Vater. Schrecklich! Ich möchte nun doch wirklich wissen, wer der Mörder war!«

»Ich auch, Herr Kentenich, ich auch. Je länger wir darüber reden, desto mehr packt mich der berufliche Ehrgeiz! Aber ich sage Ihnen noch mal: Es ist illusorisch, nach vierzig Jahren einen Mordfall aufklären zu wollen. Ohne Spuren, die man mit den modernsten Methoden kriminaltechnisch untersuchen kann, ohne DNA-Proben für Vergleichszwecke ... einer der beiden Tatorte, nämlich das Sport-Casino, existiert gar nicht mehr!«

Wir spielten dann noch zur Entspannung zwei Partien Billiard. Kentenich gewann beide Spiele, weil ich jedes Mal die schwarze Kugel im falschen Loch versenkte.

Mein VW Jetta stand im Parkhaus vom Kaufhof, und das war jetzt geschlossen. Egal. Direkt vor dem Capitol-Kino ist ein Taxistand. Als ich in der Platenstraße ankam, sah ich, dass bei Trench Licht brannte. Das war beruhigend.

Trench hatte in den nächsten Tagen auch nichts zu tun und war bereit, Bodyguard zu spielen. Dass er mir diesmal nicht für lau aus der Patsche helfen musste, sondern dass Rainer Kentenich ihn dafür bezahlen würde, empfand er als vorweggenommene Weihnachtsbescherung.

16. Kapitel

Baumüller hatte mir erzählt, dass der Detektiv Michael Gawliczek diesen Gauner Bert Scheuren sogar an jenen Abenden observierte, wenn er mit seinem kriegsversehrten Bruder Richard, dem Aushilfskellner aus dem Café Bendler, oder mit einer flüchtigen Damenbekanntschaft ins Olympia-Kino ging.

Oder während ihn Erika Gellert auf die Weidenpescher Rennbahn mitnahm und Bert Scheuren versuchte, von einem der Stallburschen und von einem der Profi-Zocker einen Tipp für eine Einlaufwette zu bekommen. Das war im Sommer 1964 gewesen. Wenige Wochen nach dem Mord im Sport-Casino. Die Polizei hatte die Bordellkneipe dicht gemacht, und der Detektiv Gawliczek hatte sich gewundert, über welche Einkünfte Erika Gellert jetzt wohl verfügte, um sich immer noch einen mondänen Lebensstil leisten zu können. Ließ sie sich von Bert Scheuren aushalten? Von dessen Anteil an der Beute aus dem Schmuckraub? Nein, sie hatte den Eintritt für beide bezahlt, sie zahlte auch die Erfrischungsdrinks für beide ... Es sah eher so aus, als ob sich dieser Bert Scheuren von ihr aushalten ließe.

Kurze Zeit später zog Erika Gellert aus dem Eigelsteinviertel fort. Sie traf sich aber weiter mit Bert Scheuren in den Cafés auf dem Ring, sie besuchten den Kaiserhof und andere Varietés, Tanzlokale und Restaurants. Bert Scheuren fühlte sich augenscheinlich im Wienerwald am wohlsten, wie der Versicherungsdetektiv registriert hatte, der sich keine Mühe gab, seine Observation zu verbergen. Einmal wollte Bert Scheuren wütend auf ihn losgehen, aber Erika Gellert war dazwischen gegangen und hatte beruhigend auf ihn eingeredet, ihn fortgezerrt.

Sie hatte in den letzten Wochen ihren Namen oft genug in der Zeitung gelesen, und wollte nicht schon wieder in einen Skandal verwickelt werden. Sie war froh, dass sie inzwischen unbehelligt in diesen Ring-Lokalen sitzen konnte, ohne dass die Leute an den Nebentischen sie anstarrten und dann anfingen zu tuscheln ... ist das nicht die ... ja, doch, genau, das ist die ... deren Foto war doch neulich ... ja, genau: dieser Mordfall. Das hätte ihr jetzt gerade noch gefehlt, dass dieser blöde Bert durch eine Prügelei ihr schon wieder die Polizei und die Presse auf den Hals hetzte.

Setzte Michael Gawliczek auf eine Zermürbungstaktik? Wollte er Bert Scheuren zu einer Unvorsichtigkeit provozieren? Er hing an Bert Scheuren wie ein wütender Terrier, der sich im Hosenbein eines Briefträgers verbissen hat.

Und Scheuren? Der wurde, laut Gawliczek, wohl auch tatsächlich zusehends nervöser. Fing der Detektiv an, für Bert Scheuren und damit auch für seinen Komplizen Fritz Lorenz gefährlich zu werden? Lorenz und Scheuren hatten in den Monaten nach Rudolf Kentenichs Ermordung übrigens kaum Kontakt. Nur zwei oder drei Mal waren sie sich eher zufällig begegnet, in einer Kneipe auf dem Gereonswall, Ecke Stavenhof, über deren Tür immer noch der alte Name Beim Nettche prangt, obwohl Besitzer und Publikum längst gewechselt haben. Heute verkehren hier zumeist türkische Gäste, die sich nicht darum kümmern, was das früher mal für ein Schuppen gewesen ist.

Am anderen Morgen klingelte mich ein Anruf aus dem Polizeipräsidium aus dem Bett. Mein Klient hatte also seine Ankündigung wahrgemacht. Ein Hauptkommissar Breuer wollte wissen, ob ich die Darstellung von Herrn Kentenich bestätigen könne und ob ich mit einer Fangschaltung für meinen Büroanschluss einverstanden sei.

»Ja, okay ...«

Dann bat er mich noch, in der Ehrenfelder Wache vorbeizuschauen und bei einem seiner Kollegen meine Aussage zu Protokoll zu geben.

»Sie sind Privatdetektiv, Herr Bär? Dann wäre es wohl zwecklos, Ihnen Ratschläge zu geben, wie Sie sich im Falle einer solchen Bedrohung verhalten?«

»Danke, ich versuche, auf mich aufzupassen ...«

»Herr Bär? Besitzen Sie eine Schusswaffe?«

»Nein.«

»Ich mache Sie darauf aufmerksam, dass Sie auch in einer Notwehrsituation die Verhältnismäßigkeit der Mittel wahren müssen. Falls Sie als Detektiv also irgendwelche Waffen mit sich führen ...«

»Nein, ehrlich nicht. Weder Schusswaffen noch andere!«

Der Polizist war ziemlich misstrauisch. Er schien ganz offensichtlich keine Privatdetektive zu mögen.

Ich schaltete den Computer ein, klickte im Internet die Telefonauskunft an und gab als Suchbegriff »Wüstenhagen« in »Bad Breisig« ein.

Als Ergebnis bekam ich zwei Adressen präsentiert. Das »Hotel Wüstenhagen« in der Andernacher Straße und eine »Erika Wüstenhagen« im »Seniorenstift Rheinsonne«.

Dann ging ich mit Trench ins Platen-Eck frühstücken. Anschließend fuhren wir mit dem Taxi zum Kaufhof-Parkhaus und schwangen uns in meinen Jetta. Es kostete mich ein Schweinegeld, den Wagen über Nacht im Parkhaus stehen zu lassen. Egal, die Parkgebühren würde ich auch Rainer Kentenich auf die Spesenabrechnung knallen.

Es war ein schwüler, wolkenverhangener Sommertag. Ich knüppelte den alten VW Jetta über die Autobahn Richtung Koblenz. Als ich Bad Neuenahr erreicht hatte, verließ ich die Autobahn und nahm die Bundesstraße 266 Richtung Heimersheim. Hier in der Eifel war es noch recht diesig, die bewaldeten Hänge sahen schemenhaft aus in dem milchigen Dunst, der die Landschaft einhüllte. Ich kam durch Lohrsdorf, folgte der Straße weiter Richtung Bad Bodendorf und erreichte dann kurz vor Sinzig die Bundesstraße 9. Geradeaus ging es weiter nach Kripp, einem südlichen Vorort von Remagen, und jenseits der schmucklosen flachen Gewerbehallen, welche die Straße säumten, erhob sich auf der anderen Rheinseite der Felsen der Erpeler Ley mit seinem weithin sichtbaren Gipfelkreuz.

Ich musste nach Süden abbiegen. Es herrschte nicht viel Verkehr, und nach etwa sieben Minuten hatten wir Bad Breisig erreicht.

Erika hatte also diesen Hotelier geheiratet, und als Bert Scheuren dann in Bad Breisig auftauchte, konnten sie sich gegenseitig auf ihre Diskretion verlassen. Keiner würde den anderen wegen dessen früherem Lebenswandel bloßstellen. Bert Scheuren hatte kein Interesse daran, dass jeder in Bad Breisig erfuhr, aus welchem Grund Erika Wüstenhagen in Köln das Sport-Casino aufgegeben hatte, und was das überhaupt für eine üble Spelunke gewesen war. Und sie würde den Kurgästen, die bei ihr im Hotel logierten, bestimmt nicht erzählen, dass Berts Einkünfte ausschließlich aus kleinkriminellen Aktivitäten stammten.

Möglicherweise wusste der Hotelier Wüstenhagen von der Vergangenheit seiner Frau, trotzdem würde sie ihm nicht unbedingt auf die Nase binden, dass dieser Gast aus Köln, der zwei oder drei Mal im Jahr im Hotel Wüstenhagen abstieg, früher zu der Stammkundschaft des Sport-Casino gezählt hatte und von der Polizei verdächtigt wurde, einen Juwelier ausgeraubt zu haben.

Ich kann mir sogar vorstellen, dass Erika Wüstenhagen zunächst gar nicht so sehr erbaut war, ihren früheren Galan wiederzutreffen. Sie hatte ein neues Leben angefangen. Sie war nun eine ehrbare Frau, und der Homepage ihres Hotels entnahm ich die Information, dass ihr verstorbener Gatte Hans-Hermann Wüstenhagen von 1971 bis 1981 für die CDU im Stadtrat von Bad Breisig gesessen hatte und in jenen Jahren ebenfalls dem Vorstand des Hotel- und Gaststättenverbandes Mittelrhein angehörte.

Es war ein Foto eingescannt, auf dem zu sehen war, wie Helmut Kohl als damaliger Ministerpräsident von Rheinland-Pfalz Bad Breisig besuchte und dem Hotelier und Parteifreund Wüstenhagen die Hand schüttelte, während Gattin Erika dem Ministerpräsidenten ein strahlendes Lächeln schenkte. Für das Hotel bedeutete dieser Händedruck des späteren Bundeskanzlers einen Werbeeffekt und einen Imagegewinn, der unbezahlbar war. Auch jetzt noch, Jahrzehnte nach diesem Ereignis, nahm das Bild mit Helmut Kohl auf der Internetseite einen zentralen Platz ein. Erika Wüstenhagen sah auf diesem Foto noch immer so strahlend schön aus wie auf den alten Fotos, die Onkel Manfred damals gemacht hatte.

Ich konnte gut nachvollziehen, dass auch der Hotelier Wüstenhagen dem Charme dieser Frau erlegen war und dass Bert Scheuren nicht von ihr loskam, obwohl sie ihn schon zweimal sitzen gelassen hatte. Einmal wegen Rudolf Kentenich, als dieser 1964 aus dem Knast kam, und 1969 wegen des Hoteliers. Scheuren kam also nach Bad Breisig und mietete sich im Hotel Wüstenhagen ein. Im ersten Moment wäre es ihr wohl lieber gewesen, wenn alle Zimmer belegt gewesen wären und man ihn woanders hin geschickt hätte. Aber sehr bald stellte sie mit Erleichterung fest, dass Scheuren keineswegs vor hatte, sie zu kompromittieren. Wenn andere in der Nähe waren, benahm er sich ganz bewusst zurückhaltend.

Als ich an diesem gewitterschwülen Vormittag Erika Wüstenhagen über ihr Verhältnis zu Bert Scheuren befragte, beteuerte sie mir gegenüber, dass sie ihn bei dessen Bad-Breisig-Besuchen auf Distanz gehalten hatte. Und zwar auch noch dann, als ihr Mann gestorben war. Scheuren war zwar irgendwann ganz nach Breisig gezogen, doch sie trafen sich nur ganz selten mal in einem Café, und dann tat sie so, als ob dies eine rein zufällige Begegnung wäre. Sie ging nie so wie früher mit ihm aus, und sie nahm ihn auch nie zu irgendwelchen gesellschaftlichen Ereignissen mit, weil sie jegliches Getuschel vermeiden wollte.

17. Kapitel

Das Seniorenheim Rheinsonne liegt in der Straße Am Laacher Hof. Weil ich mir vorher von einem Routenplaner im Internet die Strecke ausdrucken ließ, fand ich die Adresse ziemlich schnell. Ich musste auf die Backesgasse abbiegen, dann eine Straße nehmen, die Bufhell hieß, und nach 170 Metern hatte ich mein Ziel erreicht. Unten im alten Ortskern gab es jede Menge hübsch herausgeputzte Fachwerkbauten, aber hier waren die meisten Gebäude ziemlich schmucklos.

Auch die Seniorenresidenz bestand aus einem nüchternen, modern-weißen Kasten, an dessen Fassade man ein schmales Gestänge angebracht hatte, an dem sich Wein empor ranken sollte. Der Wein muss aber erst vor kürzlich angepflanzt worden sein, denn die Ranken waren noch ziemlich mickrig. Neben den Eingang war eine stilisierte Sonne auf die Rauputz-Fassade gemalt, weil das Etablissement ja nun mal Rheinsonne hieß.

Billig war ein Zimmer in dieser Seniorenresidenz bestimmt nicht. Aber Erika Wüstenhagen musste sich als Erbin eines immer noch florierenden Hotels über die Finanzierung ihres Lebensabends keine Sorgen machen.

Es war besser, wenn ich allein mit der alten Puffmutter redete. Ich bat Trench also, am Auto auf mich zu warten und die Augen offen zu halten, damit niemand eine Gelegenheit hätte, an der Karre irgendetwas zu manipulieren. Mir war zwar auf der gesamten Hinfahrt kein Beschatter aufgefallen. Aber wenn unser anonymer Anrufer bereits wusste, zu wem ich fahren wollte ... Möglicherweise hatte er einen Komplizen.

Das Foyer der Seniorenresidenz erinnerte an eine Hotelhalle. Es gab Sitzecken mit ausladenden weichen Polstersesseln, zwischen denen man Kästen mit Hydrokulturen platziert hatte. Ein paar der Bewohner saßen da mit ihren Besuchern und musterten mich neugierig. Eine große Glasfront gab den Blick frei auf eine Terrasse und einen Park mit gepflegtem Rasen. Tja, Bär, wenn du mal in die Jahre kommst, wirst du dir bestimmt nicht so eine Residenz leisten können. Bis dahin ist das Rentensystem längst zusammengebrochen. Ich würde noch im hohen Alter in meinem Büro auf dem alten Feldbett pennen, das schon dem Kriegsheimkehrer Manfred Bär als Schlafstatt gedient hatte.

An der Rezeption fragte ich nach Frau Wüstenhagen.

»Einen Moment, bitte.« Die Empfangsdame schenkte mir ein strahlendes Lächeln und griff zum Telefon.

Ich pflanzte mich in einen der Polstersessel und musste zehn Minuten warten, bis ein Pfleger Erika Wüstenhagen in einem Rollstuhl heranschob. Sie gab mir die Hand. Es war eine knöchrige, wächserne, kalte, schlaffe Hand.

»Mein Name ist Bär. Karl-Josef Bär. Ich habe Sie heute Morgen angerufen.«

Sie nickte. »Ich kenne Sie doch. Ihr habt doch in der Machabäerstraße immer nebenan auf dem Grundstück den Wasserhahn aufgedreht. Und dann kam immer ... wie hieß der noch mal, der mit den steifen Beinen?«

»Leske.«

»Ja, richtig, Leske. Was aus dem wohl geworden ist.«

Ich zuckte mit den Schultern. »Keine Ahnung.«

Sie schickte mit einer herrischen Handbewegung den Pfleger fort und ließ sich von mir nach draußen auf die große Terrasse schieben und dann noch ein Stückchen weiter in den Park hinein, wo wir ungestört waren.

Ich schob den Rollstuhl neben eine Sitzbank. »Ist es so recht hier?«

»Ja ... wissen Sie, die Beine machen es nicht mehr so richtig. Die Gelenke. Aber sonst kann ich nicht klagen. Mir geht es recht gut«.

Ihr Haare waren blond gefärbt. Es war ein sehr helles, fast weißliches Wasserstoffblond, das sie deutlich jünger aussehen ließ, und dieser Farbton war so geschickt gewählt, dass man auf den ersten Blick nicht genau sah, dass die Haare gefärbt waren. Andere Frauen wirken in diesem Alter eher matronenhaft, aber Erika Wüstenhagen strahlte mit ihrer Dauerwellenfrisur, die von einem hellblauen Stirnband zusammengerafft wurde, immer noch jene damenhafte Eleganz aus, wie sie Onkel Manfred vor vierzig Jahren im Foto festgehalten hatte. Die ausgezupften Augenbrauen hatte sie als dünnen Strich mit schwarzem Kajalstift nachgezogen. Sie war immer noch sehr schlank, fast ausgemergelt, und an ihrem Gesicht traten die Wangenknochen deutlich hervor. Eigentlich war ihre Gesichtshaut eher ledrig-trocken, wie bei Leuten, die sich über Jahre hinweg zu häufig gesonnt hatten. Aber sie hatte über die Wangen das Rouge so geschickt verteilt, dass ihre Gesichtshaut frisch und gut durchblutet aussah. Die Konturen ihrer schmalen Lippen hatte sie akkurat mit einem leicht glänzenden rosa Lippenstift hervorgehoben, und um diese Lippen spielte jetzt ein leicht spöttisches Lächeln. Sie trug ein einfaches graues Kleid und darüber einen offenen Regenmantel.

Der neblige Dunst hatte sich längst aufgelöst, aber es würde kein schöner Sommertag werden. Von Westen her schoben sich dunkle Wolkenmassen über die Eifelberge, und immer wieder kam ein frischer Wind auf. Bei diesem Wetter brauchte Erika Wüstenhagen einen Regenmantel, und auch ich war froh, mir eine etwas wärmere Jacke übergezogen zu haben.

Ich hatte sie sofort wiedererkannt. Auch nach vierzig Jahren sah man, dass sie die Frau auf Onkel Manfreds Foto war, auf dem sie mit Rudolf Kentenich an einem Bartisch saß und Sekt trank. Man konnte immer noch ahnen, dass sie mal eine sehr schöne Frau gewesen war, die den Männern reihenweise den Kopf verdrehte; möglicherweise auch meinem Onkel, dem Detektiv Manfred Bär.

Onkel Manfred hatte ja schon in den Vierzigerjahren die früheren Wirtsleute im Sport-Casino mit geschmuggeltem Moselwein versorgt, und die Fotos in seinem Nachlass bewiesen, dass er noch in den frühen Sechzigerjahren dort verkehrte. Das war typisch für Manfred Bär. Ich wusste, dass sich mein Onkel zeit seines Lebens in irgendwelchen abgedrehten Kaschemmen immer wohler gefühlt hatte als in gut bürgerlichen Lokalen, und ich konnte mir gut vorstellen, dass er jahrzehntelang Stammgast in dieser Spelunke in der Machabäerstraße gewesen war, und dass es ihn nicht zuletzt wegen der schönen Blondine Erika Gellert dort hinzog, die jetzt Wüstenhagen hieß und sich vom Pfleger der Seniorenresidenz im Rollstuhl durch den Kurpark von Bad Breisig schieben ließ, zu den Thermen und über die Promenade am Rhein.

Ihre Stimme war klar und fest, und obwohl sie sich seit ihrer Heirat mit Hans-Hermann Wüstenhagen, mithin seit fünfunddreißig Jahren, angewöhnt hatte, als Dame von Welt aufzutreten, hatte ihre Stimme immer noch einen deutlich kölschen Akzent. Einen rheinischen Singsang, den man nie los wird, wenn man in der Kindheit nur Dialekt gehört hat.

Eigentlich wollte Erika Wüstenhagen gar nicht so gerne an die alten Zeiten erinnert werden, das hatte sie mir schon am Morgen am Telefon gesagt. Aber sie war neugierig. Sie wollte schon wissen, was aus dem Sohn von Rudolf Kentenich geworden war, dem Sohn des Mannes, der ihre große Liebe war, wie sie mir offenbarte. Und sie wollte natürlich auch wissen, was Rainer Kentenich damit bezweckte, einen

Detektiv zu beauftragen, die Biografie seines Vaters zu rekonstruieren.

»Du bist also Detektiv geworden«, stellte sie fest. Plötzlich wechselte sie zum Du, als ob sie in mir da erst den kleinen Karl-Josef wieder erkannt hätte, der damals mit Adi und Frieder immer den steifbeinigen Leske geärgert hatte. Wenn wir den Wasserhahn in Leskes Hof aufgedreht hatten, fiel sie oft von ihrem Fenster aus in Leskes Geschimpfe ein: »Haut bloß av, ihr Kraate, he hat ehr nix verlore!«

»Ja, ich habe das Detektivbüro von meinem Onkel Manfred geerbt.« Als ich Manfred Bär erwähnte, schaute sie mich für einen kurzen Moment durchdringend an, etwas abweisend und ärgerlich, aber vielleicht bildete ich mir das auch nur ein.

»Du siehst ihm ähnlich«, stellte sie dann fest. »Als Manfred ungefähr in deinem jetzigen Alter war, da sah er fast genauso aus. Nur etwas dünner. Und ausgerechnet dich, den Neffen von Manfred Bär, beauftragt Rainer Kentenich jetzt mit Nachforschungen über seinen Vater?«

»Hmm, ist das nicht ulkig? Das ist übrigens schon der zweite Auftrag, den die Detektei Bär von der Familie Kentenich bekommt.«

»Ich weiß. Franz hatte damals deinen Onkel um Nachforschungen gebeten.«

»Warum eigentlich, Frau Wüstenhagen? Schließlich war er seinem Bruder Rudolf spinnefeind. Wieso wollte Franz unbedingt wissen, wer Rudolfs Mörder war?«

»Ich weiß es nicht. Mit Franz hatte ich ja nie Kontakt. Mit dem hab ich nie gesprochen. Der wäre auch nie zu mir ins Sport-Casino gekommen. Franz verkehrte nicht in solchen Kneipen. Nein, dazu war der Franz zu fein! Der ging ins Weinhaus Vogel! ... Aber meine Kneipe war kein Hehlertreff! Das Sport-Casino war ... nun ja ... eine Art Stundenhotel. Das gebe ich ja zu, und heute ist so etwas ja auch völlig legal.

Da nennt man das »sexuelle Dienstleistung«! Aber damals ... das waren noch andere Zeiten, da hatte ich dauernd Ärger mit der Sitte. Razzien ... mal kamen sie mit jemandem vom Gesundheitsamt, mal hatten sie einen vom Ordnungsamt oder von der Gewerbeaufsicht dabei ... die haben doch nur darauf gelauert, irgendeinen Grund zu finden, um mir den Laden dicht zu machen. Zum Beispiel wegen der Hygiene ... heute kriegst du als Gastronom ja schon eine Abmahnung, wenn auf dem Klo der Seifenspender leer ist. In den Sechzigerjahren war das noch nicht ganz so streng. Da war man noch das Provisorische aus der Nachkriegszeit gewöhnt. Aber weil ich meine Konzession nicht verlieren wollte, habe ich zu Rudolf und den anderen klipp und klar gesagt: Ich will wegen euch keinen Ärger mit der Schmier haben! Wenn ihr krumme Geschäfte macht, dann nicht hier in meinem Lokal! Bei mir nicht! Oh ja, ich konnte ganz schön energisch sein! Und dann haben mir die wildesten Jungs aus der Hand gefressen! Also ... wenn Rudolf wirklich etwas mit diesem Überfall auf den Uhrmacher zu tun hatte, dann hätte er mir das nie erzählt!«

Das klang glaubwürdig. Für Rudolf Kentenichs »Geschäfte« war es das Beste, so wenig Mitwisser wie möglich zu haben. Und diese Puffmutter hätte eine gefährliche Mitwisserin sein können: Hätte ihr wirklich der Konzessionsentzug gedroht, dann hätte sie sich vielleicht mit der Polizei auf den Deal eingelassen, ein paar schwere Jungs zu verpfeifen, wenn man dafür ihr Lokal unbehelligt lässt. Aber sie hätte sich auch ausmalen können, was ihr im Falle eines Verrats passiert wäre. Die verpfiffenen Gangster hätten sich fürchterlich gerächt ...

»Dieser Überfall auf den Schmuckladen ... über den wurde damals tagelang im Viertel geredet! So etwas hatte es selbst am Eigelstein bisher nicht gegeben!«

Sie erzählte mir, dass einige im Viertel ganz scharf auf die Belohnung gewesen seien, die von der Versicherung ausgelobt wurde. Vor allem der Detektiv Manfred Bär. Der hätte schon angefangen, auf eigene Faust herumzuschnüffeln, bevor er dann von Franz Kentenich den Auftrag bekam, wegen Rudolfs Ermordung Ermittlungen anzustellen.

Es war ihr offensichtlich etwas peinlich, mit mir über diese Puffkneipe in der Machabäerstraße zu sprechen. Immer, wenn sie das Sport-Casino erwähnte, schaute sie sich um, ob gerade jemand in der Nähe sei. Und mit einer instinktiven Bewegung raffte sie ihren Regenmantel über der Brust zusammen, als ob das Kleidungsstück ihr Schutz bieten könne. Schutz wovor?

»Ich kann mich noch an das Sport-Casino erinnern, Frau Wüstenhagen«, sagte ich.

»Ach was, ihr wart doch als Kinder noch viel zu klein, um zu begreifen, was da ... aber ich nehme an, dein Onkel hat dich später aufgeklärt?«

»Er hat mir mal erzählt, dass er nach dem Krieg das Sport-Casino mit dem geschmuggelten Gesöff versorgte. Wie gut kannten sich eigentlich Rudolf Kentenich und Manfred Bär?«

»Oh, sie kannten sich sehr gut. Hat dein Onkel dir das nicht erzählt? Ja ja, der Manfred. Ich könnte dir so einiges über den Herrn Detektiv erzählen, aber warum sollen wir in der Vergangenheit herumstochern? Du bist doch nicht etwa her gekommen, um mir Ärger zu bereiten? Und um das Andenken deines Onkels in den Dreck zu ziehen?« Ihr Blick war jetzt argwöhnisch, und ihre Stimme hatte urplötzlich einen schneidenden Klang angenommen. Erika Wüstenhagen machte eine unwirsche Handbewegung, und für einen kurzen Moment fürchtete ich, sie würde nach dem Pfleger winken, damit er sie in das Innere des Seniorenheims zurückbrächte.

Der Pfleger hatte die Haare zu einem Pferdeschwanz zusammengebunden. Er lungerte am anderen Ende der Terrasse herum und rauchte eine Zigarette. Ab und zu schaute er zu uns herüber.

»Nein, Frau Wüstenhagen, niemand muss befürchten, dass er vierzig Jahre später noch einmal kräftig in die Pfanne gehauen wird.«

Ich versuchte, sie zu beschwichtigen. Doch sie steigerte sich auf einmal in eine Verärgerung hinein.

»Ich bin eine alte Frau, und ich will für meine letzten Tage einfach nur meine Ruhe haben!«

Ihre Stimme hatte nun einen jammernden, leicht kreischenden Tonfall angenommen, fast schon eine Spur zu laut für eine ruhige, gepflegte Unterhaltung.

Der Pfleger auf der Terrasse wandte ruckartig seinen Kopf in unsere Richtung, aber er konnte aus dieser Entfernung Frau Wüstenhagens Ausruf unmöglich gehört haben.

»Warum fängt dieser Rainer Kentenich ausgerechnet jetzt an, diese alten Sachen aufzuwühlen? Was bezweckt er damit?«

Ihr Tonfall war immer noch scharf und ärgerlich. Was hatte eigentlich diesen plötzlichen Stimmungsumschwung bewirkt? Meine Erwähnung von Onkel Manfred? Ja, auf den schien sie sauer zu sein. Vielleicht hatte sie mal was mit Onkel Manfred gehabt, und der hatte sie sitzen lassen. Sie war es gewohnt, von allen möglichen Typen umschwirrt zu werden und sie um den Finger zu wickeln. Aber ich hatte meinen Onkel ziemlich gut gekannt; er war nicht der Typ gewesen, der sich von jemandem auf der Nase herumtanzen ließ. Auch nicht von einer schönen Frau wie Erika Gellert. Nein, mit Onkel Manfred hätte sie niemals so herumspielen können wie mit diesem Bert Scheuren, der ihr jahrzehntelang hinterherdackelte.

Möglicherweise nahm sie Onkel Manfred auch einfach nur übel, dass er das Detektivbüro in Ehrenfeld übernommen und damit in ihren Augen die Seiten gewechselt hatte. Als er dann auch noch den Auftrag von Franz Kentenich annahm, der mit seinem Bruder, und das heißt: mit ihrem Geliebten, zu dessen Lebzeiten verfeindet gewesen war, empfand sie das vielleicht als Verrat.

Ich unternahm einen neuen Anlauf, um sie zu besänftigen: »Ich kann Sie beruhigen, Frau Wüstenhagen. Rainer Kentenich will niemanden kompromittieren. Er hat erst wirklich nicht die Absicht, jemanden noch nachträglich ins Gefängnis zu bringen.«

»Er soll nicht hierher kommen. Ich will ihn nicht sehen!«

»In Ordnung. Er wird Ihren Wunsch respektieren, Frau Wüstenhagen.«

Sie schien nun wieder besänftigt zu sein.

»Dennoch gibt es jemanden, der Nachforschungen nach der Vergangenheit verhindern will. Er bedroht Kentenich und mich. Und er hat auch meinem Vetter einen Schlagring unter die Nase gehalten. Wer könnte das sein? Könnte Bert Scheuren dahinter stecken?«

Sie schüttelte den Kopf. »Der Bert? Nein! Wie kommen Sie denn darauf? Dem Bert kann es völlig egal sein, dass einer in diesen alten Sachen herumstochert. Dem kann keiner was anhaben. Woher soll der überhaupt von euren Nachforschungen wissen?«

Gute Frage. Dass es sich unter den Alteingesessenen am Eigelstein herumsprach, Rainer Kentenich suche nach biografischen Spuren seines Vaters, war nachvollziehbar. Dass diese Nachricht aber sofort die Runde bis nach Bad Breisig machte, konnte ich mir nicht vorstellen.

Ich wiederholte Georgs Beschreibung dieses Burschen mit dem Schlagring, aber damit konnte Erika Wüstenhagen nichts anfangen. »Massive Figur? Fleischliche Lippen? Das passt zu dem Helmut Schaeben. Aber der ist doch längst tot. Der ist in Afrika umgekommen.«

»Wissen Sie das genau?«

»Wieso soll das nicht stimmen? Und selbst wenn er noch leben würde: Dann wäre er heute so um die siebzig. Wie der Bert.«

Sie hatte Recht. In dem Alter rennt man nicht mehr mit dem Schlagring durch die Gegend. Die Kraate, mit denen wir uns als Kinder herumkloppten und denen man auch mit zwanzig noch lieber aus dem Weg ging, die waren auch längst alle friedlich geworden. Walter mit der Tarzan-Badehose habe ich neulich zufällig in einem Café am Friesenplatz getroffen. Er gab mir einen aus. Für sich bestellte er nur Mineralwasser. Walter musste sich das Saufen abgewöhnen, weil seine Leber das nicht mehr mitmachte. Und auch sonst wirkte er körperlich nicht mehr so fit, um sich mit den Typen anzulegen, die heutzutage in der Türsteherszene auf dem Ring das Sagen haben.

»Haben Sie eigentlich damals man einen Detektiv von der Assekurantas-Versicherung kennen gelernt, Frau Wüstenhagen? Er hieß Michael Gawliczek.«

»Gawliczek? ... Ich weiß nicht ... Da schnüffelte außer Manfred Bär noch so ein Detektiv herum. Wie der hieß? Daran erinnere ich mich nicht mehr.«

»Das muss Gawliczek gewesen sein!«

»Dein Onkel mochte ihn nicht. Sie waren ja Konkurrenten. Wenn es diesem Versicherungsdetektiv gelungen wäre, den geraubten Schmuck wieder zu beschaffen, wäre Manfred Bär leer ausgegangen. Franz Kentenich hatte ihm den Auftrag längst entzogen. Irgendwann wurde dem Franz das zu teuer, und er hatte das Gefühl, dass ein Detektiv auch nicht mehr herausfindet als die Polizei. Aber der Manfred schnüffelte auf eigene Faust weiter. Ich hab mal zu ihm gesagt, Manfred, was soll das? Keiner bezahlt dich dafür! Oh doch, hat er gesagt, wenn ich schneller und besser bin als dieser ... wie hieß der noch mal?«

»Gawliczek.«

»Manfred Bär glaubte, er könne den vielleicht ausstechen. Außerdem hatte die Polizei ja auch noch eine Belohnung ausgelobt, für Hinweise auf Rudolfs Mörder.«

»Hatten Sie eigentlich kein Interesse daran, dass der Mord an Ihrem Geliebten aufgeklärt wird? Sie hätten doch Manfred Bär beauftragen können, nachdem Franz Kentenich sein Portemonnaie zugemacht hatte.«

»Das wäre doch herausgeschmissenes Geld gewesen! In jeder Kneipe saßen Polizeispitzel herum. Mich hatten sie mindestens fünf oder sechs Mal zur Vernehmung ins Präsidium vorgeladen. Außerdem gab es in den Augen der Polizei ja drei Verdächtige: Helmut Schaeben, Fritz Lorenz und Bert Scheuren. Und zeitweise hatten sie auch Franz im Visier. Da mussten weder die Polizei noch Manfred Bär nach einem geheimnisvollen Unbekannten suchen.«

»Und Gawliczek?«

»Ich weiß nicht, nach wem dieser Gawliczek suchte.«

»Franz wurde durch die Spurenanalyse entlastet. Die Blutgruppenbestimmung ging zu seinen Gunsten aus.«

»Bei Fritz Lorenz war es das Gleiche. Der war übrigens schon vor der Ermordung von Rudolf aus Köln abgehauen. Weil er sich einbildete, die Polizei sei noch wegen einer anderen Sache hinter ihm her. Lorenz war damals auf Villeneinbrüche spezialisiert. Der hatte dem Präsidenten der Karnevalsgesellschaft KG Jecke Kölsche die Wohnung leergeräumt. Die Polizei kam ihm auf die Spur, weil er eine Tasche voller Karnevalsorden an einen Trödler in der Salzgasse verkauft hatte. Deswegen tauchte Fritz Lorenz unter. Als er später in Bremen verhaftet wurde, verglich man eine Blutprobe von ihm mit den Spuren aus meiner Kneipe. Lorenz kam als Mörder nicht in Frage.«

»Und Schaeben?«

»Der hatte sich schon vor dem Überfall auf den Pellenz zur französischen Fremdenlegion gemeldet. Das hat er in meiner Kneipe herumerzählt. Daher weiß ich das.«

»Aber am Tag, als Rudolf ermordet wurde, war er noch in Köln?«

Sie dachte kurz nach. »Ja, ich glaub' schon. Aber so genau weiß ich es nicht. Das ist ja vierzig Jahre her. Da erinnert man sich nicht mehr an alles.«

»Haben Sie damals der Polizei erzählt, dass Helmut Schaeben zur Fremdenlegion wollte? Die Kölner Kripo hätte dann sofort Interpol oder die französische Polizei einschalten können.«

»Nein, ich hab' denen nichts über Schaeben erzählt. Mich hat ja auch niemand nach ihm gefragt.«

»Was war mit Bert Scheuren, Frau Wüstenhagen? Der war als Einziger der drei Tatverdächtigen nach Rudolfs Ermordung seelenruhig in Köln geblieben.«

»Warum auch nicht? Der Bert ja war unschuldig. Die haben ihn tagelang verhört, die haben ihm die Bude in der Niederichstraße auf den Kopf gestellt, nicht nur einmal, sondern immer wieder ...«

Stimmt. Fritz Berchem hatte mir berichtet, dass noch Jahre später Razzien bei Bert Scheuren stattfanden. Sicherlich nicht nur wegen der Ereignisse im Jahre 1964, sondern weil dieser alte Gauner noch in allerlei anderen krummen Geschäften seine Finger drin hatte.

18. Kapitel

Erika Wüstenhagen rutschte unruhig in ihrem Rollstuhl hin und her; das Gestänge ächzte und quietschte, und sie krallte weiter den Kragen ihres Regenmantels über der Brust zusammen. Die Erinnerungen, die durch meine Fragen in ihr hochkamen, waren nicht sehr angenehm. Wahrscheinlich hatte sie seit ihrem Wegzug nach Bad Breisig eine Menge Tatsachen von ihrer Kölner Bordellkneipe und speziell über die Ereignisse des Jahres 1964 verdrängt. Hier in diesem Kurort war sie die Witwe eines angesehenen Hoteliers und Lokalpolitikers.

Plötzlich fragte sie mich unvermittelt: »Du hast doch bestimmt Fotos von Rudolf Kentenich gesehen? Sieht Rainer ihm ähnlich?«

»Nein, eigentlich nicht. Sein Vater war ein sportlich-drahtiger Typ gewesen. Er hatte markante Gesichtszüge gehabt, ein kleines Grübchen am Kinn. Sein Sohn Rainer hingegen ist ein etwas dicklicher, pausbäckiger Bursche. Ein bisschen ungelenk in seinen Bewegungen.«

»Weißt du, ich hätte gerne ein Kind von Rudolf gehabt«, sagte sie leise.

Es war das Beste, sie jetzt einfach nur die Dinge erzählen zu lassen, über die sie von sich aus reden wollte. Ja, sie wollte über Rudolf Kentenich reden. Schließlich war er ihre große Liebe gewesen. Darüber wollte sie reden, nicht über seine dunklen Seiten. Es gab sonst niemanden in Bad Breisig, dem sie ihre Erinnerungen offenbaren konnte. Den Parteifreunden ihres verstorbenen Mannes Hans-Hermann Wüstenhagen, dem Bürgermeister, dem Verkehrsamtsdirektor, den anderen Honoratioren und den Bewohnerinnen der Seniorenresidenz konnte sie ja wohl kaum etwas über ihr früheres Leben mitteilen, ohne sich zu diskreditieren.

So war sie trotz der Schroffheit, mit der sie eben auf die Erwähnung meines Onkels reagiert und sich einen möglichen Besuch meines Klienten verbeten hatte, eigentlich doch recht dankbar, dass jemand zu ihr gekommen war, der sich für ihre Geschichte interessierte und dem sie nichts vormachen musste. Sie schwankte zwischen Misstrauen und Geschmeichelt sein, weil sie nicht völlig in Vergessenheit geraten war.

Allerdings war ihr die Vorstellung nicht sehr angenehm, dass ich im Auftrag von Rainer Kentenich durchs Eigelsteinviertel lief und alle möglichen älteren Leute anquatschte, ob sie sich noch an Rudolf und Franz Kentenich, an Erika Gellert und ihr Sport-Casino, an Fritz Lorenz, Helmut Schaeben und an die Gebrüder Scheuren erinnern könnten, von denen der eine, und zwar der mit dem zerschossenen Unterkiefer, als Aushilfskellner im Café Bendler arbeitete. Aber es war ihr auch klar, dass ich bald aufhören würde, im Eigelsteinviertel Staub aufzuwirbeln, wenn sie mir half, die Fragen meines Klienten nach seinem Vater zu beantworten.

Rainer Kentenich würde zufrieden sein, sobald er diese Antworten wusste, und dann würde niemand mehr jene Momente der Vergangenheit ans Licht zerren wollen, die der Hotelierswitwe Erika Wüstenhagen heute eher peinlich waren.

Erika Wüstenhagen ließ den Kragen ihres Regenmantels los. Sie lehnte sich in dem Rollstuhl ein wenig zurück und ließ ihre Arme auf den Armlehnen ruhen. Diese Veränderung ihrer Körpersprache signalisierte mir, dass ich dabei war, langsam Boden zu gewinnen. Der Pfleger war von der Terrasse verschwunden. Ich saß einfach da und hörte mir ihre Lebensgeschichte an.

Sie war – genau wie ich – in der Machabäerstraße aufgewachsen. »Als wir im Krieg ausgebombt wurden, zogen wir zu meiner Tante in der UKB. Oben an der Ecke zum Eigelstein ...«

»Wo nach dem Krieg der Radiohändler Wieseneck seinen Laden aufmachte?«

»War da ein Radiogeschäft? Nein, in unserem Haus hatte später der Schorn sein Fahrradgeschäft. Das war in jungen Jahren ein ganz berühmter Radrennfahrer gewesen, aber den wirst du sicher nicht mehr kennen. Wie hieß der noch mal mit Vornamen? Georg Schorn? Jean Schorn?«

Erika Gellerts Schwester heiratete später einen jungen Mann aus der Nachbarschaft, und das junge Paar bezog eine kleine Wohnung im Haus des Pferdemetzgers Willi Krips. »Der Krips ist mit seiner Metzgerei später auf die andere Straßenseite gezogen. Meine Schwester und ihr Mann blieben in der Wohnung, bis das Haus abgerissen wurde. Sie wäre nie freiwillig aus der UKB weggezogen. Der Zusammenhalt unter den Leuten dort war wirklich einmalig. Die Freundschaften, die sich da anbahnten ... So etwas gibt es heute nicht mehr. Es war wirklich eine schöne Zeit.«

»Wir haben uns als Kinder mit den Jungs aus der UKB immer gekloppt. Für uns waren das Kraate«, warf ich ein.

»Ihr Pänz aus der Machabäerstraße wart auch Kraate!« Erika Wüstenhagen beharrte darauf, dass das kölsche Milieu in der UKB proletarisch war, aber nicht asozial. Ja, da gab es schon ein paar schräge Figuren, die man zu Recht als »Kraat« bezeichnen konnte, aber größtenteils lebten da ganz normale Handwerker und Arbeiter. Durch die Prügeleien mit den Jungs aus dieser Straße hätte ich die Gegend als schlimmer in Erinnerung, als sie es tatsächlich war. »Mein Schwager arbeitete dort in einer kleinen Schlosserei. Und meine Schwester half manchmal beim Conflant aus. Der hatte so einen kleinen Gemüseladen.«

»Ja, Frau Wüstenhagen, an den erinnere ich mich auch noch.«

»Wenn sie diese blöde Nord-Süd-Fahrt nicht gebaut hätten, wäre meine Schwester von dort nie weggezogen. Die

Stadt hat ihr und meinem Schwager dann eine Wohnung in Bilderstöckchen vermittelt. Erika arbeitete als Kellnerin, und beim Tanz auf der Kunibertskirmes lernte sie eines Tages Rudolf Kentenich kennen. Natürlich waren ihre Eltern, ebenso ihre Schwester und ihr Schwager, gegen eine Verbindung mit diesem Hallodri. Rudolf Kentenich hatte nicht den besten Ruf, aber die junge Frau ließ sich davon nicht beirren. Es störte sie nicht, dass Rudolf vorbestraft war und von kriminellen Einkünften lebte. »Ich war damals schon sechsundzwanzig oder siebenundzwanzig Jahre alt. Eigentlich war in dieser Zeit ein Mädchen schon längst unter der Haube. Aber ich hatte nie den Richtigen gefunden. Ich war ziemlich wählerisch ... bis Rudolf kam ... ich sah in ihm vielleicht so eine Art Räuberhauptmann, und für eine Frau in meinem Alter war das sicherlich eine ziemlich romantische Vorstellung.«

»Sie haben ihn also, wie soll man es ausdrücken ... verklärt?«

»Ich war in ihn verliebt!«

Ich konnte mir denken, dass sie ihre Biografie etwas verharmloste. Wenn ich mich weiter im Viertel umhörte, würde ich bestimmt jemanden finden, der mir erzählen würde, Erika Gellert hätte in den Fünfzigerjahren ständig wechselnde Männerbekanntschaften gehabt. Hatte sie sich von dem einen oder anderen aushalten lassen?

Familie Gellert missbilligte bestimmt einen solchen Lebenswandel, und als sie sich dann ausgerechnet mit Rudolf Kentenich einließ, war das Maß voll. Beide wurden von ihren Familien verstoßen, und das schweißte dieses Liebespaar nur noch enger zusammen.

»Als ich sechzehn oder siebzehn war, da hatten meine Eltern mich in ein katholisches Heim für gefallene Mädchen in der Machabäerstraße gesteckt. Neben dem Ursulinenkloster ... Von dort bin ich abgehauen. Und als ich volljährig war, hatten meine Eltern mir nichts mehr zu sagen. Wir sind in einer ziemlich spießigen Zeit groß geworden. Mich hat als junges Mädchen diese ganze Heuchelei, diese Doppelmoral abgestoßen. Die Margarete Kentenich und der Franz, die waren auch so richtig bigott! In der schlechten Zeit, direkt nach dem Krieg, da haben die Kentenichs sich gerne von ihrem Rudolf aushalten lassen! Oh ja, da haben sie nicht gefragt, wo er den Speck und die Kartoffeln her hatte! Bei der Margarete Kentenich in der Domstraße, da gab's immer richtigen Bohnenkaffee! Das konnte sich damals sonst keiner im Viertel leisten! Höchstens sonntags. Alle anderen em Veedel tranken nur Muckefuck. Malzkaffee. Oder sogar nur Kaffee aus Eicheln. Der schmeckte völlig bitter, absolut scheußlich. Kennst du noch das Café Bendler auf dem Eigelstein?«

»Ja, da hat doch der Bruder vom Bert Scheuren gekellnert.«

»In den Vierzigerjahren, in der Hungerzeit, durften die Konditoren keine Torten herstellen. Erst ab der Währungsreform ging's uns besser. Dann gab es im Café Bendler auch wieder Bohnenkaffee. Als ich aus diesem Heim für gefallene Mädchen abgehauen war ... zu der Zeit hatte mich mal ein Kavalöres ins Café Bendler eingeladen. Da war für mich eine Tasse Bohnenkaffee etwas Besonderes gewesen. Etwas Kostbares. Das war auch verhältnismäßig teuer! Ich finde, die Kentenichs haben sich gegenüber ihrem Rudolf undankbar verhalten. Der hat sie gut durch diese Hungerzeit gebracht, und später in den Wirtschaftswunderjahren, als wir alle wieder genug zu essen hatten, da haben sie ihm einfach einen Tritt in den Hintern gegeben.«

»Da muss ich Ihnen widersprechen. Ganz so einfach war es nicht. In den Vierzigerjahren haben alle gefringst, geschmuggelt und gemaggelt. Mein Onkel Manfred war in dieser Zeit absolut kein Heiliger. Ich habe gestern mit jemandem von der Assekurantas-Versicherung gesprochen. Der ist der Ansicht, Rudolf sei erst in den Fünfzigerjahren so richtig auf die schiefe Bahn geraten, und deswegen sei er aus dem Familienkreis ausgeschlossen worden.«

Darauf sagte sie nichts. Einen ewig langen Augenblick starrte sie schweigend vor sich hin. Dann meinte sie leise: »Ich habe diese verdammte Doppelmoral über all die Jahre selbst immer wieder hautnah zu spüren bekommen! Weißt du, wer von all diesen braven Bürgern sich immer wieder mal heimlich zu mir ins Sport-Casino geschlichen hatte und mit einem der Mädchen oben auf dem Zimmer verschwand? Du würdest dich wundern, wenn ich dir das erzählen würde! Aber ich tu's nicht. Diskretion ist Ehrensache! Aber auf der Straße, da haben diese Kerle mich nicht gegrüßt! Da haben sie so getan, als ob sie mich gar nicht kannten. Immer weggeschaut. Und manchmal sogar die Straßenseite gewechselt. Weil sie Angst hatten, ich würde sie grüßen! Das hätte ich natürlich nie gemacht! Nein, nein, erzähle mir bloß nichts über all diese elenden Heuchler!«

Der frische Wind wurde nun heftiger und unangenehmer. Ich blickte nach oben zum Himmel. Die dicken grauen Wolken hatten sich noch mehr zusammengezogen. Es würde gleich regnen. Hoffentlich konnte ich das Gespräch mit Erika Wüstenhagen noch im Trocknen zu Ende führen. Ich war mir nicht sicher, ob sie mich ins Innere der Seniorenresidenz mitnehmen würde, und auch wenn sie dies tat, so war sie dort vielleicht nicht mehr so gesprächig wie jetzt.

Was sie dazu bewogen hatte, eine Bordellkneipe ausgerechnet in der Straße zu übernehmen, in der sie jeder kannte, und wie sie überhaupt an dieses Sport-Casino geraten war, mochte sie mir nicht erzählen. Nun, das zu wissen war für meinen Klienten auch unerheblich.

Sie wollte sich selbstständig machen. Aus einer beiläufigen Bemerkung schloss ich, dass Rudolf Kentenich ihr Geld geschenkt oder geliehen hatte, damit sie Pächterin des Sport-Casino werden konnte. Aber das würde sie mir gegenüber wohl nie offen zugeben, denn das hätte ja bedeutet, dass sie direkte Nutznießerin von Rudolfs schmutzigen Geschäften gewesen wäre. Jedenfalls betonte sie besonders deutlich, dass Rudolf Kentenich niemals ihr Teilhaber gewesen sei und dass er auch nie etwas mit Zuhälterei zu tun gehabt hatte. »Im Gegenteil! Der Rudolf hatte mir immer diese Loddel vom Hals gehalten! Bei mir haben die Mädchen immer nur auf eigene Rechnung gearbeitet!«

Ob das stimmte? »Und Bert Scheuren? Der verkehrte doch auch bei Ihnen! Der hatte doch eine Vorstrafe wegen Zuhälterei.«

»Ach, der Bert war doch ein kleines Licht. Du kannst mir glauben: Der Rudolf hätte dem was anderes erzählt, wenn der Bert mir gegenüber frech geworden wäre. Niemals hätte der Bert gegen den Rudolf aufbegehrt! Das hätte der nie gewagt.«

Eine Zeit lang hatte Rudolf Kentenich diesen Bert immer als Adlatus im Gefolge. Bert dackelte immer hinter Rudolf her, wie so eine Art Sekretär oder Bodyguard. Manchmal saß er auch am Steuer von Rudolfs amerikanischem Straßenkreuzer und chauffierte ihn durch die Gegend.

Bert war also Rudolfs Schatten. Selbst wenn der mit seiner Erika ausging, war er oftmals auch dabei. Ihr war das natürlich manchmal lästig gewesen, und sie bezweifelte, ob der als Leibwächter wirklich nützlich gewesen wäre, wenn Rudolf tatsächlich mal in Schwierigkeiten geraten wäre. Feinde hatte er wohl im Milieu ...

»War dieser Scheuren eigentlich bewaffnet?«

»Ich glaube, er hatte immer ein Messer dabei.«

»Aber am Mordtag war er nicht als Leibwächter zugegen. Rudolf musste sich im Sport-Casino allein gegen seinen

Mörder zur Wehr setzen. Scheuren kann laut Polizeibericht aber nicht dieser Mörder gewesen sein.«

»Ich weiß nicht, wo sich Bert an diesem Tag aufgehalten hat. Ich selbst war ja auf einem Familientreffen in Hannover.«

»Haben Sie Bert Scheuren später nicht gefragt?«

»Nein ... wir haben merkwürdigerweise nie über den Mord gesprochen.«

»Mit Ihrer Kölner Familie hatten Sie Krach, aber nicht mit den Verwandten in Hannover?«

»Genau so war es. Meine Eltern und meine Schwester waren auch mit unserer Verwandtschaft in Hannover verkracht. Ich war die einzige, die aus Köln zu diesem Familientreffen kam. Von den Hannoveraner Verwandten wusste zum Glück niemand etwas vom Sport-Casino und von meiner Beziehung zu Rudolf.«

»Frau Wüstenhagen, können Sie mir sagen, warum Franz Kentenich seinen Bruder eigentlich so gehasst hat? Wirklich nur, weil dieser immer mehr auf die schiefe Bahn geraten war und im Viertel das Ansehen der Familie Kentenich in den Dreck zog?«

Sie hatte die Lippen fest zusammengepresst. Jetzt zogen sich tiefe, senkrechte Falten rings um ihre Mundpartie. Ihre knöchrige Hand griff erneut an den Kragen des Regenmantels, als ob sie etwas bräuchte, an dem sie sich festhalten konnte. Aber es war nur dieser frische Wind, der sie frösteln ließ. Als sie dann den Mantelstoff wieder los ließ, sagte sie stockend: »Es gibt noch ... einen anderen Grund ... Der Grund ist ... die Hannelore. Eigentlich wollte der Franz ja die Hannelore heiraten. Die kannten sich schon eine Weile. Weißt du, wo die sich kennen gelernt haben? Im Rheinpark, am Tanzbrunnen. Den hatten sie zur Bundesgartenschau neu angelegt ...«

»Die Bundesgartenschau war 1957...«

»An den lauen Sommerabenden, wenn der Wind günstig stand, da konnte man die Musik vom Tanzbrunnen bis auf die andere Rheinseite hören. Das weiß ich noch ganz genau. Der Franz und die Hannelore gingen schon zwei oder drei Jahre zusammen. Es war klar, dass die irgendwann heiraten würden. 1960 waren die beiden schon fast verlobt. Em köl-sche Boor, hinten im Saal, da sollte die Verlobungsfeier sein ... alles war schon vorbereitet ... Und zwei oder drei Tage vor der Feier, da löst die Hannelore plötzlich die Verlobung. Ein paar Monate später hat sie den Rudolf geheiratet.«

»Was? Einfach so, aus heiterem Himmel?«

»Nein, sie mussten heiraten. Der Kleine war ja schon unterwegs. Der Rainer, Ihr Klient.«

Eine allein stehende Frau mit einem unehelichen Kind war in der damaligen Gesellschaft unten durch. Nur durch eine Heirat konnte Rudolf Kentenich sie vor dieser Schande bewahren. Rudolf ließ sich aber nicht aus moralischen Gründen auf eine Heirat ein. Obwohl er seit Jahren eine heftige Liebesbeziehung zu Erika Gellert hatte, heiratete er dann urplötzlich diese andere.

»Auf die Moral hätte Rudolf gepfiffen«, meinte die alte Frau im Rollstuhl. »Es gab andere Gründe für die Heirat: Wenn ihn die Behörden zur Zahlung von Alimente verdonnerten, musste er offenlegen, wovon er eigentlich lebte ... Eine Heirat war für ihn die einfachste Lösung, um solchen Scherereien aus dem Weg zu gehen.«

Allerdings hatte Rudolf Kentenich nicht ernsthaft vor, als seriöser Familienvater mit Hannelore und dem Kleinen zusammenzuleben. Er zog nur des Anscheins wegen mit Hannelore zusammen. Im Grunde genommen aber wollte er sein bisheriges Leben weiter führen, sich im Sport-Casino und in den anderen Kaschemmen des Viertels herumtreiben, und er wollte ebenso die Beziehung zu Erika Gellert nicht aufgegeben. Doch die hustete ihm etwas. Sie tröstete sich mit Bert Scheuren, und kurze Zeit später nahm das Schicksal sowieso eine ganz andere Wendung: Rudolf Kentenich wurde verhaftet und verblieb die nächsten vier Jahre im Klingelpütz.

Hannelore Kentenich sah ein, dass trotz des äußerlichen Drucks durch die damalige spießige Gesellschaftsmoral die Eheschließung mit diesem Hans-Dampf-in-allen-Gassen ein fürchterlicher Fehler gewesen war. Sie ließ sich scheiden und zog nach Düren.

Als Rudolf Kentenich 1964 aus dem Knast kam, war Bert Scheuren bei Erika Gellert wieder abgemeldet. Denn sehr rasch entflammte erneut die alte Liebe zwischen Erika und Rudolf.

Bert Scheuren war natürlich sauer. Früher hatte er gegen Rudolf Kentenich nie aufgemuckt, aber jetzt musste Scheuren um seiner Selbstachtung willen handeln: Er schmiss ihn aus seiner Bude in der Niederichstraße raus.

Erika Gellert wäre bereit gewesen, ihn bei sich auf zu nehmen, doch Rudolf zog es aus irgendeinem Grunde vor, bei einem anderen Kumpel unterzukriechen.

»Wissen Sie bei wem?«

»Ich glaube, bei Fritz Lorenz. Der wohnte Unter Kahlenhausen. Fast am Thürmchenswall.«

»Wann kam es zum Krach mit Scheuren? Ich nehme an, *vor* dem Überfall auf den Schmuckhändler Günter Pellenz?«

»Ja, ungefähr zwei Wochen vorher.«

»Nehmen wir an, dieses Trio Schaeben, Lorenz und Scheuren hat tatsächlich den Überfall verübt, was allerdings bis heute nicht bewiesen ist: Trotz seiner Eifersucht akzeptierte Bert Scheuren, dass Rudolf als Hehler mit im Bunde war? Na ja, da übten sich alle Beteiligten wohl in einer professionellen Haltung. Bert Scheuren wollte ja von den anderen unbedingt als ausgekochter Berufsverbrecher anerkannt werden. Und so einer zickt unter seinen Kumpels nicht wegen einer Frau rum. Doch wenn es später zum Streit über die Verteilung der Beute kam, das heißt: wenn der Verdacht aufkam, Rudolf Kentenich würde eine Bescheiß-Nummer abziehen, dann hätte doch Bert Scheuren wohl am meisten die Stimmung gegen Rudolf geschürt. Er selbst hat Rudolf nicht ermordet. Das ist aktenkundig. Aber ich kann mir vorstellen, dass er die beiden anderen aufgehetzt hat. Denken Sie doch mal nach, Frau Wüstenhagen: Wem von den Dreien nützte der Tod von Rudolf Kentenich? Nur Bert Scheuren. Denn er war nun den Nebenbuhler los.«

»Nein! Der Bert hätte so etwas nie angezettelt. So eine Intrige ... dazu wäre der nicht fähig gewesen.«

»Unterschätzen Sie Ihren Bert nicht!«

»Er ist nicht *mein* Bert!«

»Okay, okay, Frau Wüstenhagen ... ich hätte da noch eine andere Frage: Ist Rudolf Kentenich wirklich definitiv der Vater des Kindes?«

»Das ist eben nicht sicher. Franz hatte immer Zweifel, ob nicht doch er der Vater ist ...«

»Franz hätte ein erbbiologisches Gutachten in Auftrag geben können.«

»Ach, mit den damaligen Methoden ... Heute gibt es ja diese neuartige Analyse ... wie heißt das noch ...«

»DNA.«

»Ja, richtig ... Franz hatte sich damals bei einem Arzt erkundigt ... Der sagte zu ihm, normalerweise sei ein Vaterschaftstest überhaupt kein Problem, aber wenn ausgerechnet zwei Brüder als Vater in Frage kämen, dann gäbe es keine hundertprozentige Gewissheit.«

»Die gäbe es in diesem Falle sogar bei dieser hochmodernen DNA-Analye nicht, Frau Wüstenhagen.« Auch eine DNA-Analyse würde bei solch engen Blutsverwandten nur die Aussage erlauben, ob die genetischen Merkmale von Rainer eine größere Übereinstimmung mit jenen von Rudolf oder mit jenen von Franz haben. Mathematisch gesehen wäre eine Feststellung der Vaterschaft auch in diesem Fall nur eine Wahrscheinlichkeitsaussage.

Wie würde mein Klient reagieren, wenn ich ihm diese Botschaft überbrachte? Nun ja, er hatte sowieso alles von seinem Onkel Franz geerbt. Unter anderem das Geld, mit dem er mich für meine Nachforschungen bezahlte. Für Rainer würde sich in Sachen Familienerbe nichts ändern. Aber psychologisch würde es ihm schon voll in den Karton reinknallen, wenn er erfuhr, dass womöglich nicht Rudolf, sondern dessen Bruder Franz sein Vater war.

Erika Wüstenhagens Vermutung beruhte freilich nur auf einem Gerücht, das damals im Eigelsteinviertel kursierte. Beweisen ließ sich aber jetzt nichts mehr. Man hätte nämlich nicht nur die Leiche des kürzlich verstorbenen Franz Kentenich exhumieren müssen, sondern man hätte als Vergleichsmaterial auch noch Körperspuren von Rudolf gebraucht. Aber nach vierzig Jahren war dessen Grab auf dem Nordfriedhof längst neu vergeben. Es gab nach dieser langen Zeit von Rudolf Kentenich keinen Kamm mit Haaren mehr, keine Zahnbürste mit Speichelresten, keine abgeschnittenen Fingernägel, kein Rasiermesser mit winzig kleinen Hautpartikeln, keine Kleidung, keine Zigarettenkippen. Rudolf Kentenich existierte nicht mehr.

»Als Franz seine Verlobte an Rudolf verlor, hat er sich an Rudolf gerächt. Kurz nach der Geburt des Kindes wurde Rudolf 1960 verhaftet und zu der Gefängnisstrafe wegen Hehlerei verurteilt. Ausgerechnet Franz hatte ihn verpfiffen. Er hatte irgendwie erfahren, dass Rudolf wieder ein großes Ding vorhatte, dabei wurde er auf frischer Tat ertappt. Es war natürlich allen klar, dass die Schmier einen Tipp bekommen hatte. Aber keiner von uns wäre auf die Idee gekommen, dass ausgerechnet der eigene Bruder der Tippgeber war. Ein Polizist hat das erst Jahre später Bert erzählt.«

Regen setzte ein. Dicke Tropfen klatschten neben mir auf die Sitzbank. Ich schob Erika Wüstenhagen zum Haus zurück. Als ich die Terrasse erreicht hatte, kam uns der Pfleger mit dem Pferdeschwanz entgegen.

»Eine letzte Frage noch, Frau Wüstenhagen: Wo finde ich Bert Scheuren?«

»Er ist vor einem Monat wieder nach Köln zurückgezogen. Er wohnt in der Domstraße«.

Ich verabschiedete mich schnell und hastete zum Parkplatz. Als ich mich ins Auto geschwungen hatte, wurde der Regen heftiger und trommelte mit ohrenbetäubenden Krach auf das Dach der Karosserie.

»Ich hoffe, du hast dich nicht gelangweilt«, sagte ich zu Trench.

»Wenn du bei einem Security-Job gelangweilt und schläfrig bist, Bär, dann hast du schon verloren. Wenn du willst, kann ich dir jede Autonummer von dem Parkplatz auswendig runterbeten. Ein Kölner Kennzeichen ist nicht dabei. Ich denke, auf diesem Ausflug sind wir ohne Beschatter.«

»Eine Bemerkung von Frau Wüstenhagen hat mich stutzig gemacht. Ich habe so einen vagen Verdacht, aus welcher Ecke die Bedrohung kommen könnte.«

19. Kapitel

Natürlich sollte Rainer Kentenich sofort erfahren, was ich bei meinen Besuch in Bad Breisig erfahren hatte. Deswegen lenkte ich bei unserer Rückkehr nach Köln den Wagen zum Eifelplatz, wo er in der Tankstellenwerkstatt gerade in ein Auto eine neue Batterie einbaute. Als er damit fertig war, begleitete er Trench und mich zu einem Imbisslokal in der Eifelstraße.

»Hier gehe ich in meinen Pausen immer hin. Das Essen ist ganz in Ordnung«, erklärte er.

»Hat dieser anonyme Heini noch mal angerufen?«

»Nein.«

»Na ja, wenn er nicht ganz blöd ist, rechnet er vielleicht inzwischen mit einer Fangschaltung ... Ich habe in meinem Büro nur ein altes Telefon. Das hat noch kein Display, auf dem die Nummer des Anrufers erscheint.«

»Bei mir zu Hause ist es genauso. Ich habe auch noch so einen alten Anschluss«, sagte Kentenich.

»Das kann aber der Anrufer nicht wissen. Er wird grundsätzlich nur öffentliche Telefonzellen benutzen. Wenn er uns nicht minutenlang zutextet, sondern nur ganz kurz spricht, wird es auch mit einer Fangschaltung schwer sein, ihm auf die Schliche zu kommen.«

Es war Mittagszeit. Das Imbisslokal war stark frequentiert, aber wir fanden im Speiseraum noch einen freien Tisch. Die anderen Gäste unterhielten sich so laut, dass wohl niemand etwas von unserem Gespräch mitbekommen würde. Ich wählte einen »Hausteller« mit einem Hamburger, Spiegelei, Fritten und Salat. Trench war mit einer Currywurst zufrieden, und Rainer Kentenich bestellte sich eine Portion Gyros.

»Sagen Sie, Herr Kentenich, wenn Onkel Franz Sie und Ihre Mutter Hannelore in Düren besuchte, spürten Sie dann nie irgendwelche Spannungen zwischen den beiden? Kam Onkel Franz eigentlich oft zu Besuch?«

»Nein ... wie meinen Sie das?«

»Nun ja, ich wundere mich schon ein bisschen. Ihre Mutter ließ 1960 die Verlobung mit Franz platzen und heiratete anschließend Rudolf, von dem sie schwanger war ...«

»Was? ... Was sagen Sie da? ... Meine Mutter war vorher mit Onkel Franz verlobt? Nein, das hat sie mir nie erzählt!«

»Wegen Ihrer Mutter hat Rudolf Erika Gellert sitzen gelassen. Ich glaube nicht, dass die alte Puffmutter sich das nur ausgedacht hat. Und Onkel Franz hat seinen Bruder anschließend an die Polizei verpfiffen. Das will Bert Scheuren später von einem Polizisten erfahren haben. Scheuren hatte keinen Grund, Jahre nach Rudolfs Tod noch irgendwelche Lügen über dessen Bruder zu verbreiten.«

»Die Geschichte scheint also zu stimmen ...«

»Ja, Herr Kentenich. Trotzdem gibt es Widersprüche. Als Rudolf 1964 aus dem Knast entlassen wird, ist Franz immer noch total sauer auf ihn und verweigert seinem Bruder jeglichen Kontakt. Der Wirt Willi Breckenhorst war ja Zeuge des Telefonats, bei dem Franz immer wieder den Hörer auflegte. Der Reporter Mottsching hat das genau recherchiert. Aber später, nach Rudolfs Tod, ändert sich das Verhalten von Ihrem Onkel Franz. Er besucht seine Ex-Verlobte, die nun seine Schwägerin ist, und seinen Neffen in Düren. Dabei hatte er ja eigentlich gute Gründe, auf Ihre Mutter genauso wütend zu sein wie auf seinen Bruder Rudolf.«

Rainer Kentenich schaute mich etwas verstört an. »Also ... in meiner Gegenwart haben die sich nie etwas anmerken lassen ... Und so oft kam Onkel Franz ja nun auch nicht nach Düren, um uns zu besuchen.«

»Aber Onkel Franz nahm Sie doch ein bisschen unter seine Fittiche und wurde für Sie im Laufe der Zeit zu so einer Art Vaterersatz?«

»Ja, Herr Bär, irgendwie schon ... Wenn meine Mutter zu streng mit mir war, nahm mich Onkel Franz schon mal in Schutz. Als ich sechzehn Jahre alt war und anfing, in Kneipen und Discos zu verkehren und sie mir das verbieten wollte, da ergriff Onkel Franz für mich Partei. Er sagte, Hannelore, der Junge muss sich auch mal austoben und Erfahrungen sammeln. Er muss auch lernen, seine Grenzen zu kennen. Was meinen Sie, Herr Bär, was zu Hause los war, als ich mit fünfzehn von einer Party mal stockbesoffen nach Hause kam und das ganze Bad vollgekotzt habe. Meine Mutter tobte. Am nächsten Tag kam zufällig Onkel Franz zu Besuch, und der meinte zu ihr, der Junge muss doch ausprobieren, wie viel er vertragen kann.«

»Nun ... Frau Wüstenhagen erzählte mir, damals habe es im Eigelsteinviertel Gerüchte gegeben, es sei nicht ganz ausgeschlossen, dass vielleicht doch Franz Ihr Vater wäre und nicht Rudolf. Franz selbst habe das in Erwägung gezogen ...«

Rainer Kentenich schluckte. Das war nun wirklich eine Nachricht, mit der er nicht gerechnet hatte! In diesem Moment stellte der Wirt unser Essen hin. Mein Klient machte sich schweigend über sein Gyros her, aber nach zwei Bissen legte er das Besteck hin und sagte: »Ich habe keinen Appetit!«

»Sie haben damit rechnen müssen, dass ich mit meinen Recherchen auf ein paar unangenehme Dinge stoßen würde. Das habe ich Ihnen auch gesagt, als ich den Auftrag annahm. Wir dachten freilich eher an unangenehme Nachrichten über Ihren Vater, nicht über Ihren Onkel, der seinen eigenen Bruder ins Gefängnis gebracht haben soll ...«

»Oh, Mann, Onkel Franz! Wenn das alles stimmt, was Sie da über ihn erzählen ...«

»Ja, da bricht für Sie einiges zusammen. Aber bedenken Sie: Die ungeklärte Vaterschaft war nur ein Gerücht! Die Leute zerreißen sich das Maul über solche Sachen! Gerade über die Familie Kentenich wird man seinerzeit alle möglichen Räuberpistolen verbreitet haben! Ich würde da nichts drum geben ... Wenn ich Ihnen einen gut gemeinten Rat geben darf, Herr Kentenich: Betrachten Sie weiterhin Rudolf als Ihren Vater. Und bedenken Sie: Franz mag aus Rache zwar Scheiße gebaut haben, und jemanden für vier Jahre in die Blech zu schicken, das ist sogar eine ziemlich üble Scheiße, auch wenn Rudolf im juristischen Sinne schuldig war ... aber der eigene Bruder ... den verpfeift man doch nicht! Aber später hat Franz ja versucht, sich mit Hannelore auszusöhnen, und zwar nicht wegen Hannelore, sondern wegen Ihnen, weil er für Sie als Onkel da sein wollte. Er fühlte sich für Sie verantwortlich. Egal, ob Sie nun der Sohn von Rudolf waren, den er abgrundtief hasste, oder sein eigener.«

Er nickte und stocherte in seinem Schälchen mit Gyros herum.

»Danke, Herr Bär. Ich glaube, Sie sehen die Sache richtig. Was wollen Sie jetzt machen, Herr Bär?«

»Bert Scheuren aufsuchen. Ich denke, ich kann Sie jetzt wieder mitnehmen, wo wir Trench dabei haben. Da droht uns keine Gefahr von diesem Schläger. Scheuren wohnt wieder im alten Viertel, in der Domstraße. Da schließt sich der Kreis.«

20. Kapitel

In der Domstraße und in den Nachbarstraßen waren alle Parkplätze belegt. Zweimal kurvte ich um den Block, und schließlich hatte ich bis zur Marzellenstraße weiterfahren müssen, ehe wir den Wagen kurz hinter der Bahnunterführung abstellen konnten.

In Brown's Hear Shop saßen nur Afrikaner. Durch die offene Tür drang Reggae-Musik auf den Eigelstein. Vor den düsteren Kaschemmen mit ihrem schalen Geruch nach Bier und Zigaretten standen sonnenbebrillte Müßiggänger herum. Ein älterer Türke mit dichtem grauen Schnurrbart und ausgemergelten Gesichtszügen warf verstohlene Blicke in diese dunklen Spelunken, ob er wohl dort einen Kontakt zu einer der stämmigen Damen des Gewerbes anbahnen könnte, die hier schon seit Jahrzehnten auf ihre Kunden warten, aber letztlich traute er sich doch nicht hinein.

Die Fenster der Kneipen waren an diesem gewitterschwülen Tag weit geöffnet. An den Theken hockten gleichgültig wirkende Gestalten, denen man auch aus der Entfernung ansehen konnte, dass sie keine Illusionen mehr hatten und auch sonst nichts besaßen, außer ein paar Euro für ihre Zeche.

Spärlich beleuchtete Spielhallen, ein Ladenlokal mit kargem, nüchternem Mobiliar als Beratungsstelle für drogenabhängige Obdachlose, das alte Stempelgeschäft mit dem Schriftzug *Köstefa* – Kölner Stempelfabrik. Daneben war früher das Café Bendler gewesen. Jetzt saßen dort zwei Männer in Unterhemden im Hauseingang und spielten Backgammon. Eine Frau mit verlebten Gesichtszügen sah ihnen dabei zu.

Wir bogen ein in die Machabäerstraße. Neben dem Eiscafé war früher Schreibwaren Grün gewesen, vor diesem Laden döste damals ein alter Chow Chow in der Sonne. Er hieß Mecki, und als Kinder waren wir erstaunt, warum Meckis Zunge nicht rosa, sondern violett war, fast schon blau. Vor dem Evangelischen Gemeindehaus verteilte ein Jüngling im schwarzen Anzug Zettel mit Gesangbuchtexten an eine Hochzeitsgesellschaft, und er machte jedes Mal eine Verbeugung, wenn er jemandem einen Zettel überreichte.

Wo damals Onkel Manfred wohnte, prangt jetzt ein Emailleschild: Denkmalschutz. Die Dachzone ist aber neu ausgebaut worden, und die Stuckfassade mit den hellen Klinkern haben sie restauriert. Bestimmt haben sie auch längst eine Zentralheizung und Bäder bekommen. Das Haus macht heute nämlich einen gutbürgerlichen Eindruck. In den Fünfziger- und Sechzigerjahren waren die meisten Mieter einfache Leute. Auch Hans Darscheid von den »Negerköpp vum Eigelstein« wohnt nicht mehr hier. Wahrscheinlich könnte er die Miete heute nicht mehr bezahlen. Er gehört nicht zu der Klientel des Immobilienbüros Kastenholz-Bendler, das sich um die »urbane Aufwertung« des Viertels bemüht.

Auch das Haus in der Domstraße, wo Bert Scheuren seine alten Tage verbringt, haben sie komplett saniert. Hier residieren jetzt ein Anwalt und ein Steuerberater. Eine Zahnarztpraxis hatte es hier freilich auch früher schon gegeben.

Bert Scheuren machte noch einen ziemlich rüstigen Eindruck. Ja, er schien wirklich noch recht fit zu sein. Er schaute uns mit festem Blick an, seine Stimme war etwas rau. Das Gesicht war braungebrannt mit vielen kleinen Falten und ledriger Haut, das schlohweiße Haar stark gelichtet und ganz kurz geschoren. Wenn er den Mund aufmachte und lächelte, sah man sofort, dass er ein künstliches Gebiss hatte. Ich hatte ihn mir eigentlich größer vorgestellt, aber er war höchstens 1,67 Meter groß. Dafür hatte er ein ziemlich breites Kreuz, auch jetzt noch im Alter von gut siebzig Jahren. Scheuren trug ein weißes Strickhemd und eine braune Anzughose, die er ziemlich weit hoch über den Bauch gezogen hatte, und die von breiten blauen Hosenträgern gehalten wurde. Seine weiß besockten Füße steckten in offenen Sandalen. Weiße Socken! Mann, die waren schon seit zwanzig Jahren total out!

Ich stellte ihm Rainer Kentenich und Trench vor, und Scheuren zeigte sich durchaus verständnisvoll, dass Kentenich junior gekommen war, um nach seinem Vater zu fragen. Er machte die Wohnungstür zu und lotste uns in ein Wohnzimmer mit einer braun-weißen Sitzgarnitur, die früher mal elegant gewesen war, nun aber ein wenig altmodisch wirkte. Er erzählte uns bereitwillig, dass die Einrichtung seines Wohnzimmers und seines Schlafzimmers aus dem Hotel Wüstenhagen in Bad Breisig stammte. Erika hatte dafür gesorgt, dass der jetzige Hotelmanager dem langjährigen früheren Gast Bert Scheuren diese alten Möbel überließ, als das Hotel gerade komplett renoviert und neu eingerichtet wurde.

»Dat traf sich gut, ich bin nämlich erst vor einem Monat hier eingezogen.«

»Sie lebten bis jetzt in Bad Breisig?«

»Ja, aber dat is zu weit weg. Wenn man als Kölner nicht immer wieder seine Domtürme zu sehen kriegt, dann geht man in der Fremde ein wie eine Primel.«

Das glaubte ich ihm, weil auch ich es wie jeder andere eingeborene Kölner nicht allzu lange woanders aushalte. Aber ich wusste, dass ihn noch aus einem anderen Grund nichts mehr in Bad Breisig hielt: Erika Wüstenhagen hatte ihm den Laufpass gegeben.

Sie verzehrte das Erbe von Hans-Hermann Wüstenhagen in der Seniorenresidenz Rheinsonne, und sie hatte keine Lust mehr, dass dieser Kleingangster sich weiterhin bei ihr durchschnorrte, so, wie er es jahrelang gemacht hatte.

»Wollt ihr wat trinken, Jungs?«

Scheuren gab sich jovial und gut gelaunt. Er goss uns Cola ein und sagte zu meinem Klienten, dass er ihm gerne Auskunft geben wollte, aber alles müsse vertraulich behandelt werden.

»Nit, dat nachher einer von euch damit zu der Schmier rennt! Wat damals alles so passiert ist, dat is zwar wohl inzwischen alles verjährt, aber ich will weiterhin meine Ruhe haben! Dat dat klar ist!«

Sein freundlich-kölscher Tonfall klang auf einmal hart und bestimmt. Am rechten Unterarm hatte Bert Scheuren eine verschwommene Tätowierung.

Im Grunde genommen bestätigte er alles, was Erika Wüstenhagen mir drei Stunden vorher bereits erzählt hatte. Nur über seine Rivalität mit Rudolf Kentenich tischte er uns eine andere Version auf.

»Der Rudolf und ich, wir haben nie Knies miteinander gehabt. Auch nit wejen däm Erika!«

»Aber als er sich nach seiner Haftentlassung bei Ihnen einquartierte und dann sofort wieder mit Erika Gellert was anfing, die aber inzwischen seit fast vier Jahren mit Ihnen zusammen war, da haben Sie ihm doch die Tür gewiesen?«

Er schüttelte den Kopf.

»Nein ... wir hätten uns doch nie wegen einer Frau gezofft. Wir doch nit! Dat hatten mer nit nüdig! Meine Bude war ziemlich klein, und es war von Anfang an ausgemacht, dass er wirklich nur für ein paar Tage bei mir übernachten konnte, weil er ja nichts anderes hatte. Der Fritz Lorenz war gerade verreist. Der hatte eine viel größere Wohnung. Als der Fritz zurückkam, ist der Rudolf bei dem eingezogen.«

Bert Scheuren lehnte sich entspannt in seinem Sessel zurück. Er taxierte Rainer Kentenich, wie seine Worte wohl auf ihn wirken würden. In gewisser Weise reagierte Scheuren ähnlich wie vorhin die Hotelierswitwe im Seniorenstift Rheinsonne: Er schien sich zu freuen, dass sich endlich mal jemand für seine Geschichte interessierte, jetzt, wo er sie erzählen konnte, ohne einen gewaltigen Ärger mit der Polizei oder der Justiz befürchten zu müssen.

Er plauderte munter dahin, und mein Klient hing an seinen Lippen. Für Rainer Kentenich war jedes noch so unwichtige Detail von Bedeutung, dass dieser ehemalige Kleinganove über seinen Vater Rudolf zu erzählen hatte.

Da die Atmosphäre in Scheurens Wohnzimmer recht unkompliziert war, konnte ich es nun wagen, auch heiklere Dinge zur Sprache zu bringen: »Sagen Sie, Herr Scheuren, Sie gerieten doch damals in Verdacht, an dem Überfall auf den Schmuckhändler Günter Pellenz beteiligt gewesen zu sein. Zusammen mit Fritz Lorenz und Helmut Schaeben. Ist da was dran?«

Er schüttelte jetzt energischer mit dem Kopf als eben und behauptete mit fester Stimme, er selbst habe mit dem Überfall nichts zu tun gehabt. »Also ... dat der Rudolf die Idee hatte, den Uhrmacher auszurauben, dat geb ich ja zu. Der Rudolf hatte sich immer wieder auf dem Eigelstein dat Schaufenster von dem Pellenz anjeschaut ... und der Rudolf sagte, der Pellenz ist ja auch nur ein ganz großer Betrüger. Im Krieg, da hat der mit einem Funktionär aus der Naziverwaltung in dem Gebäude, wo heute die AOK ist, krumme Geschäfte gemacht. Un in der Hungerzeit nach dem Krieg, da war der Pellenz auch nur so ein Maggelbruder gewesen, wie der Rudolf, oder wie der Manfred Bär. Den hab ich auch noch jut jekannt.«

»Rudolf Kentenich hatte also keine Skrupel, das Uhrengeschäft Pellenz zu überfallen?«

»Nein ... ich glaub, der Pellenz hatte bei dem Rudolf noch wat im Salz liegen. Bei diesen Maggeleien nach dem Krieg, da muss der Pellenz den Rudolf mal beschissen haben ... Als der Rudolf damals nach seiner Haftentlassung bei mir wohnte, da sagte er zu mir: Hür ens, Bert, häste bei däm Pellenz die Schweizer Uhre em Schaufinster jesinn? Un die Päälekette, die dä do ligge hätt ...«

»Perlenketten?«

»Ja, Perlenketten, Goldarmbänder. Der Rudolf hätte schon gewusst, an wen man dat Zeug verkloppen konnte. Ich hab versucht, ihm dat auszureden. Ich hab jesacht, Rudolf, du bist jetzt erst drei, vier Tage aus der Blech raus, un die Schmier hätt dich immer noch op däm Kieker ... wenn jetzt he em Veedel jet met jeklaute Uhre läuf, dann weiß die Schmier direck, wä do sing Finger drin hätt. Also, dat Risiko ... ich hab gesagt, Rudolf, wenn dem Pellenz wat passiert, die haben doch dich sofort in Verdacht ... klar, der Rudolf musste ja wieder auf die Füße kommen, der musste sich was einfallen lassen, aber doch nicht ausgerechnet den Pellenz ausrauben! Aber der war ja total jeck auf dat Erika. Der brauchte Jeld, um däm Erika zu imponieren! Wie der aus dem Knast kam, hab ich dem zwanzig Mark jeliehen, aber dat reichte natürlich nicht, um dat Erika groß auszuführen, so wie früher, in die Bastei ...

»Also ließ sich Rudolf Kentenich die Idee mit dem Überfall auf den Schmuckladen nicht ausreden?«

»Nein ... als die Schmier mich später verhört hat, hab ich denen natürlich nichts davon erzählt. Niemals hätte ich den Rudolf an die Schmier verzinkt! Nie! Beim Augenlicht meiner Großmutter, das könnt ihr mir glauben!«

Ich nickte. Im Milieu hätte man ihm einen Verrat auch nicht verziehen. Dass Bert Scheuren bei den Vernehmungen den Mund gehalten hatte, glaubte ich ihm aufs Wort.

Auch sonst hörte sich seine Version durchaus glaubhaft an. Rudolf Kentenich kam aus dem Knast; er war klamm, niemand lieh ihm eine größere Summe. Doch Rudolf träumte von einem dicken chromblitzenden Auto, von schicken Anzüge aus einem teuren Stoff, am besten maßgeschneidert von Leo Hanf, Schneidersalon in der Schaafenstraße und in den Sechzigerjahren Präsident der Ehrengarde. Dazu edle Seidenkrawatten von Franz Sauer in der Stollwerck-Passage am Anfang der Hohe Straße. Seiner Erika wollte er kostbaren Schmuck schenken, mit ihr einen ausgedehnten Urlaub auf Sylt machen oder auch an einem anderen mondänen Badeort. Biarritz. St. Tropez. Eine Kreuzfahrt hatte er ihr beim ersten Wiedersehen nach seiner Haftentlassung versprochen, als er ins Sport-Casino gegangen war, in Begleitung von Bert Scheuren, der wieder wie in den alten Zeiten den Adlatus spielte.

Doch wie konnte Rudolf Kentenich wieder ins Geschäft kommen? In der Kölner Unterwelt hatten inzwischen andere Leute das Sagen. Die Strukturen hatten sich gewaltig geändert. Andere Hehler machten jetzt die dicken Geschäfte, und Kentenich merkte sehr schnell, dass sie ihn mit allen Mitteln von ihren Fleischtöpfen fernhalten wollten.

Aber Rudolf stand gewaltig unter Druck: »Dat Erika hatte dem total den Kopf verdreht. Vier Jahre lang hat der im Knast sich Tag für Tag ausjemalt, wat der nach seiner Entlassung mit däm Erika alles unternehmen würde. Der Rudolf hatte unheimliche Angst, dass sie ihn sitzen lassen würde, wenn er ihr nichts mehr bieten könnte.«

Und so beschloss er, auf eigene Faust einen Raubzug zu planen und durchzuführen.

»Wenn wir Sie richtig verstanden haben, Herr Scheuren: Rudolf Kentenich wollte Sie bei dem Überfall auf Pellenz dabei haben, aber Sie haben abgelehnt?«, fragte ich ihn.

»Jenau so is et. Zwei Mann sollten in den Laden rein, einer den Pellenz in Schach halten, einer den Schmuck einsacken, und einer sollte die Tür sichern. Aber mir war die Sache zu heiß. Ich hab zum Rudolf gesagt: Nee, nee, ohne mich! So'n Überfall mitten in der Geschäftszeit, wo auf dem Eigelstein jede Menge los ist ... dat is doch wirklich total bescheuert! Nä, da lass ich die Finger von! Alles, wat wir bisher jemacht haben, dat jing immer ohne Jewalt ab. Villeneinbrüche, oder auf der Rennbahn die Wetten manipuliert. Aber ein richtiger Überfall, mit Knarren und so? Dem Pellenz mit 'nem Knüppel eins überziehen? Ich hab jesacht, Rudolf wenn dat schief jeht: Als mehrfach Vorbestrafter krisste bei so einem Jewaltverbrechen zehn Jahre Bau! Aber nein, der hörte nicht auf mich! Der zog dat Ding dann mit dem Schaebens Helmut un däm Fritz Lorenz allein durch ...«

Hm, nach dieser Version war Rudolf Kentenich also nicht nur der Hehler gewesen. Er blieb nicht im Hintergrund, sondern war aktiv an dem Raub beteiligt. Und Bert Scheuren hatte Schiss gehabt und erst gar nicht mitgemacht. Sollten wir das glauben?

Bert Scheuren belastete in seiner Erzählung nur Leute, die alle schon tot waren. Es gab keinen weiteren Zeugen mehr, der uns hätte erzählen können, dass Scheuren über seine Rolle im Pellenz-Raub log.

Scheuren behauptete, Rudolf Kentenich nicht mehr getroffen zu haben, seit der bei ihm ausgezogen und bei Fritz Lorenz untergekrochen war. Vielleicht hatten Scheuren und Kentenich doch Zoff wegen Erika gehabt. Er ging zwar in jenen Tagen weiterhin fast jeden Tag ins Sport-Casino, aber dann waren die beiden nicht da. Sie waren zusammen ausgegangen, und statt Erika bediente nun eine Bardame hinter der Theke, die neu in dem Laden war. Sie bestand darauf, dass Bert Scheuren für alle Drinks den vollen Preis bezahlte. Darüber ärgerte sich dieser natürlich, denn in den letzten vier Jahren hatte Erika ihn immer ausgehalten und ihm im Sport-Casino »frei saufen« gestattet.

Mit Kentenichs Haftentlassung hatte sich die Situation eben grundlegend geändert: Nicht nur Kentenich hatte ein Geldproblem, sondern auch Scheuren, der sich fortan nicht mehr bei Erika durchschnorren konnte. Schuld daran war sein Nebenbuhler, der es sich nun wieder im warmen Nest bequem machte.

Scheuren konnte uns erzählen, was er wollte – ich glaubte einfach nicht, dass sein Verhältnis zu Rudolf Kentenich wirklich frei von Spannungen war. Ergab sich daraus ein Motiv für einen Mord? Saß Rainer Kentenich in diesem Moment dem Mörder seines Vaters gegenüber, der uns die Rolle eines liebenswürdigen Schlitzohrs vorspielte, »'ne Jung us däm Levve« mit bewegter Vergangenheit, zwar eigentlich ein bisschen kriminell, aber im Grunde genommen doch harmlos?

Nach Wüstenhagens Tod ging das Spiel wieder von vorne los ... Erika hatte mir zwar erzählt, fortan habe sie Scheuren auf Distanz gehalten, aber zumindest hatte er es noch geschafft, seine Möbel für die neue Wohnung in der Domstraße aus ihrem Hotel abzustauben.

War der Hotelier Hans-Hermann Wüstenhagen wirklich eines natürlichen Todes gestorben? Nun, ich hätte kein gewichtiges Argument vorbringen können, um eine Obduktion zu veranlassen. Und ob fünfundzwanzig Jahre nach Wüstenhagens Ableben eine Exhumierung der Leiche noch sinnvoll gewesen wäre, war zu bezweifeln. Falls Bert Scheuren doch Dreck am Stecken hatte, war er auf der sicheren Seite: Die Leichen von Rudolf Kentenich und Hans-Hermann Wüstenhagen waren längst verwest.

Ja, man konnte diesem alten Gauner nichts mehr anhaben. Das erklärte seine joviale Gelassenheit.

Rainer Kentenich hatte mir die Gesprächsführung überlassen und die ganze Zeit nichts gesagt. Er hatte noch an dem zu knabbern, was ich ihm eben in der Imbissbude über das Verhältnis seiner Mutter zu Franz und Rudolf erzählt hatte. Und jetzt erzählte uns der alte Scheuren, Vater Rudolf sei an diesem gewalttätigen Überfall auf den Juwelier Pellenz aktiv beteiligt gewesen. Vielleicht hatte sogar Rudolf höchstpersönlich den Ladeninhaber niedergeschlagen!

Scheuren gestikulierte beim Sprechen lebhaft mit den Armen, und Rainer Kentenich starrte die ganze Zeit auf den rechten Unterarm mit der verwaschenen Tätowierung ... eine Art Drache oder Schlange ... An einem Finger trug Bert Scheuren einen dicken goldenen Siegelring, und ich hätte gerne gewusst, wo er den her hatte. Auch eines der zahllosen Geschenke von Erika? Oder hatte dieser Ring im Jahre 1964 auf einem Samtkissen in der Ladenvitrine von Günter Pellenz ausgelegen, bis an jenem Samstag drei maskierte Männer in das Geschäft stürmten?

Ich merkte, dass dieser Scheuren meinem Klienten unheimlich war. Hinter der Fassade kölscher Redseligkeit und der Freundlichkeit eines älteren Herrn verbarg sich vielleicht ein ganz mieser Charakter, ein »linker Puckel«.

Nach Scheurens weiterer Darstellung hatte Rudolf Kentenich ursprünglich vorgehabt, bei dem Überfall im Hintergrund zu bleiben. Doch dann machte ihm Bert Scheurens Weigerung einen Strich durch die Rechnung. Nur mit zwei Mann war das Unternehmen zu riskant. Wenn außer dem Uhrmacher Pellenz noch jemand im Laden war ... Ein Kunde, eine Hilfskraft ... Nein, drei Mann waren für den Überfall unbedingt nötig: Zwei mussten die Situation im Laden unter Kontrolle halten und der dritte den Rückzug sichern.

Sollten sie für Scheuren einen Ersatzmann anheuern? Nein, Schaeben und Lorenz waren dagegen. Zu viele Mitwisser ... es reichte ihnen schon, dass Bert Scheuren Bescheid wusste, aber der konnte den Mund halten, auf den konnten sie sich verlassen. Als musste Rudolf Kentenich selbst einspringen.

Aus Sicht der drei Räuber verlief der Überfall erfolgreich. Sie konnten mit der Beute unerkannt entkommen. Die geklauten Juwelen tauchten nie wieder auf. Die Verdachtsmomente gegen Schaeben, Lorenz und Kentenich reichten nicht aus, um eine Verhaftung vorzunehmen.

»Sie hatten also ein Alibi für die Zeit des Überfalls, Herr Scheuren?«, fragte ich.

»Klar. Ich hab an diesem Samstag im Eiscafé an der Ecke Eigelstein/Machabäerstraße gesessen. Und jenau in dem Moment, als der Überfall passierte, bin ich raus, Zigaretten holen. Dafür jab et Zeugen. Die Schmier konnte mir nix anhängen. Ich habe damals Finas geraucht, die Marke gibt's heute nicht mehr. Eine Orient-Marke in einer gelben, flachen Schachtel. Ich weiß nicht, ob sie damals überhaupt schon einen Zigarettenautomaten in dem Eiscafé hatten. Aber Finas in dieser flachen Pappschachtel gab's grundsätzlich nicht im Automaten. Deswegen bin ich also rüber zum Kiosk ... Der Fibbes hat das bestätigt. Der hatte gerade dem Obsthändler geholfen, Gemüsekisten auf einen Wagen aufzuladen.«

»Ach ja, der Fibbes, der hatte immer so einen grauen Kittel an ...«

»Genau! Das Personal vom Eiscafé, der Kioskbesitzer, die sind alle als Zeugen befragt worden. Ich hatte wirklich ein bombensicheres Alibi!«

»Wenn Sie gerade auf dem Eigelstein Zigaretten holen waren, konnten Sie nicht sehen, wie die drei maskierten Räuber über die Machabäerstraße flohen!«

»Nein, aber als ich zurückkam, sah ich an der Ecke von dem Eiscafé all die Leute auf der Straße ... die waren alle ganz durcheinander ... die erzählten was von einem Überfall ... ich wusste natürlich sofort, was los war, aber ich habe natürlich den Mund gehalten!«

»Und was haben Sie nach dem Zigarettenholen gemacht?«

»Ich stand noch für ein paar Minuten zusammen mit anderen Passanten vor dem Olympia-Kino herum. Die Polizei kam mit drei Streifenwagen und zwei zivilen Fahrzeugen angedüst. Mit Blaulicht und Tatütata. Da war was los auf dem Eigelstein! Wir beobachteten, wie die Polizei in das Uhrmachergeschäft hineinstürmte. Kurze Zeit später kam noch ein Krankenwagen, wegen der Kopfverletzung vom Pellenz. Ich habe aber nicht genau sehen können, wie sie den Pellenz in den Krankenwagen verfrachtet und ins Krankenhaus gefahren haben.«

»Haben Sie wirklich niemanden erzählt, was Sie über den Überfall wussten?«

»Doch, dem Franz! Ein paar Tage nach dem Überfall treffe ich den am Ebertplatz, wie er auf die Straßenbahn wartet. Dem Franz war das erst gar nicht recht, dass ich ihn ansprach ... Er wollte mit Rudolf nichts zu tun haben und auch nichts mit Rudolfs Kumpanen ... Aber wir beide hatten ja mit Rudolf die gleiche Erfahrung gemacht: Die Hannelore war dem Franz mit dem Rudolf durchgebrannt, und mir hatte gerade die Erika wegen Rudolf den Laufpass gegeben. Ich dachte, vielleicht tut dem Franz das gut, wenn ihm mal einer bestätigt, was für ein Arschloch sein Bruder ist ...«

»Aber Herr Scheuren! Eben haben Sie uns noch erzählt, Sie hätten wegen Erika keinen Rochus auf Rudolf gehabt!«

»Na ja ... wir hatten keinen offenen Streit ... Aber ich war natürlich nicht begeistert, dass die Erika mir einfach den Stuhl vor die Tür gesetzt hat. Ich hab dann dem Franz gegenüber so eine beiläufige Bemerkung gemacht, nur so eine Anspielung ... ich weiß heute nicht mehr den genauen Wortlaut.

Aber der Franz wusste nun, dass Rudolf bei dem Pellenz die Klunker abgegriffen hatte.«

Rainer Kentenich sah ihn mit offenem Mund an. Er kapierte genau wie ich sofort, welch ein Komplott sich bei dieser Begegnung an der Bahnhaltestelle zwischen Franz Kentenich und Bert Scheuren angebahnt haben mochte.

Franz hatte schon einmal seinen Bruder verpfiffen und in den Knast gebracht. Scheuren selbst hätte sich nicht getraut, der Polizei einen Tipp zu geben. Aber wenn er Franz dazu brachte ... Die Polizei und die Sachbearbeiter bei der Assekurantas-Versicherung hatten freilich Rudolf immer nur für den Hehler und nicht für einen der Räuber gehalten: Niemand wusste etwas über Rudolfs wahre Rolle bei diesem Juwelenraub. Franz hatte wohl diesmal den Mund gehalten.

21. Kapitel

Bert Scheuren schenkte uns Cola nach. »Wollt ihr auch wat Schabau dazu haben? Ich finde, Cola schmeckt nur zusammen mit Rum oder Whisky!«

Trench, Rainer Kentenich und ich lehnten dankend ab. Scheuren zog einen Flachmann hervor und kippte sich einen ordentlichen Schuss einer bernsteinfarbenen Flüssigkeit in sein Cola-Glas. Was war das für ein Gesöff? Ich tippte auf Whisky. Bestimmt eine Billig-Marke aus dem Supermarkt. Bert Scheuren war nicht der Typ, der in seiner Bude einen kostbaren dreißig Jahre alten schottischen Highland Whisky herumstehen hatte, einen echten, unverblendeten Malz Whisky. Ich stellte mir vor, wie er früher mit seinem Bruder Richard zusammen saß und die beiden eine Flasche »Racke rauchzart« leer machten.

Als wir sechzehn, siebzehn Jahre alt waren, feierten wir mit einem Billig-Schnaps wüste Parties. Das Zeug kratzte fürchterlich im Hals, und Georg kotzte aus meinem Zimmer in der Wohnung meiner Eltern aus dem vierten Stock auf die Straße. Dieter hatte eine Flasche Escorial-Likör mitgebracht und meinte, damit könne man flambieren. Er hielt ein brennendes Streichholz in das Trinkglas. Auf einmal zerbarst das Glas, und just in dem Moment, als der Teppich im elterlichen Wohnzimmer in Flammen stand, kamen meine Eltern zurück ...

Als ich mich vor ein paar Stunden von Erika Wüstenhagen verabschiedet hatte, da hatte sie zu mir gesagt, dass sie im Leben vielleicht etwas Besseres verdient gehabt hätte als die Männer, an die sie geraten war.

Rudolf Kentenich, ein Angebertyp, der immer auf großem Fuß lebte und dem es völlig egal war, woher das Geld für diesen aufwändigen Lebensstil kam. Mal aus seiner Hehlerei, mal aus der Thekenkasse von Erikas Sport-Casino.

Bert Scheuren, ein kleiner Schieber und Schnorrer, der immer nur auf der Stelle trat.

Erika Wüstenhagen wurde diesen Schmarotzer erst nach Jahrzehnten endgültig los, als sie ihn mit einem Möbelwagen voll alter Klamotten aus ihrem Hotel von Bad Breisig nach Köln zurückschickte. Jetzt verkehrte er wieder am Eigelstein in denselben Kneipen wie vor vierzig Jahren, in diesen düsteren schäbigen Kneipen mit beißendem Qualm von billigem Tabak und säuerlichem Biergeruch. Dort lauerte er darauf, sich an vereinsamte Witwen oder an eine alte Hure heranzumachen, und ich traute ihm zu, dass er sogar die heruntergekommene Schneiderin Erna Götte anbaggerte, damit sie ihm einen ausgab.

»Der Bert, dat war en Klävbotz«, das war eine Klebhose, hatte mir Erika Wüstenhagen erzählt. Ja, Typen wie Scheuren konnten wirklich klebrig sein, lästig wie eine Klette. Ich mochte den Mann nicht.

War Erika schließlich mit dem Hotelier Hans-Hermann Wüstenhagen glücklich geworden? Der war zwar ein solider Zeitgenosse, der ihr Zugang zur besseren Gesellschaft von Bad Breisig verschafft hatte, aber ihre große Liebe war nun mal dieser Hehler Rudolf Kentenich gewesen. Mit dem hätte sie auf ihre alten Tage gerne solch ein Hotel im Rheintal geführt, aber Rudolfs Ermordung hatte alle ihre Träume von einer gemeinsamen gutbürgerlichen Zukunft zunichte gemacht.

»Herr Scheuren, Sie erzählten gerade, dass sich die drei Juwelenräuber just in dem Moment aus dem Staub machten, als Sie vom Zigarettenkauf auf dem Rückweg zum Eiscafé waren.«

»Ja, genau ...«

»Ein Zeuge will damals gesehen haben, wie einer der drei Räuber auf der Flucht in den Hof des Nachbargrundstücks vom Sport-Casino rannte ... stimmt das?«

»Woher soll ich dat wissen? Ich hab nix gesehen ... Ein halbes Jahr später, da treffe ich zufällig den Fritz Lorenz wieder, der war ja nach dem Überfall für eine Weile unterjetaucht ... der erzählte mir, der Rudolf hätte damals auf der Flucht den Beutel mit den Klunkern angeblich dort in einer Mauernische versteckt. Die haben sich nach dem Überfall in der Wohnung vom Fritz Lorenz getroffen. Der Rudolf wohnte ja auch da, nachdem er bei mir ausgezogen war. Und der Fritz hat ganz schön blöd geguckt, als der Rudolf ohne Beute da ankam. Natürlich war es am Vernünftigsten gewesen, die Beute erst mal zu verstecken und nicht damit durchs ganze Viertel zu rennen und zum Fritz in die Wohnung mitzunehmen ...«

»Dann stimmt diese Zeugenaussage!«

»Ja, kann sein. Jedenfalls – als der Rudolf später die Beute dort wieder abholen will, ist sie verschwunden. Da gab es so eine Art Hausmeister, der hatte zwei steife Beine ...«

»Leske. Der Mann hieß Leske.«

»Der Rudolf ist dem auf die Pelle gerückt. Jeder im Viertel kannte den Rudolf. Niemand wollte sich mit ihm anlegen, und dieser Leske hätte bestimmt viel zu viel Schiss gehabt, um den Rudolf anzulügen. Wenn Leske den Beutel mit den Klunkern an sich genommen hätte, dann hätte er ihn schön wieder herausgerückt und dem Rudolf zurückgegeben.«

»Oder er hätte den Fund längst bei der Polizei abgeliefert, um die Belohnung zu kassieren.«

»Dann hätte das aber bestimmt in der Zeitung gestanden. Also ... Der Leske hatte angeblich gesehen, wie einer von diesen Pänz aus der Nachbarschaft, die er immer vom Hof verjagte, sich diesen Beutel gekrallt hatte und damit abgehauen ist. Das hatte der Leske angeblich dem Rudolf erzählt.

Der Fritz Lorenz hatte aber so seine Zweifel, ob das die Wahrheit war ... Später, als der Rudolf schon längst tot war und der Fritz Lorenz wieder aus der Versenkung auftauchte ...«

»Suchte die Polizei nicht mehr nach ihm?«

»Doch ... aber der Verbleib der Klunker ließ dem Fritz keine Ruhe. Er hat sich dann noch mal höchstpersönlich diesen Leske vorgenommen. Und der erzählte ihm dieselbe Geschichte. Stellt euch vor, ein einzelner Junge, vielleicht zwölf, dreizehn Jahre alt, haut mit der ganzen Sore ab. Der Leske wusste aber nicht, wie der Junge heißt, wo er wohnt. Fritz hat versucht, ihn auszuquetschen, aber er wusste es wirklich nicht. Der Fritz hat sich überall im Viertel umgehört, aber er hat diesen Jungen nicht gefunden.«

Mann, Bär, wenn du damals als Zwölfjähriger gewusst hättest, dass einer dieser brutalen Gangster hinter eurem »Indianerstamm« her war, dann wäre dir aber ganz schön die Muffe gegangen. Ich wusste sofort, wer aus unserer Clique in Frage kam: Nur Frieder aus der Jakordenstraße. Er war der Einzige von uns gewesen, der sich auch allein in diesen Hof getraut hatte, um den steifbeinigen Leske zu necken. Leske wusste natürlich sehr wohl, wer Frieder war und wo er wohnte, aber er hatte ihn nicht an die Gangster verraten. Das muss man Leske wirklich hoch anrechnen, denn er hätte ja nun wirklich allen Grund gehabt, sauer auf uns zu sein. Aber Leske hätte niemals ein Kind an diese brutalen Gangster ausgeliefert ... Und weil Leske den Mund hielt, tappten Rudolf Kentenich und Fritz Lorenz, die Polizei, die Versicherungsleute und der Privatdetektiv Manfred Bär im Dunklen.

Der Raub an dem Uhrmacher wurde also nicht aufgeklärt.

»Hat eigentlich damals der Versicherungsdetektiv Michael Gawliczek mal mit Ihnen gesprochen? Und wissen Sie, ob Gawliczek sich bei Leske umgehört hat?«

»Dieser blöde Gawliczek schnüffelte die ganze Zeit um mich herum. Wochenlang. Wenn ich mit meinem Bruder ins Olympia-Kino ging, saß dieser Gawliczek zwei Reihen hinter uns. Der ließ uns nicht aus den Augen. Natürlich versuchte er, mich auszuquetschen, aber ich wimmelte ihn ab. Er hat sich sogar im Café Bendler an meinen Bruder Richard herangemacht, um ihn auszuhorchen. Aber der Richard hatte nun wirklich keine Ahnung von dem Überfall, und der alte Bendler hat den Gawliczek rausgeschmissen, weil er nichts verzehrte und mit seiner blöden Fragerei nur den Kellner von der Arbeit abhielt.«

»Sie wissen nicht, wer Rudolf Kentenich ermordet hat, und Sie wissen auch nicht, wer ziemlich genau ein Jahr später Michael Gawliczek umgebracht hat?«

»Nä!«

Er sagte das in einem ziemlich scharfen Ton. Und wenn er doch etwas über diese zwei Morde wusste – diese Geheimnisse würde der alte Gigolo für sich behalten.

»Gut ... wir wollen Sie jetzt nicht länger aufhalten, Herr Scheuren. Eine letzte Frage noch: Mein Cousin ist gestern hier auf dem Parkplatz hinter dem Globus-Markt von einem stämmigen Typ so Anfang vierzig bedroht worden. Dem passen unsere Nachforschungen nicht. Haben Sie eine Ahnung, wer das sein könnte?«

Scheuren schüttelte den Kopf.

»Er hat ein rundes Gesicht und ziemlich dicke, fleischige Lippen. Erika Wüstenhagen meint, so hätte Helmut Schaeben ausgesehen. Und das bringt mich auf die Idee: Hat Helmut Schaeben einen Sohn oder einen Neffen, der jetzt dreiundvierzig, vierundvierzig Jahre alt sein müsste?«

Diesmal nickte er. »Irgendwann kriegt ihr dat mit eurer Herumschnüffelei ja doch raus ... Ja, der Helmut hat einen unehelichen Sohn. Hat dat Erika euch dat nit erzählt?«

»Nein ... das musste sie nicht. Wie Sie sehen, reichte mir bereits eine vage Andeutung, um dahinter zu kommen. Ich nehme an, als uneheliches Kind hat der Sohn den Nachnamen der Mutter?«

»Ja, Bendler. Die Mutter war Ingeborg Bendler. Sie ist aber vor ein paar Jahren gestorben.«

Ingeborg. Das war die ältere Schwester von Karin Bendler gewesen. Karin ging mit Dieter und mir in dieselbe Volksschulklasse, und ihre Schwester war in den Augen von uns Zehnjährigen schon erwachsen. Sie war bestimmt sieben oder acht Jahre älter als ihre kleine Schwester Karin.

Ingeborg Bendler ... ich kann mich nur ganz verschwommen an sie erinnern. An manchen Sonntagen, an denen ich von meiner Mutter zu Besorgungen für den Nachmittagskaffee ins Café Bendler geschickt wurde, half sie hinter der Kuchentheke aus. Sie war groß, schlank und hatte lange blonde Haare. Irgendwann sah man sie nicht mehr in dem Café, sie war verschwunden, worüber ich als Zehnjähriger mir aber keine Gedanken machte.

»Die war von zu Hause durchgebrannt«, erzählte Scheuren.»Ausjerechnet mit dem Helmut Schaeben. Der alte Bendler hat natürlich jetobt. Und er hatte jedroht, den armen Richard rauszuschmeißen, meinen Bruder. Der konnte doch janix dafür. Ich bin öfters mal ins Café Bendler en Tass' Kaffee drinke jejange, obwohl der Kaffee bei dem Eiscafe nebenan besser war. Aber weil mein Bruder da kellnerte, bin ich auch hin und wieder ins Café Bendler. Und ein paar Mal han ich och dä Helmut Schaeben mitjenommen. Wat kann denn mein Bruder Richard dafür, wenn dat Ingeborg anfing, für dä Helmut zu schwärmen? Jedenfalls hat der alte Bendler sich einjebildet, mein Bruder schleppt dem die janzen Gangster in dat Café, un die machen sich an seine Töchter ran. Ich glaub, der Bendler hat den Richard nur deswegen nicht rausjeschmissen, weil der Angst hatte, dann kritt dä dat mit mir zu tun. Un mit meinen Freunden. Däm Helmut, däm Rudolf ...«

»Ingeborg Bendler wurde dann schwanger?«

»Ja ... sie bekam einen Sohn.«

»Der muss also ungefähr so alt sein wie Rudolfs Sohn?«

Scheuren schaute Rainer Kentenich an, der genau wie Trench die ganze Zeit still da gesessen hatte.

»Nicht nur ungefähr. Wir haben damals noch Witze gemacht, dat der Rudolf und der Helmut fast zum selben Zeitpunkt Vater jeworden sind. Ich hab jejuxt: Jetzt gründen wir einen Volksstamm!«

»Das ist in der Tat komisch ... vierzig Jahre später treffen diese beiden Söhne aufeinander. Und der Neffe eines Detektivs, der in diesem Milieu verkehrte. Wie heißt denn der Sohn vom Schaeben?«

»Klaus ... Klaus Bendler.«

»Und was macht der heute so? Wissen Sie das auch?«

»Ich glaub, der ist Elektriker geworden.«

»Was machen wir jetzt?«, fragte mich Rainer Kentenich, als wir wieder unten auf der Straße standen.

»Ich versuche, die Adresse von einem alten Spielkameraden herauszufinden. Zu dem gehe ich aber lieber allein. Wenn wir da zu dritt auflaufen, könnte ihn das so sehr verunsichern, dass er keinen Ton sagt.«

»Sie vermuten, dieser Spielkamerad hat damals die geklauten Juwelen gefunden?«

»Ja, Herr Kentenich ... unter der Voraussetzung, dass Scheuren uns eben die Wahrheit erzählt hat. Ich traue ihm nicht. Vielleicht lockt er uns auf eine völlig falsche Fährte. Trench, bleib du bitte solange bei unserem Klienten, falls Klaus Bendler auf die Idee kommt, den Amokläufer zu spielen. Wenn ich von meinem Kumpel aus Kindheitstagen zurückkomme, werden wir mit Klaus Bendler mal ein Wörtchen zu reden haben.«

»Okay, Bär«, sagte Trench, »wir werden ihm klarmachen, dass er Georg kein zweites Mal einen Schlagring unter die Nase hält und dass er aufhört, Leute mit anonymen Anrufen zu terrorisieren. Vielleicht sollten wir das erst erledigen, bevor du zu deinem alten Kumpel gehst? Dann hast du diesen Bendler aus den Füßen!«

»Nein, ich muss erst mit diesem Kumpel reden. Wenn er Scheurens Behauptungen bestätigt, dann kommen wir auch der Aufklärung von zwei Morden ein Stückchen näher. Mir schwant da etwas ... und damit will ich Klaus Bendler konfrontieren! Ich frage mich, was er für einen Grund hat, Nachforschungen nach den Ereignissen des Jahres 1964 verhindern zu wollen. Der Grund liegt in der Person seines Vaters!«

Rainer Kentenich wirkte reichlich verstört, als wir zum Wagen zurückgingen. Dass womöglich sein Vater ganz brutal dem Uhrenhändler Pellenz eins über den Schädel gezogen haben könnte, hatte ihm ziemlich in den Karton geknallt.

»Ich habe Ihnen ja von Anfang an gesagt, Herr Kentenich: Es könnte sein, dass über Ihren Vater ein paar unangenehme Wahrheiten ans Licht kommen. Aber Sie sollten sich auch vor Augen halten: Dieser Scheuren hat sich selbst in einem möglichst günstigen Licht erscheinen lassen: Er war angeblich an allem unbeteiligt und hat die anderen als die bösen Buben hingestellt.«

Bert Scheuren konnte sich auch nicht erklären, aus welchem Grund sich Rudolf mit jemandem im Sport-Casino getroffen hatte, das ja an jenem Tag geschlossen war, weil die Wirtin Erika Verwandte in Hannover besuchte. Nun, mir war klar, dass Rudolf seine Verabredung dorthin verlegt hatte, *weil* die Kneipe zu hatte und er folglich dort ungestört war.

Wir hatten inzwischen meinen VW Jetta erreicht und setzten uns hinein.

»Die Polizei hat damals *eine* Möglichkeit völlig außer Acht gelassen, Herr Kentenich: Ihr Vater traf sich im Sport-Casino nicht etwa nur mit einem einzigen Mann, wie die Ermittler damals annahmen, sondern in Wirklichkeit waren sie dort zu dritt: Rudolf Kentenich, Helmut Schaeben, Fritz Lorenz. Alle drei Räuber, die den Überfall auf den Uhrmacher Pellenz begangen hatten. Das an diesem Tag geschlossene Sport-Casino erschien ihnen als völlig sicherer Ort. Eigentlich wollten sie hier den Erlös aus dem Beutezug aufteilen. Doch dann musste ihnen Rudolf Kentenich offenbaren, dass der Sack mit den Juwelen aus dem Versteck in der Mauernische des Nachbarhofs verschwunden war. Wie die Auseinandersetzung darüber endete, kann im Polizeiprotokoll nachgelesen werden. Einer, Schaeben oder Lorenz, tötete Ihren Vater mit einem Messerstich, der andere war Zeuge.«

»Und wenn Bert Scheuren doch dabei war, Herr Bär? Sie haben ihn vorhin gar nicht nach seinem Alibi für die Mordzeit gefragt!«

»Das hat aber damals die Polizei gemacht. Scheuren war zusammen mit seinem Bruder Richard durch die Gegend gezogen. Dafür gibt es Zeugen.«

22. Kapitel

Ich rief mit meinem Handy die Komfort-Auskunft an, die einem auch die Adressen der Fernsprechteilnehmer nennt. In Köln gibt es zum Glück nur einen einzigen Frieder Beuth. Er wohnte inzwischen in der Straße Klingelpütz, einen Häuserblock von dem Park entfernt, den man 1969 anstelle des abgerissenen Gefängnisses angelegt hatte. Hinter unserer Volksschule hatte man gleichzeitig die Victoriastraße bis zum Kümpchenshof verlängert und als breite Schnellstraße ausgebaut.

Als wir im dritten Schuljahr waren, ging der Lehrer, der uns immer seinen »SS-Wolfsdolch« vorführte, mit der Klasse einmal um den Block. Gereonswall, Vogteistraße, Plankgasse, dann ein Stückchen den Klingelpütz hoch und über die Gereonsmühlengasse zurück, wo die Fabrik von Klosterfrau Melissengeist angesiedelt ist. Anschließend mussten wir in unseren Schreibheften aufmalen, an was wir uns erinnern konnten. Dieter hatte ein großes gelbes Postauto in sein Heft gemalt.

Genau hier wohnte also nun unser einstiger Spielkamerad Frieder. Zwei Häuser weiter betreibt der Fotokünstler Wim Cox seinen »Kunstkeller Klingelpütz«, und schräg gegenüber ist die Galerie Stracke. Ich hatte meinen Vetter Georg mal zu Vernissagen dorthin begleitet. Ich fand genau gegenüber der Galerie einen Parkplatz. Zwei Häuser neben der Galerie ist eine kleine Kneipe, und dort konnten Kentenich und Trench auf meine Rückkehr warten.

Ich hatte Frieder bestimmt seit fünfunddreißig Jahren nicht mehr gesehen. Damals war er immer so stolz auf seine Elvis-Presley-Tolle gewesen, und jetzt hatte er eine blank schimmernde Stirnglatze. An der Seite war das stark ergraute Haar straff gescheitelt, und Frieder hatte die dünnen Strähnen quer über den Schädel gekämmt, um die kahlen Stellen etwas abzudecken. Er war dick geworden, verdammt dick sogar, und fast hätte ich ihn nicht wieder erkannt. Er trug ein schlabbriges, rotes T-Shirt und Jeans. Seine Füße steckten in schwarzen Lederpantoffeln.

Frieders Arbeitsplatz ist nur fünf Minuten Fußweg entfernt, das Rundschau-Haus in der Stolkgasse. Dort arbeitet er in der Druckerei. Eine Tochter ist schon erwachsen und von zu Hause ausgezogen; sie studiert Tiermedizin in Göttingen. »Auf Bafög, sonst könnte sie sich das nicht leisten«, erklärte Frieder. Zwei weitere Kinder im Alter von siebzehn und vierzehn Jahren leben noch bei Frieder und seiner Frau, die gerade mit einem gebrochenen Bein im Krankenhaus liegt. Frieder hatte heute frei, und wir beide waren in seiner Wohnung allein. Ihm war das ganz recht: »Es muss ja keiner was von dieser alten Geschichte mitkriegen.«

Wir setzten uns ins Wohnzimmer, Frieder goss uns Kaffee ein. Genauso war es auch bei Karl Baumüller gewesen, der nur einen knappen Kilometer von Frieder entfernt wohnte ... wenn der inzwischen pensionierte Versicherungsangestellte Baumüller geahnt hätte, dass des Rätsels Lösung in zehn Minuten Fußweg von seiner Wohnung in der Weidengasse entfernt zu finden war! Vierzig Jahre lang hatte Baumüller mit seinen Nachforschungen immer wieder von vorne angefangen, und immer ohne Erfolg.

Ich war als Rechercheur gewiss nicht besser als Baumüller, aber ich hatte den Vorteil, dass jetzt nach vierzig Jahren die Leute eher bereit waren zu reden.

Auch Frieders Wohnzimmereinrichtung war so ähnlich wie die von Baumüller. Schrankwand und grau-blaue Polstergarnitur. Modern-bürgerlich, aber nicht altmodisch-spießig. Nicht dieser billige Schrott aus dem Mitnehm-Möbelmarkt, aber auch keine noble Strunz-Bude. Mit drei Kindern konnte Familie Beuth sich keine sündhaft teure Designerausstattung leisten, aber ich finde, das ist kein Drama.

Ich war mal bei einem Klienten zu Hause, der mich den ganzen Abend auf einem Designerstuhl sitzen ließ. Ich bildete mir ein, der Stuhl würde jeden Moment mit mir nach hinten kippen und am nächsten Tag hatte ich fürchterliche Kreuzschmerzen. Seitdem halte ich die Entwerfer von Designerstühlen allesamt für völlig überkandidelte orthopädische Sadisten.

An den Wänden hingen alte Stiche mit Köln-Motiven. Dezent gerahmt. Und eine gerahmte Urkunde, die Frieder der Heinen-Verlag, in dem die Kölnische Rundschau erscheint, zur fünfundzwanzigjährigen Betriebszugehörigkeit überreicht hatte.

Frieder griff nach einer alten Arzttasche. Eine abgewetzte Tasche aus brüchig gewordenem braunen Leder. Frieder öffnete langsam die Tasche wie ein Zauberkünstler auf der Varietébühne, und dann holte er ebenso langsam zwei silbern glänzende Spielzeugpistolen heraus. Die eine hatte einen hellroten Plastikgriff. Die andere war mit einem schwarzem Griff ausgestattet.

Ich erkannte die beiden Pistolen sofort. Die hatten Adi und mir gehört.

»Ich habe die Pistolen gefunden ... in der alten Gummifabrik ...«

»Erzähl keinen Scheiß, Frieder. Adi und ich hatten die Pistolen dort versteckt. Du wusstest genau, dass es unsere Pistolen waren. Als du das Versteck entdecktest, hättest du die Pistolen ja einfach da liegen lassen können!«

»Ich dachte, bevor die Kraate aus der UKB die Pistolen finden ...«

»Unsinn! Die Kraate haben sich nie in unser Indianerfort hineingetraut. Gib's doch endlich zu, Frieder, du hast uns die Pistolen geklaut! Aber Schwamm drüber, was sollen wir uns jetzt noch über diese blöden Kinderstreiche zoffen! Vielleicht wirst du bald Opa, dann kannst du zumindest meine Pistole deinen Enkeln schenken. Ruf Adi an, ob er seine wiederhaben will. Er wird dir schon nicht den Kopf deswegen abreißen. Adi und ich haben ja damals schon den Verdacht gehabt, dass du dahinter steckst!«

Irgendwie war es Frieder doch reichlich peinlich, mir vierzig Jahre später beichten zu müssen, dass er damals unser Versteck ausgeräumt hatte. Ich war gespannt, ob er wirklich in den nächsten Tagen bei Adi anrufen würde, um ihm die Rückgabe der Spielzeugpistole anzubieten.

Er hätte mir natürlich die beiden Spielzeugpistolen gar nicht zeigen müssen, denn ich war ja nur wegen des übrigen Inhalts gekommen, den er in dieser zerfledderten Arzttasche aufbewahrte. Aber wenn ich schon mal da war, wollte Frieder richtig reinen Tisch machen, und das rechnete ich ihm auch irgendwie hoch an, und ich versicherte ihm noch einmal, dass wegen dieser geklauten Spielzeugpistolen nichts zwischen uns stünde. Wir kamen auf die Bescheiß-Nummern beim Tausch von Briefmarken und Comicheften zu sprechen, und darüber konnten wir beide heute herzlich lachen.

Doch dann wurde es ernst. Ich wollte Trench und Rainer Kentenich unten in der Kneipe nicht zu lange warten lassen, und so kam ich zur Sache: »Wie ich dir eben am Telefon sagte, komme ich gerade von Bert Scheuren. Er kennt die Gangster, die damals Uhren Schmuck Pellenz überfallen hatten. Und Scheuren sagt, er habe erst später erfahren, wo diese Gangster ihre Beute versteckt hatten. Du erinnerst dich noch an diesen hinkenden Leske? Der wohnte bei Dieter unten im Haus ...«

Er nickte.

»Leske hat beobachtet, wie in diesem Hof einer von uns den Beutel mit den geraubten Juwelen gefunden hat. Aber er hat den Gangstern gegenüber den Mund gehalten!«

»Und du glaubst, ich sei das gewesen? Warum nicht Dieter, der doch in diesem Haus wohnte?«

»Dieter durfte niemals im Hof spielen, weil dem Leske das nicht passte, und Dieter hatte wie wir alle auch ziemlichen Schiss vor diesem Leske. Bis auf dich, Frieder. Ich denke, Dieter hätte gar keine Gelegenheit gehabt, den versteckten Beutel zu entdecken ... Willst du mir nicht endlich zeigen, was noch in der Tasche ist, Frieder?«

»Schau doch selbst rein ...«

Ich beugte mich über die Tasche, sah ein Funkeln und Glitzern. Ich griff hinein und nahm einen Ring heraus. Mit einem leuchtend roten Stein.

Ich hielt den Stein gegen das Licht.

»Der soll aus der Beute von dem Pellenz-Raub stammen? Mein lieber Schwan, der Ring sieht mir verdammt noch mal nach Kaugummiautomaten aus!«

Ich griff noch mal in die Tasche und holte ein Halskettchen hervor. Es hatte zwar einen Stempel am Verschluss, dass es aus echtem Silber war, aber solche Kettchen bekam man auch damals schon für wenig Geld an den Modeschmuck-Tischen der Kaufhäuser. »Was soll der Scheiß? Willst du mich verarschen, Frieder? Stammt das Zeug vom Winterschlussverkauf bei Woolworth oder was?«

»Du hast Recht. Alles ist unecht. Aus Blech. Aus Glas oder billigem Strass. Das ist alles nur Karnevalsschmuck!«

»Du willst mir doch nicht erzählen, dass der Pellenz damals nur billigen Talmi-Schmuck in seiner Auslage hatte!«

»Nein, Bär ... ich hab doch zur Kommunion eine Armbanduhr geschenkt gekriegt. Die hat damals verhältnismäßig viel

Geld gekostet, und die hat fast dreißig Jahre gehalten. Und ich weiß noch ganz genau, dass mein Vater meiner Mutter zu Weihnachten mal eine Perlenkette von dem Juwelier geschenkt hat. Echte Perlen! Glaub mir, Bär, meine Mutter hat nur echte Perlen getragen! Die hätte meinem Vater die Kette um die Ohren gehauen, wenn der als Weihnachtsgeschenk mit irgendeinem billigen Scheiß angekommen wäre! Der Pellenz hatte wirklich keine billigen Kirmesuhren in seiner Auslage.«

Was also hatte der Austausch gegen billigen Modeschmuck zu bedeuten? War etwa Frieder so raffiniert gewesen, im Laufe der Jahre Stück für Stück den echten Schmuck zu verticken und die fehlenden Stücke dann durch Talmi zu ersetzen? Aber wozu? Nein, das traute ich Frieder Beuth nicht zu. Er war kein Krimineller. »Was meinst du, Frieder? Warum ist der Schmuck unecht?«

»Na ja, das hab ich mich auch immer wieder gefragt. Vielleicht hat der Pellenz mit den Räubern gemeinsame Sache gemacht ... kann doch sein, Bär, oder?«

»Ja, diesen Verdacht hatten die Polizei und die Versicherung zeitweise. Das wäre tatsächlich eine Möglichkeit gewesen: Bei dem Überfall wurden nur billige Glasperlen geraubt, aber Pellenz gab bei der Versicherung den Verlust echter Brillianten an und kassierte 40.000 Mark. Die teilte er sich später mit den Räubern. Das hört sich glaubwürdig an.«

»Es gibt noch eine andere Möglichkeit, Bär. Dieser eine Räuber ...«

»Rudolf Kentenich. Mit ziemlicher Sicherheit war von den drei Räubern er derjenige gewesen, der bei Leske in den Hof hineinlief und dort die Beute versteckte.«

»Aber er versteckte dort nur diesen Billig-Schmuck! Den hatte er sich vorher besorgt. Die echten Stücke verscheuerte er heimlich und behielt den Erlös für sich. Seinen Komplizen erzählte er, sie hätten nur Talmi abgeräumt.«

»Und darüber gerieten sie in Streit und Rudolf Kentenich wurde niedergestochen.«

In diesem Moment fiel es mir wie Schuppen von den Augen: Es gab noch eine dritte Möglichkeit! Ein externer Mitwisser! Bert Scheuren, der zwar nicht mitmachen wollte, der aber genau wusste, dass der Überfall stattfinden sollte, und der gewiss einige Details aus Rudolf Kentenichs Plan kannte.

Scheuren hockte an jenem Samstagmittag im Eiscafé und besorgte sich mit dem Zigarettenkauf am Kiosk kurz vor der Bahnunterführung ein sauberes Alibi. Als er im Augenblick des Überfalls vor dem Gemüseladen mit Fibbes plauderte, hatte er den Glasschmuck schon bei sich. Als er dann eine günstige Gelegenheit erspähte, schlüpfte er in den Hof, tauschte die Beute gegen den Billigkram aus und trat wieder nach draußen wie jemand, der gerade einen der Bewohner dort besucht hatte. Er fiel niemandem auf.

Dieser alte Gauner! Frieder brachte einen Beutel mit Glasperlen an sich, aber er, genauso wie Rudolf Kentenich, wusste nicht, dass der Schmuck unecht war. Als Kentenich in den Hof zurückkam, um die Beute abzuholen, war sie weg. Er war mit seinen Komplizen im Sport-Casino nebenan verabredet, um den Erlös zu teilen, aber er kam mit leeren Händen und seine Komplizen fühlten sich übers Ohr gehauen ...

Nun ja, wenn die Beute noch da gewesen wäre und Rudolf festgestellt hätte, dass sie nur wertlose Kirmesringe geraubt hatten, wäre die Geschichte nicht anders ausgegangen. Auch dann hätten Schaeben und Lorenz geglaubt, Rudolf hätte sie beschissen, und der Streit wäre eskaliert.

»Wie hattest du das Zeug eigentlich gefunden, Frieder?«

»Ach ... ich hatte wie so oft auf den Mülltonnen herumgetrommelt, mal sehen, ob der Leske angehumpelt kommt ... nichts, der Leske lässt sich einfach nicht blicken! Und dann sehe ich dieses Säckchen da in der Mauernische! Die Nische war ziemlich gut vom Gestrüpp verdeckt, man musste schon sehr genau hinschauen. Ich bin natürlich neugierig ... mach das Säckchen auf! Mann, lauter Klunker! Wie das glitzerte! Ich hatte einen Schatz gefunden! Im Hansa-Theater, da lief gerade *Der Schatz im Silbersee.*«

Die Uraufführung von diesem Karl-May-Film *Der Schatz im Silbersee* hatte bereits 1962 im Ufa-Palast auf dem Ring stattgefunden. Alle neuen Filme wurden erst mal in diesen großen Lichtspieltheatern auf dem Ring aufgeführt, und später zeigte man sie dann noch einmal in den Vorort-Kinos, im Corso drüben auf der anderen Rheinseite oder auch im Roxy am Chlodwigplatz und bei uns im Eigelsteinviertel im Hansa-Theater.

Frieder hatte in der Aufregung über seinen Fund gar nicht bemerkt, dass Leske sah, wie Frieder davonlief. Unser Spielkamerad hatte also einen Schatz gefunden! Den wollte er aber ganz für sich allein behalten, und deswegen erzählte er uns nichts davon. So versteckte Frieder diesen Schatz bei sich zu Hause im Fahrradschuppen. Dort hatte er auch die beiden Spielzeugpistolen gebunkert.

Als am Montag alle Zeitungen in großer Aufmachung berichteten, dass der Juwelier Günter Pellenz überfallen und ausgeraubt wurde, bekam Frieder es mit der Angst zu tun. Natürlich wusste er sofort, dass es die Beute aus dem Überfall war, die er in dem Hof gefunden hatte!

Er hätte den Fund melden können, und er wäre ein Held gewesen! Er hätte den »Goldenen Oskar für ehrliche Finder« vom Kölner Stadtanzeiger bekommen, bestimmt auch einen erklecklichen Finderlohn. Aber er fürchtete, dass er stattdessen von seinem Vater Prügel bekam, weil er an jenem Samstag in dem Hof neben dem Sport-Casino wieder mal herumgelärmt hatte.

Leske hatte sich mal bei Frieders Vater beschwert, und der Vater hatte seinem Sohn eine kräftige Abreibung verpasst und ihm außerdem strikt verboten, weiterhin diesen Hof zu betreten und Herrn Leske zu ärgern. »Wat ihr da mit dem armen Mann macht, dat is en Riesensauerei! Bei einem, der richtig laufen kann, traut ihr euch dat nit«, schimpfte Vater Beuth, als er seinen Sohn mit einem Ledergürtel verdrosch.

Noch viel mehr Angst als vor der Prügel seines Vaters hatte Frieder vor den Gangstern. Er bildete sich ein, die würden sich an ihm rächen. Sicherlich hätten sie sich nicht an einem zwölfjährigen Jungen vergriffen, aber Frieder in seinem kindlichen Gemüt malte sich die tollsten Horror-Geschichten aus. Hätte er gewusst, dass Leske ihn gesehen hatte und jederzeit verraten konnte, wäre ihm wohl richtig speiübel geworden.

Je länger Frieder damals darüber nachdachte, was er nun mit diesen Klunkern machen sollte, desto sinnvoller erschien es ihm, gar nichts zu unternehmen. Und so blieb der Beutel mit den Juwelen noch jahrelang in diesem Fahrradschuppen versteckt, den aber inzwischen niemand im Haus mehr benutzte: Alle Mieter hatten sich inzwischen Autos oder Mopeds gekauft, und diese Mopeds waren viel zu schwer, um sie über die Treppen im Hausflur nach hinten in den Hof zu dem Schuppen zu schleppen. Frieders Versteck mit seinen Schätzen war also relativ sicher.

Erst, als Frieder im Alter von zwanzig Jahren von zu Hause auszog und seine Eltern sich eine kleinere Wohnung nahmen, draußen im Grünen, in Brück, an der Flehbachaue, da musste er das Versteck räumen und sich überlegen, was er nun mit diesen blöden Klunkern eigentlich anstellen wollte. Frieder hätte sich nie getraut, diesen Glitzerkram zu Geld zu machen. Nein, Frieder kannte die Grenzen. Damals, das war einfach nur ein Dummejungenstreich gewesen. Damit sollte man es auch bewenden lassen. Er konnte natürlich auch jetzt nach all den Jahren nicht so einfach zur Polizei gehen. Mit zwölf Jahren war er strafunmündig gewesen. Und nun, mit zwanzig, würde man ihn wegen Fundunterschlagung drankriegen?

Es dauerte noch eine geraume Weile, bis Frieder Beuth sich endlich ein Herz fasste und einen Anwalt aufsuchte. Dr. Hans Sommerschladen hatte seine Kanzlei inzwischen an einen jungen Kollegen abgetreten, der Dr. Bertold Weinrich hieß. Der hörte sich Frieders Geschichte an und fand, dass in diesem Falle vielleicht doch der alte Sommerschladen noch einmal aktiv werden sollte.

Hans Sommerschladen war nicht der Typ, der als Pensionär beschaulich seine Hobbys pflegte. Er kam regelmäßig zwei-, dreimal die Woche auf Besuch in seine alte Kanzlei, pflanzte sich hin, verräucherte alles mit seiner stinkenden Zigarre und sülzte die Sekretärin seines Nachfolgers stundenlang mit langatmigen Anekdoten aus seinen wilden Jahren voll. Der Nachfolger Dr. Bertold Weinrich kam zu der Überzeugung, man müsse den alten Sommerschladen behutsam mit irgendetwas anderem beschäftigen, damit er nicht dauernd die Sekretärin von der Arbeit abhielte. So kam dem jungen Anwalt Frieders Problem gerade recht. Fundunterschlagung. Harmlose Sache. Kleinkram. Der Alte würde sich freuen, wenn er sich noch ein wenig nützlich machen könnte. Außerdem hatte diese Geschichte doch mit einem von Sommerschladens früheren Mandanten zu tun.

Dr. Sommerschladen war ein ausgefuchster Typ, und er sah gleich, dass das Zeug nichts wert war. Er dackelte zur Polizei hin, stellte sich als Mitarbeiter der Kanzlei Dr. Weinrich vor und erklärte, der Kanzlei sei anonym die Beute aus einem Raub im Jahre 1964 zugespielt worden. Mit diesen Worten knallte er dem wachhabenden Beamten die alte Arzttasche mit den falschen Klunkern auf den Tisch und spie eine Wolke beißenden Zigarrenqualm in den Raum der Kriminalwache 1, die damals im Erdgeschoss des alten Polizeipräsidiums am Waidmarkt untergebracht war.

»Die haben ein Protokoll aufgenommen und die Versicherung vom Pellenz informiert«, erzählte Frieder.

»Die Versicherung wollte sich aber mit wertlosen Glasklunkern nicht abgeben. Das sei nicht die richtige Beute ... Das Zeug also lag ein Jahr lang in der Asservatenkammer der Polizei herum, und danach bekam der Dr. Weinrich ein Schreiben, er könne den ganzen Kram wieder abholen lassen und seinem anonym gebliebenen Mandanten aushändigen, wer immer das sei. Und seitdem bewahre ich die Glasperlenketten hier in dieser alten Tasche auf. Sie gehören jetzt wirklich rechtmäßig mir.«

Frieder zeigte mir die Schriftstücke. Ein ziemlich verblasster Durchschlag vom Polizeiprotokoll mit der Aussage des alten Sommerschladen. Außerdem Kopien vom Briefwechsel zwischen der Assekurantas und der Kanzlei Dr. Weinrich. Schließlich der Bescheid, der Fund sei aus der Asservatenkammer freigegeben, da er kein Beweismittel in einem Strafprozess sei. Für den Versicherungsfritzen Karl Baumüller war diese Episode mit den falschen Glasklunkern so unwichtig gewesen, dass er sie mir gegenüber gar nicht erwähnt hatte. Karl Baumüller war weiterhin hinter den echten Juwelen her, aber ohne Erfolg. Sollte ich Baumüller den Tipp geben, diesem Bert Scheuren mal auf die Pelle zu rücken? Vielleicht bekam dann der Neffe von Manfred Bär die Belohnung, hinter der damals sein Onkel her gewesen war.

Ich verabschiedete mich von Frieder. »Was wir als Kinder mit diesem Leske angestellt haben, war wirklich eine Sauerei.«

»Aber du hast deswegen von deinem Vater nie Prügel gekriegt, Bär!«

»Ich hab wegen anderer Sachen Prügel gekriegt!«

23. Kapitel

Trench und Rainer Kentenich warteten in der Kneipe neben der Galerie Stracke gespannt auf meine Rückkehr.

»Frieder hatte tatsächlich die Beute gefunden, aber stellt euch vor, sie bestand nur aus Glasperlen!«

»Donnerwetter!«, entfuhr es Trench.

Ich erzählte ihnen schnell und mit leiser Stimme, was ich soeben erfahren hatte, und klaubte dann den Zettel hervor, auf dem ich mir die Telefonnummer von Bert Scheuren notiert hatte, die Erika Wüstenhagen mir gegeben hatte. Ich ging mit meinem Handy nach draußen, weil es die anderen Kneipengäste nichts anging, was ich mit Scheuren zu besprechen hatte.

Der meldete sich mit einem grunzenden »Ja?«

»Herr Scheuren, hier ist noch mal Karl-Josef Bär. Ich habe diesen Spielkameraden aufgetrieben, den Leske damals gesehen hat!«

»Ach ja? Un dä Fritz Lorenz hätt sich damals im Viertel nach däm Jung die Hacken wund jelaufen un kunnt dä nit finden! Ävver so 'ne Detektiv ... vielleicht hätte dä Fritz damals och 'ne Detektiv nemme solle wie jetzt dä Jung vum Rudolf!«

»Reden wir nicht lange um den heißen Brei herum, Herr Scheuren. Jemand hatte die echten Klunker gegen Glasperlen vertauscht, und dafür kommt nur einer in Frage: Sie!«

Stille.

Ich lauschte an meinem Handy. Nach einer Weile rief ich: »Hallo, Herr Scheuren, sind Sie noch dran?«

»Ja ... ihr könnt mir gar nichts anhaben! Ihr könnt mir nichts beweisen, und selbst wenn ... dat is alles längst verjährt!«

»Eben! Deswegen müssen Sie uns doch jetzt nichts mehr vormachen, Herr Scheuren! Erzählen Sie doch dem Sohn Ihres alten Freundes Rudolf zuliebe, was Sache ist!«

»Ich hab euch nichts vorjemacht! Un da jibt auch nit viel zu erzählen! Ja jut, ich hab den Rudolf damals jeleimt und die Beute ausjetauscht ... ich war ja schon ein bisschen sauer auf den, weil er mir dat Erika ausjespannt hatte, als dä us dä Blech eraus kam. Ävver vun dä Beute ist nix mehr übrig! Weißte, wat ein Kuraufenthalt in Bad Breisig kostet? Ich war ja nie in der Krankenkasse, ich hab dat alles immer selbst bezahlt ... und wenn ich mal im Hotel Wüstenhagen abstieg, immer den vollen Zimmerpreis! Solange der Mann vun däm Erika noch lebte, hab ich da keinen Rabatt jekriegt!«

Das war ja ein seltsamer Kreislauf der Beute! Erikas Geliebter war wegen dieser Juwelen in ihrer Kneipe ermordet worden, und Bert Scheuren schleuste später den Erlös aus dem Raub in ihre Schatulle zurück!

Scheuren legte den Hörer grußlos auf. Er durfte sich sicher fühlen. Rainer Kentenich und ich konnten mit diesem Geständnis nichts anfangen. Juristisch war es bedeutungslos, und auch die Assekurantas würde keine Belohnung ausspucken, weil die Beute ja nicht mehr existierte. Die Belohnung war seinerzeit nur für die Wiederbeschaffung ausgelobt worden, und diese Versicherungsfritzen würden mir keinen einzigen Cent nur für die Information bezahlen, dass Scheuren über die Jahre hinweg alles in Bad Breisig unter die Leute gebracht hatte. Hier ein Kännchen Kaffee zum Kurkonzert, dort in einem der besseren Lokale eine Eifeler Bachforelle, Müllerin Art mit Mandeln, dazu einen schönen Weißwein, als dieser alte Gigolo den Witwentröster spielte. Bei Erika oder bei einer anderen Dame, die er als Kurschatten umgarnte. Eine völlig schräge Geschichte!

Unfassbar.

Was blieb außer dem Honorar von Rainer Kentenich für mich übrig? Nichts. Ich konnte mich lediglich in dem Berufsstolz sonnen, einen Fall zu Ende geführt zu haben, den die Detektei Bär vor vierzig Jahren begonnen hatte. Dafür konnte ich mir nichts kaufen, aber manchmal muss man eine Sache einfach konsequent durchziehen, egal, ob es dafür Kohle gibt oder nicht. Onkel Manfred hätte genauso gedacht.

Trench und mein Klient kamen nun auch aus der Kneipe nach draußen.

»Was läuft jetzt, Bär?«, wollte Trench wissen.

»Scheuren hat gerade zugegeben, die Beute ausgetauscht und den Erlös im Laufe der Jahre verjuxt zu haben. Ist das nicht toll? Nun, Leute, die Geschichte mit dem Juwelenraub können wir jetzt endgültig abhaken. Wir widmen uns jetzt dem letzten Akt des Dramas und treten Klaus Bendler mal gehörig auf die Füße.«

»Was wollen wir denn von dem?«, fragte Rainer Kentenich.

»Erstens wollen wir ihm klarmachen, dass er aufhören soll, uns mit seinen Bedrohungen zu terrorisieren. Zweitens glaube ich, dass Bert Scheuren wirklich nicht weiß, wer Ihren Vater ermordet hat, aber ich habe da so eine Vermutung, dass stattdessen Klaus Bendler uns die restlichen Fragen beantworten kann.«

»Hä? Wie kommen Sie darauf?«

»Ich habe mich seit vorgestern Abend immer wieder gefragt, was dieser anonyme Anrufer mit seinen Drohungen bezweckt. Was er verhindern will? Was für einen persönlichen Grund er hat?«

»Sie meinen, das ist kein angeheuerter Schläger, der im Auftrag von einem der Beteiligten handelt?«

»Nein, wenn Scheuren das Gefühl hat, dass ihm einer blöd kommt, dann nimmt er das Problem selbst in die Hand.

Auch in seinem jetzigen Alter. Der würde niemanden für anonyme Anrufe anheuern. Und Erika Wüstenhagen? Die hat doch in Bad Breisig gar nicht mitbekommen, dass Sie die Detektei Bär beauftragt haben, Herr Kentenich. Nein, es ist noch jemand anderes im Spiel. Als Erika Wüstenhagen meinte, Georgs Beschreibung von diesem rabiaten Gesellen ähnele jener von Helmut Schaeben, und da Scheuren uns eben erzählt hat, Bendlers ältere Tochter Ingeborg sei damals mit Schaeben durchgebrannt und es gäbe einen unehelichen Sohn, da hätte ja wohl der größte Blödmann eins und eins zusammenzählen können.«

Die Telefonauskunft hatte für den Bezirk Köln zwei Einträge auf den Namen Klaus Bendler und noch einen weiteren auf Klaus-Peter Bendler. Der kam wohl nicht in Frage. Einer der beiden anderen war als *Dr. med. Klaus Bendler, Facharzt für Augenheilkunde* notiert. Also blieb nur einer übrig, welcher der bullige Elektriker sein musste.

Dessen Nummer tippte ich ins Handy ein. »Herr Bendler? Hier ist der Wagenhalter des roten VW Jetta. Bär. Karl-Josef Bär. Ich führe ein Detektivbüro in Köln-Ehrenfeld. Dort haben Sie vorgestern Abend angerufen ...«

»Nein ...«

»Oh, doch. Herr Bendler, machen wir's kurz. Sie hatten gestern eine Begegnung mit meinem Cousin auf dem Parkplatz des Pressehauses. Wir haben bereits die Polizei eingeschaltet, und bei einer Gegenüberstellung wird mein Cousin Sie wiedererkennen. Ich habe inzwischen das herausgefunden, was Sie unbedingt verhindern wollten. Also lassen Sie meinen Vetter von jetzt an in Ruhe, ist das klar? Und wir können den Rest der Geschichte gerne auch ohne Polizei erledigen!«

»Ich weiß nicht, wovon Sie reden!«

»Das wissen Sie doch sehr wohl! Ich rede über Helmut Schaeben!«

Ich hatte diese versoffene Stimme mit dem starken kölschen Akzent sofort wiedererkannt. Kein Zweifel, der richtige Mann war an der Strippe. Ich war stinksauer auf dieses dumme Arschloch, das gestern Georg bedroht hatte. Angst hatte ich jetzt keine mehr vor ihm und seinen Schläger-Allüren, jetzt, da ich wusste, wer er war.

Wenn der Kerl nicht total unterbelichtet war, musste er einsehen, dass er sein Spielchen mit den Drohungen nicht weiter durchziehen konnte, seit wir ihn identifiziert hatten.

Bendler sagte nichts.

Und so bellte ich ins Handy: »Wenn Sie mir noch einmal blöd kommen, dann verzinke ich Sie und Ihren Vater direkt an die Bullen, ist das klar?«

Bendler war perplex. »Mein Vater? Aber wieso ... was ... was erzählen Sie da? Ich verstehe nicht ...«

»Ihr Vater Helmut Schaeben. Ich weiß, dass er noch lebt. Und ich weiß, was damals passiert ist. 1964.« Das war natürlich ein Bluff. Ich hatte wirklich nur ein paar vage Vermutungen und nicht den geringsten Beweis. Eigentlich konnte ich Klaus Bendler nichts abhaben, aber der wusste ja nicht, wie weit ich mit meinen Ermittlungen schon gekommen war und wo ich noch im Dunklen tappte. Ich gab einfach mal einen Schuss ins Blaue ab. Meine Taktik hätte auch gründlich daneben gehen können.

Doch an Klaus Bendlers Reaktion spürte ich sofort, dass ich einen Volltreffer gelandet hatte. »1964? Hören Sie ... Herr Bär, also gut ... wir müssen miteinander reden! Ohne Stress! Und ohne Polizei! Wir sollten uns treffen. Schlagen Sie doch einen Treffpunkt vor!«

»Okay, Herr Bendler. Ich weiß schon einen geeigneten Ort. Am Salzmagazin. Das ist genau dort, wo Michael Gawliczek ermordet wurde!«

»Gawliczek?«

»Herr Bendler! Jetzt erzählen Sie mir bloß nicht, der Name würde Ihnen nichts sagen. Von solchen Mätzchen habe ich inzwischen die Faxen absolut dicke! Also: Am Salzmagazin. Sie wissen ja bestimmt, wo das ist.«

»Ja, doch ...«

»Schön. Sagen wir: in einer halben Stunde. Schaffen Sie das?«

»Ja ...«

»Gut, Herr Bendler! Und noch was: Sie kommen natürlich allein. Und Sie lassen Ihren Schlagring zu Hause. Sie kommen auch sonst ohne irgendeine Waffe. Keine miesen Tricks. Okay? Wir treffen uns zu einer friedlichen Unterhaltung, sonst nichts!«

»Ja, ja, in Ordnung ... Sie lassen aber dann auch die Polizei aus dem Spiel, Herr Bär?«

»Ja, ich komme ohne Polizei. Beeilen Sie sich. Also, bis gleich!«

Wir mussten nur von der Victoriastraße nach links in die Eintrachtstraße abbiegen und hatten zwei Minuten später den Treffpunkt erreicht. An der Einmündung der Straße Am Salzmagazin war im Krieg die ganze Ecke weggebombt worden, und diese plattgewalzte Brachfläche mit den tiefen, schlammigen Pfützen sah exakt noch genauso aus wie vor vierzig Jahren. Das Trümmerfeld wurde schon in unserer Kindheit als Parkplatz genutzt. Ich ließ den Wagen auf diesen Platz rumpeln und schaltete den Motor aus.

Zu unserer Schulzeit hatte es am Rande dieses Ruinenfeldes noch ein einziges Haus direkt am Bahndamm gegeben. Es war sogar bewohnt, ein altes, schmales, dunkles, staubiges Haus aus den Gründerjahren, an dem Dieter und ich jeden Tag auf unserem Schulweg vorbeikamen und das uns sehr geheimnisvoll erschien. In den Siebzigerjahren, als der Bahndamm erweitert wurde, riss man dieses Haus ab. An seiner Stelle stützen nun hässliche, klobige, nackte Betonsäulen den Schienenstrang.

Die Baustoffhandlung Peter Doll auf der anderen Straßenseite hatte auch schon vor vierzig Jahren an dieser Stelle existiert. Daneben hatte in der Bahndamm-Nische noch ein Kartoffel- und Kohlenhändler sein Lager gehabt, aber das war längst verschwunden. Früher hatte es an dieser Ecke immer so intensiv nach dem süßlichen Malz der Gaffel-Brauerei gerochen. Inzwischen sind die Brauereien mit modernen Filteranlagen bestückt worden, und als ich das Wagenfenster herunterkurbelte, vermisste ich diesen Malzgeruch.

Wir blieben im Auto sitzen und warteten auf Klaus Bendler. Ausgerechnet an einer der schäbigsten Ecken Kölns. Auf dieser Brachfläche und unter den Säulen des Bahndamms waren noch andere Autos geparkt. Im Schatten der grauen Betonsäulen war es duster und ungemütlich. Man hatte sich bei der Erweiterung der Bahntrasse nicht die geringste Mühe gegeben, die Unterführung auch nur ein bisschen freundlich und urban zu gestalten.

Ein Stückchen weiter standen ein paar Baustellencontainer herum, als hätte man sie einfach vergessen. Im Rückspiegel sah ich den Eingang der Kneipe Em Entepohl. Der Wind trug durch die offene Tür des Lokals lautes, heiseres und fettes Gelächter zu uns herüber, und ich glaubte, aus dem krakeeligen Stimmengewirr das Organ von Erna Götte, der alten versoffenen Schneiderin, herauszuhören, die bestimmt auch so manches Geheimnis dieses Viertels kannte und ihr Wissen lieber für sich behielt.

Im Rückspiegel tauchte nun ein Bursche mit bulliger Statur auf, der sich mit suchendem Blick umschaute.

»Unser Krawallbruder läuft gerade zum Showdown ein. Dann wollen wir mal ...«

Ich öffnete die Wagentür und stieg aus. »Herr Bendler?« rief ich und winkte dem Typ zu, der zögernd näher kam und dann erst mal in sicherer Entfernung stehen blieb, als er sah, dass noch zwei weitere Männer aus meinem Jetta ausstiegen.

»Keine Angst, das sind keine Bullen«, rief ich ihm zu.

»Sie haben mir Ihr Wort gegeben: Keine Polizei!« Bendler blieb misstrauisch und hielt Abstand.

»Und ich halte mein Wort! Das gehört zu den Geschäftsprinzipien der Detektei Bär! Das hier ist mein Mitarbeiter Trench, und der andere Herr ist mein Klient Rainer Kentenich. Sie wissen ja, wer das ist, denn Sie haben auch ihn vorgestern Abend angerufen. Ich finde, er hat ein Recht darauf, bei unserem Gespräch dabei zu sein.«

Er zuckte mit den Schultern und fand sich mit der Situation ab. Ein wirklich großer, kräftiger Kerl, bestimmt 1,90 Meter groß, mit einem breiten Kreuz, wie man es braucht, wenn man sein Geld als Möbelpacker oder Berufscatcher verdienen will. Beim Anblick dieses Kolosses und bei seiner kratzigen, gefährlich klingenden Stimme konnte ich gut nachvollziehen, dass er keine große Mühe gehabt hatte, Vetter Georg einzuschüchtern. Der Typ hatte ziemlich fleischige Pranken mit dicken Wurstfingern, und ich fragte mich, wie er es damit schaffte, als Elektriker dünne Kabel zusammen zu friemeln oder beim Anschließen einer Lampe diese kleinen Schräubchen in die Lüsterklemmen zu stecken und mit einem dünnen Schraubenzieher hineinzudrehen.

Sein Gesicht war sonnengebräunt, als ob er gerade aus dem Urlaub zurückkäme. Die Frisur war unter einer schwarzen amerikanischen Baseballkappe verborgen. Ich versuchte, mich an die Fotos in den alten Zeitungsausschnitten von 1964 zu erinnern, die ich mir vor zwei Tagen aus Onkel Manfreds Archivschrank herausgenommen hatte. Dazu gehörte auch ein Foto von Helmut Schaeben ... stimmt, dieser Klaus Bendler hatte die gleichen vollen, wulstigen Lippen wie sein Vater. Daran würde sich jeder erinnern, der Vater oder Sohn einmal gesehen hatte. Kein Wunder, dass Erika Wüstenhagen bei meiner Wiedergabe von Georgs Beschreibung sofort an Schaeben gedacht hatte.

Klaus Bendler trug ein kariertes Baumwollhemd, darunter ein weißes T-Shirt, dessen Saum aus dem Hemdkragen herausschaute. Seine Beine steckten in verwaschenen grauen Jeans, und dazu trug er nagelneue Cowboystiefel. Solche Stiefeletten waren hier zu Lande längst unmodern, aber es gab augenscheinlich noch immer Typen, die mit klackenden Absätzen über den Eigelstein trampelten, als seien sie gerade auf dem Weg zu einem Rodeo-Wettbewerb im tiefsten Texas. Auf seiner schwarzen Windjacke war in Gelb der Schriftzug *Elektro Bendler* eingestickt. Er war also selbstständig. Das erklärte, wieso er sich die Zeit nehmen konnte, stundenlang auf diesem Presseparkplatz herumzulungern, bis er eine Gelegenheit hatte, sich an meinen Vetter heranzumachen.

Wir standen in einem Halbkreis um ihn herum. Bendler versuchte, uns alle drei im Auge zu behalten. Vor allem Trench schien ihm nicht geheuer zu sein, der auf ihn wie ein Panther wirken mochte, ein Raubtier, das ihn jeden Moment anspringen konnte. Die Stimmung war äußerst angespannt, und dieser Typ schien ziemlich gereizt zu sein.

»Was wollen Sie eigentlich von mir?«, fragte er. Und das klang ziemlich herausfordernd.

»Na, Sie sind gut! Erst traktieren Sie uns mit Ihren Drohungen, und dann wundern Sie sich, dass wir von Ihnen wissen wollen, was hinter diesen Drohungen steckt. Wir wollen von Ihnen nur ein paar Antworten. Eine harmlose Unterhaltung, das ist alles.«

»Eine Unterhaltung? Hier?« Er schaute sich auf diesem Trümmerfeld mit den kreuz und quer abgestellten parkenden Wagen um.

»Ja, ich habe Sie ganz bewusst hierher gebeten, Herr Bendler. Hier ist 1965 der Versicherungsdetektiv Michael Gawliczek erstochen worden. Ich habe mich gefragt, was er ausgerechnet hier an dieser öden Ecke gewollt hat. Spätabends.« Eine Bemerkung von Scheuren über die Kinobesuche mit seinem Bruder hatte es ja dann bei mir klingeln lassen. »Sehen Sie da drüben an dem Gebäude neben der Rückfront der Brauerei diese zerbeulte, rostige Metalltür? Diese große zweiflüglige Tür? Das war der Hinterausgang vom Olympia-Kino. Wenn die Vorstellung zu Ende war, wurde das Publikum immer an diesem rückwärtigen Ausgang hinausgelassen. Vorne im Foyer warteten schon die Besucher für die nächste Vorstellung. Aber auch nach der letzten Vorstellung, als im Foyer keiner mehr auf den Einlass wartete, verließ man den Kinosaal durch diesen Hinterausgang, und dann stand man hier auf dieser Straße Am Salzmagazin. Michael Gawliczek war im Kino gewesen! Das ist die Erklärung, wieso er sich ausgerechnet hier herumtrieb!«

»Donnerwetter, Herr Bär«, entfuhr es Kentenich, »da wäre ich nie drauf gekommen!«

Klaus Bendler hingegen war von meiner Kombinationsgabe überhaupt nicht beeindruckt. »Um mir diesen Müll zu erzählen, bestellen Sie mich hierher, auf diesen Parkplatz? Mann, das ist doch total bescheuert!«

»Ich habe mir gedacht, meine Sicht der Dinge überzeugt Sie eher, wenn Sie die örtliche Situation konkret vor sich sehen. Dann stimmen Sie mir eher zu und erzählen uns, was wir noch gerne wissen wollen.«

»Wie lange soll ich mir diesen Blödsinn hier noch anhören?«

»Okay, Herr Bendler, kommen wir zur Sache: Wodurch haben Sie vorgestern eigentlich erfahren, dass ich gerade angefangen hatte, zusammen mit Herrn Kentenich im Eigelsteinviertel Nachforschungen über dessen Vater anzustellen?«

Er zögerte einen kurzen Augenblick, bevor er antwortete: »Ich war gerade im Büro meiner Tante beschäftigt ... das liegt in der Clever Straße.«

»Karin Kastenholz-Bendler?«

»Ja, Tante Karin ... Im Büro brachen immer die Leitungen zusammen, die Computer stürzten ab, die Sicherungen flogen heraus. Na ja, wozu hat man denn einen Elektriker in der Familie? Ich war an diesem Nachmittag dabei, die Leitungen zu verstärken. Tante Karin kam ins Büro zurück ...«

Komisch, dass er meine Klassenkameradin aus der Volksschule als »Tante« bezeichnete. Sie war ja nur acht Jahre älter als er.

»Ich hörte zufällig mit, wie sie im Büro ihrem Mann erzählt ... also dem Onkel Heinz: ›Rate mal, wen ich gerade auf der Straße getroffen habe? Den Karl-Josef aus unserer Volksschulklasse. Der hat das Detektivbüro von seinem Onkel übernommen. Dieser Onkel hat früher immer bei uns im Café gesessen ...‹ Es fiel der Name Manfred Bär, und so war es nicht schwierig, Ihre Telefonnummer herauszufinden ...«

»Ich begreife allmählich ... Ich hatte mit Karin über meinen Auftrag gesprochen und ihr Rainer Kentenich vorgestellt. Sie war von unserer Absicht überhaupt nicht begeistert, dass wir diese alten Gangstergeschichten ausgraben wollten ... und sie weiß ja, dass mein Vetter Journalist geworden ist. Wenn Georg aus meinen Recherchen eine dicke Zeitungsstory macht, dann stört eine solche Milieureportage ganz bestimmt die Bemühungen von Heinz Kastenholz-Bendler, in seinen Annoncen für Eigentumswohnungen diese Gegend hier als ein schickes Yuppie-Viertel zu stilisieren. Die totale Hip-Gegend! Aber schauen Sie sich doch nur mal hier

Am Salzmagazin um: Zumindest an dieser Ecke ist doch alles völlig vernachlässigt, abgewrackt, zugekackt, zugemüllt. Sieht so ein Yuppieviertel aus? Haben Sie also deswegen meinen Vetter bedroht? Damit er nichts über die Schattenseiten dieses Viertels schreibt, an denen sich in einem halben Jahrhundert nichts geändert hat?«

»Ach, Quatsch! Nein, darum ging es doch überhaupt nicht! Onkel Heinz hat sich überhaupt nicht weiter dafür interessiert, was Tante Karin über die Begegnung mit Ihnen erzählte. Sie hat auch Ihren Vetter gar nicht erwähnt!«

Das glaubte ich ihm sogar. Karin Kastenholz-Bendler hatte sich bei unserer kurzen Begegnung merkwürdigerweise gar nicht nach Georg erkundigt. Was der so mache, wie es ihm gehe ... Dabei war Georg in der Tanzstunde hinter ihr her gewesen wie ein energiegeladener Wahlkämpfer hinter den Stimmen der noch unentschlossenen Wähler. Wir alle waren scharf auf Karin Bendler gewesen und schwärmten für sie, aber Georg war in sie sogar richtig verknallt und versuchte fast jeden Tag, sie auf dem Heimweg von der Ursulinenschule abzupassen, die sie ab der fünften Klasse besuchte. Doch Karin ließ Georg abblitzen. Das Rennen hatte dann Henner Krause gemacht – Karin war Henners Tischdame beim Abschlussball und Georg bekam stattdessen vom Tanzlehrer ein ziemlich langweiliges Mädchen zugeteilt.

Ich hakte noch einmal nach: »Sie behaupten also, das Ehepaar Kastenholz-Bendler hat Sie nicht zu diesen anonymen Drohanrufen angestiftet?«

»Nein, wirklich nicht. Aber es ist mir scheißegal, ob Sie das glauben oder nicht!«

»Schon gut! Aber Sie sind in Panik geraten, als Sie zufällig von unseren Recherchen nach Rudolf Kentenich hörten? Sie hatten Angst, wir würden das Geheimnis Ihres Vaters lüften?«

Er nickte nur.

»Helmut Schaeben ist also nicht in Afrika umgekommen, sondern er lebt noch?«

Er nickte wieder.

»Hier in Köln?«

»Ja ... aber er ist schwer krank. Ich will nicht, dass er auf seine alten Tage noch ... Schwierigkeiten bekommt ... ins Gefängnis muss ... verstehen Sie denn nicht, dass ich einen riesigen Horror bekam, als Tante Karin von Ihrer Schnüffelei erzählte? Ein Detektiv! Ausgerechnet! Jahrzehntelang war alles gut gegangen. Kein Hahn krähte mehr nach diesen alten Geschichten! Und dann läuft Tante Karin Ihnen über den Weg ... Als ich davon hörte, bekam ich es natürlich mit der Angst zu tun, Sie würden alles herausfinden! Diese Anrufe bei Ihnen, und dass ich auf Ihren Vetter losgegangen bin ... tut mir Leid ... Ich hätte wissen müssen, dass diese Drohungen nichts bringen. Waren Sie wirklich bei der Polizei?«

»Ja«, mischte sich nun Rainer Kentenich ein, »ich habe Anzeige erstattet und die Polizei hat Fangschaltungen gelegt!«

Bendler war empört. »Was? Dann weiß die Polizei ja, dass wir uns jetzt hier treffen! Die haben über die Fangschaltung Ihren Anruf eben mitgehört, Herr Bär! Scheiße, Sie haben mich verarscht!«

Er war richtig wütend. Ich dachte, Bendler würde jetzt auf mich losgehen und machte eine abwehrende Handbewegung. Trench trat einen Schritt vor; er würde ihn sofort mit einem Karateschlag stoppen, falls der wirklich einen von uns angriff.

»Ruhig, ganz ruhig, Herr Bendler«, sagte ich mit beschwörendem Tonfall.

Klaus Bendler schaute unruhig zwischen Trench und mir hin und her. Trench machte eine tänzelnde Bewegung, und instinktiv schien Klaus Bendler zu begreifen, dass er sich mit Trench besser nicht anlegte. Bendler war größer und kräftiger, und er war bestimmt auch ein guter Straßenboxer, aber das nützte ihm nichts gegen einen Einzelkämpfer mit militärischer Spezialausbildung. Trench wusste, wie man ohne großen Kraftaufwand solch einen massiven Kerl mit einem einzigen Griff aufs Kreuz legt und ihm den Arm auskugelt oder auf andere Weise kampfunfähig macht. Er kann auch mit einem einzigen Handkantenschlag einem Gegner den Kehlkopf in die Luftröhre schmettern.

»Mach keinen Stress«, zischte Trench ihn an.

Bendler verstand die Warnung. Er entkrampfte sich wieder, trat sachte einen Schritt zurück, um Trench auf Abstand zu halten, und stellte sich so hin, dass wir drei vor ihm blieben und er den Rücken weiterhin frei behielt.

Ich erklärte ihm die Situation: »Es ist alles in Ordnung, Herr Bendler. Eine Fangschaltung dient nur dazu, einen Anruf zurückzuverfolgen, bei diesen alten Telefonen ohne Display-Anzeige. Zum Abhören hätte die Polizei erst mal eine richterliche Genehmigung einholen müssen. Die Fangschaltung betrifft nur meinen Büroanschluss, nicht mein Handy. Niemand außer uns vieren weiß, dass wir jetzt hier herumstehen.«

So ganz befriedigte ihn diese Erklärung nicht. »Ziehen Sie die Anzeige gegen mich zurück?«, wollte er wissen.

Rainer Kentenich schaute mich fragend an. Was sollte er darauf antworten? Wegen Bendlers Drohungen konnten wir der Polizei ja ruhig sagen, dass sich die Angelegenheit inzwischen erledigt hätte. Aber es ging ja noch um etwas anderes; es ging um zwei Morde! Zwei Kapitalverbrechen. Die lagen zwar vierzig Jahre zurück, aber trotzdem! Ganz bestimmt wünschte Rainer Kentenich nicht, dass der Mörder seines Vaters straffrei ausging.

Ich nahm meinem Klienten die Antwort ab: »Die Anzeige gegen Sie können wir vergessen, wenn Sie sich jetzt kooperativ verhalten, Herr Bendler. Das sieht Herr Kentenich auch so, oder?«

Der stimmte zu. »Kooperativ? Sie können doch nicht von mir verlangen, dass ich meinen eigenen Vater ... dass ich ihn an die Schmier ausliefere ... nach all den Jahren! Er hat sich seit damals auch nichts mehr zu Schulden kommen lassen! Ehrlich! Wieso wollen Sie ihn jetzt noch in den Knast bringen? Einen alten Mann! Der kann keiner Fliege mehr was zu Leide tun. Der kann nicht mehr richtig laufen. Der hat schwere Diabetes. Sie haben ihm den rechten Fuß amputiert. Und er hat einen Schlaganfall erlitten! Er liegt im Marienhospital ...«

Klaus Bendlers Stimme nahm jetzt einen flehenden Ton an. Fast weinerlich. Bei diesem schweren, brutal aussehenden Mann wirkte das grotesk.

»Jetzt befürchten Sie doch nicht gleich das Schlimmste, Herr Bendler! Wenn Ihr Vater wirklich so schwer krank ist, dann ist er ja haftunfähig. Nicht nur das. Nach einem Schlaganfall ist er womöglich auch für längere Zeit vernehmungsunfähig, und es wird nie zu einem Prozess gegen ihn kommen. Aber das habe ich nicht zu entscheiden. Mein Auftrag hat sich mit unserer Unterhaltung erledigt und ich behalte alles, was jetzt zur Sprache kommt, für mich. Trench ebenso.«

Trench nickte zustimmend.

»Alles andere müssen Sie mit meinem Klienten ausmachen. Sie, der Sohn von Helmut Schaeben, mit dem Sohn von Rudolf Kentenich.«

Der Sohn des Mörders mit dem Sohn des Ermordeten. Aber so deutlich wollte ich es den beiden gegenüber nicht ausdrücken. Eine solche Formulierung hätte nur den einen gegen den anderen aufgehetzt, und die Stimmung hier auf dem matschigen Parkplatz Am Salzmagazin war ja schon gereizt genug. Wenn Klaus Bendler etwas in den falschen Hals bekam, würde er sofort aggressiv reagieren. Diese Neigung zur Gewalttätigkeit hatte er wohl von seinem Vater geerbt, obwohl er sonst ein ziemlich biederer Zeitgenosse war, ein Handwerker, der sich mit einer kleinen Elektrowerkstatt durchs Leben schlug und dem kriminelle Aktivitäten, wie sie sein Vater ausübte, fremd waren.

Es würde gleich dunkel werden, und die Dämmerung war ein Unsicherheitsfaktor. Wenn Klaus Bendler doch zu einer Waffe griff, würden wir das vielleicht nicht rechtzeitig sehen. Ich sollte die Geschichte jetzt wirklich rasch zu Ende bringen.

»Kennen Ihre Tante Karin und Ihr Onkel Heinz das Geheimnis von Helmut Schaeben?«

»Sie wissen, dass er noch lebt. Sonst nichts. Sie haben keinen Kontakt zu ihm. Die ganze Familie Bendler hatte damals den Kontakt zu ihm abgebrochen. Und dabei blieb es auch, als er später von der Fremdenlegion wieder nach Köln zurückkam. Die wollten mit so einem Gangster nichts zu tun haben.«

Genau dasselbe hatte sich auch bei der Familie Kentenich abgespielt. Es gab eine ganze Menge, was die beiden Söhne teilten, auch wenn die Verkettung der Umstände ihren Vätern als Täter und Opfer höchst gegensätzliche Rollen zugewiesen hatte.

»Onkel Heinz hat auch mich immer so von oben herab behandelt. Ich habe eigentlich seit Jahren keinen richtigen Kontakt zu denen gehabt, bis mich neulich meine Tante anrief, weil sie einen Elektriker brauchten.«

»Über Helmut Schaebens Rolle im Mordfall Rudolf Kentenich weiß Ihre Tante Karin wirklich nichts?«

»Nein, das weiß außer mir niemand.«
»Also auch nicht Bert Scheuren?«
Er schüttelte ärgerlich den Kopf. »Ich sag' doch: Niemand!! Selbst mich hat mein Vater ... hat er erst vor kurzem eingeweiht. Nach seiner Operation, als sie ihm den Fuß abgenommen haben. Er weiß, dass er wohl nicht mehr sehr lange lebt. Bevor er stirbt, sollte ich wissen, was damals passiert ist.«
»Lassen Sie mich raten: Er war mit Rudolf Kentenich im Sport-Casino verabredet, wegen der Beute aus dem Überfall auf den Uhrmacher Günter Pellenz. Doch Kentenich kam mit leeren Händen, denn einer unserer Spielkameraden hatte die Beute gefunden und an sich genommen. War es so?«
»Ja, warum fragen Sie mich das eigentlich, wenn Sie das alles schon wissen!« Bendler war schon wieder verärgert.
»Ich weiß es doch nicht, ich vermute es nur, Herr Bendler. Aber Sie können meine Vermutungen bestätigen. Als Ihr Vater Ihnen diese Geschichte beichtete: Kamen Sie anschließend nicht auf die Idee, nach dem Jungen zu suchen, der mit der Beute stiften gegangen ist?«
»Nein. Nach vierzig Jahren wäre das doch aussichtslos gewesen! Außerdem will ich mit seinen krummen Sachen von früher nichts zu tun haben! Er ist zwar mein Vater, und ich versuche ihn zu schützen, seit Sie mit Ihrer Schnüffelei hinter ihm her sind. Ich versuche ihn zu schützen, weil er selbst sich ja nicht mehr wehren kann. Er ist zu alt, zu krank, und ich will nicht, dass er für diese letzte Phase seines Lebens noch in den Knast kommt und dass die Zeitungen sich auf diese alte Sache stürzen ... wenn das alles noch mal hochgekocht wird, dann könnte ich meine Elektrofirma dichtmachen. Ich habe durch solch eine negative Publicity mehr zu verlieren als mein angeheirateter Onkel Heinz Kastenholz-Bendler mit seinen komischen Immobiliengeschäften. Onkel Heinz und Tante Karin können immer behaupten, sie hätten

mit den Schaebens nie etwas zu tun gehabt, und das stimmt ja auch. Aber ich als der Sohn von Helmut Schaeben, der Sohn eines Verbrechers! Meine Kunden würden mich eiskalt abservieren! Deswegen habe ich versucht, Sie von der Schnüffelei abzubringen. Und diese verschwundenen Klunker interessieren mich nicht!«

Ich verschwieg ihm, dass Frieder damals nur Glasperlen an sich genommen hatte und in Wirklichkeit Scheuren der einzige Nutznießer des Raubüberfalls gewesen war. Der war zwar ein ziemlich unsympathischer, schmieriger Typ, aber ich wollte nicht, dass dieser hitzköpfige Elektriker sich an Scheuren rächte.

»Ihr Vater hat dann im Streit Rudolf Kentenich erstochen?«

»Ja, so war es.«

Es fiel ihm natürlich nicht leicht, das zuzugeben. Ich spürte, dass er sich ein bisschen wie ein Verräter an seinem Vater Helmut Schaeben vorkam. Aber um eine Schadensbegrenzung zu erreichen, musste er meinem Klienten und mir diese Fragen beantworten, damit wir aufhörten, diese Antworten woanders zu suchen und dabei im Viertel noch mehr Staub aufwirbelten, der tatsächlich seine berufliche Reputation als Handwerker ruinieren konnte.

Rainer Kentenich würde Bendlers Probleme gewiss gut nachvollziehen können, denn auch er hatte ja erlebt, wie seine Mutter und Onkel Franz unter dem Stigma gelitten hatten, einen stadtbekannten Berufsverbrecher als Mann und Bruder zu haben.

Kentenich schaute Klaus Bendler fest an, ausdruckslos und mit zusammengekniffenen Lippen. Endlich! Endlich die Wahrheit!

Klaus Bendler hielt Kentenichs Blick stand. Er selbst hatte ja keinerlei Schuld.

24. Kapitel

Sie können mir glauben, dass ich auch im ersten Moment ziemlich entsetzt war, als mein Vater mir das erzählte«, sagte Klaus Bendler leise.

»Was empfindet Ihr Vater heute deswegen?«, wollte ich wissen.

»Das würde ich auch gerne wissen. Als er mich bei einem Besuch an seinem Krankenbett einweihte und dann mit seiner Geschichte zu Ende war, da sagte er nur: ›Jetzt weißt du Bescheid, Klaus. Stell' keine weiteren Fragen. Mehr will ich nicht darüber reden. Geh jetzt!‹ Mir schwirrten natürlich eine ganze Menge Fragen im Kopf herum, aber ich war gleichzeitig wie geplättet! Ja, ich war wie gelähmt! Ich konnte nichts sagen, und er wollte auch nicht hören, wie seine ... seine Beichte oder wie man das nennen soll ... auf mich in diesem Moment wirkte, wie das bei mir ankam. Er drängte nur: ›Jetzt geh' endlich, Klaus, und lass mich allein!‹ Kurz nach seiner Entlassung aus dem Krankenhaus bekam er einen Schlaganfall. Er liegt jetzt wieder im Marienhospital und kann nicht mehr richtig sprechen. Die Ärzte haben wenig Hoffnung, dass er sich noch einmal berappelt.«

Rainer Kentenich sagte leise: »Ich kann Sie verstehen!«

Er selbst hatte ja erst vor zwei, drei Stunden von Bert Scheuren ein paar ziemlich üble Dinge über den eigenen Vater zu hören bekommen. Zwar kein Mordgeständnis, aber was Scheuren von sich gab, das war für den Sohn erschütternd genug gewesen, auch wenn er mit so etwas hätte rechnen müssen, als er mir den Auftrag erteilte.

Als Kinder hatten wir erlebt, wie manche Familien im Viertel über Generationen hinweg aufs bitterste verfeindet waren. Und meistens gaben sich auch die UKB-Kraate, mit denen wir uns herumprügelten, unversöhnlich. Noch nach Jahren traf ich einen von ihnen wieder, der den alten Zoff sofort wieder anheizte: »Do häs doch ens mingem Broder jet jedonn!« Ich hoffte, dass Bendler und Kentenich es schaffen würden, dieses archaische Ritual ewiger Familienfehde zu durchbrechen. In dieser Hinsicht ist das kölsche Milieu ja immer noch sehr südländisch.

»Was hat Ihr Vater nach dem Mord im Sport-Casino gemacht?«, fragte ich Klaus Bendler.

»Er haute aus Köln ab und ging zur Fremdenlegion. Aber der militärische Drill war nichts für ihn. Er desertierte und kam ein knappes Jahr später heimlich nach Köln zurück. Er hatte sich falsche Papiere besorgt. Sein Äußeres hatte er verändert, seine Haare waren gefärbt und er hatte sich einen Bart wachsen lassen.«

»Auf diese Weise hoffte er, nicht erkannt zu werden. Er kam zurück in sein altes Viertel, um Fritz Lorenz bei der Suche nach den verschwundenen Juwelen zu helfen. Wahrscheinlich traute er Fritz Lorenz nicht und wollte ihn im Auge behalten. Aber Lorenz und Helmut Schaeben waren nicht die Einzigen, die nach dem Schmuck suchten: Mein Onkel Manfred Bär war mit von der Partie, und auch Michael Gawliczek im Auftrag der Assekurantas-Versicherung. Soll ich Ihnen sagen, wie die Geschichte weitergeht, Herr Bendler? Ein Vollbart und ein Fläschchen Haarfärbemittel reichten nicht aus, um sich erfolgreich zu tarnen. Ihr Vater hat sehr markante Lippen. Und daran erkannte ihn Michael Gawliczek! Der heftete sich an seine Fersen! So war es doch?«

»Ja, genau, dieser blöde Gawliczek hatte meinen Vater tatsächlich auf der Straße erkannt und war ihm zu seinem Versteck gefolgt. Ein kleines schäbiges Hotel in der Brandenburger Straße. Gawliczek hätte natürlich sofort zur Polizei gehen können, denn mein Vater und Lorenz wurden ja noch immer verdächtigt. Aber was hätte ihm das genutzt? Nichts. Es gab ja letztlich doch keine Beweise. Sie hatten keine brauchbaren Zeugen zur Identifizierung der drei Räuber, die das Uhrengeschäft überfallen hatten. Man hätte also nach ein paar gründlichen Verhören diesen Lorenz und meinen Vater wieder laufen lassen müssen. Solange die Juwelen nicht wieder auftauchten, hätte Gawliczek auch keine Belohnung kassieren können. Deswegen bot er meinem Vater einen Deal an: Sie könnten doch gemeinsam nach der Beute suchen. Allerdings forderte Gawliczek die Hälfte der Beute, und dafür würde er den Mund halten.«

»Gawliczek wollte mit den zwei Räubern gemeinsame Sache machen? Das sollen wir Ihnen wirklich glauben, Herr Bendler?«

»Ich gebe nur das wieder, was mein Vater mir erzählt hat! Warum sollte er mich jetzt noch anlügen? Nachdem er sein Geheimnis so lange für sich behalten hatte! Der hatte seine Familie schon genug in die Scheiße geritten, und sein Mordgeständnis machte ... machte unser Verhältnis nicht einfacher. Es ist auch jetzt noch ziemlich gestört, obwohl ich mich ... wie soll ich sagen ... für ihn einsetze.«

»Sie ergreifen im Grunde genommen in erster Linie Partei für Ihre Interessen!«

»Ja, er würde mich mit in diesen Sumpf hineinziehen, wenn das jetzt alles herauskäme ...«

Er fingerte in seiner Windjacke nach einer Zigarettenpackung, zündete sich umständlich eine Kippe an. Dann inhalierte er zwei tiefe Züge, und als er den Rauch wieder ausatmete, war es so, als ob ihm zugleich ein Stoßseufzer entfuhr. Ich merkte, dass ihn die Zigarette beruhigte.

Schließlich meinte Bendler: »Warum soll ich Ihnen eigentlich etwas über das Verhältnis zu meinem Vater erzählen? Was geht Sie das an?«

»Nichts ... aber es hätte ja auch umgekehrt sein können. Rudolf Kentenich hätte in diesem Kampf in der Kneipe Ihren Vater töten können. Und dann stünden Sie jetzt hier mit uns zusammen, aber in einer anderen Rollenverteilung. Sie würden nämlich dann die gleichen Fragen, die ich Ihnen jetzt stelle, an meinen Klienten richten, an den Sohn von Rudolf Kentenich!«

»Na schön ... wenn es Sie wirklich interessiert: Mein Vater war nach seiner Flucht aus der Fremdenlegion nach Köln zurückgekommen und verkroch sich in einem Hotel. Er ließ meine Mutter im Glauben, er wäre mit der Fremdenlegion irgendwo in Afrika! Er kümmerte sich einfach nicht um seine Familie. Nachdem Gawliczek ... äh ... zu Tode kam ...«

»Sprechen Sie es ruhig aus, Herr Bendler: ermordet wurde.«

»Nach Gawliczeks Ermordung ist mein Vater ein zweites Mal aus Köln abgehauen. Diesmal allerdings endgültig. Später ließ er sich dann für tot erklären. Angeblich in Afrika von Rebellen ermordet. Er war ja tatsächlich für eine Weile Söldner in Afrika gewesen. Stellen Sie sich vor, der ließ meine Mutter und mich einfach hier sitzen! Er fing was mit anderen Frauen an. Tante Karin hat mal angedeutet, er hätte noch zwei oder drei andere uneheliche Kinder hier in Köln. Aber ich habe von diesen angeblichen Halbgeschwistern nie etwas gehört, und Vater hat vor dem Schlaganfall auch nichts dergleichen erwähnt.«

»Was ist mit Ihrer Mutter? Ich habe sie damals beim Kuchenkaufen manchmal in der Konditorei gesehen. Vor Ihrer Geburt.«

»Tatsächlich? Meine Mutter wurde irgendwann psychisch krank. Sie kam in eine Anstalt und dort hat sie sich umgebracht. Von den Bendlers kümmerte sich keiner um mich. Das müssen Sie sich mal vorstellen! Für meinen Großvater, den Konditor, existierte meine Mutter nicht mehr. Und mich akzeptierte er nicht als seinen Enkel. Ich kenne ihn nur von Fotos, die Tante Karin mir später mal gezeigt hat. Ich kam ins Kinderheim in Sülz. Es war eine beschissene Kindheit. Ich habe mich oft nach einer Familie gesehnt! Nach einer richtigen Familie! Und vor ein paar Jahren, da steht plötzlich einer bei mir vor der Tür. Ein älterer Mann. Ich hab ihn natürlich gar nicht erkannt. Und der sagt einfach nur zu mir: ›Tach, ich bin der Helmut Schaeben. Dein Vater.‹ Der tat einfach so, als sei er nur mal eben Zigarettenholen gewesen. Also, ich hatte ganz schöne Schwierigkeiten, mit ihm zurechtzukommen. Das ging erst, als er ins Krankenhaus kam.«

»Hat Ihr Vater Ihnen nur den Mord an Rudolf Kentenich gestanden, oder hat er Ihnen auch erzählt, wie er Michael Gawliczek getötet hat?«

»Hören Sie, dieser Gawliczek muss ein ziemliches Schwein gewesen sein! Er war gierig. Er wusste, dass die Beute aus dem Juwelenraub weitaus mehr wert war als die 40.000 Mark, die der Schmuckhändler offiziell angegeben hatte.«

»Das hatte auch Karl Baumüller von der Assekurantas-Versicherung vermutet. Günter Pellenz besaß eine Menge Schmuckstücke zweifelhafter Herkunft, die er nicht der Versicherung melden konnte. Michael Gawliczek hatte das herausgefunden. Er muss in den geschäftlichen Transaktionen von Günter Pellenz ziemlich gründlich herumgeschnüffelt haben.«

»Wenn mein Vater und Fritz Lorenz diesen Detektiv wirklich an der Beute beteiligt hätten, dann wäre schon ein Anteil von einem Drittel weitaus mehr gewesen als die Belohnung, die Gawliczek von der Versicherung bekommen hätte. Aber nein, das war diesem Gierlappen zu wenig! Er wollte nicht nur den Anteil des toten Rudolf Kentenich, nein, er wollte mehr, er wollte die Hälfte!«

»Also bitte, Herr Bendler! Jetzt tun Sie doch nicht so, als ob Michael Gawliczek an seiner Ermordung selbst schuld wäre! Das ist die Sichtweise Ihres Vaters. So rechtfertigt er womöglich seine Bluttat, aber diese Argumentation sollten Sie sich wirklich nicht zu eigen machen!«

Er trat seine Zigarettenkippe aus, zermalmte sie mit dem Absatz seines blank polierten Cowboystiefels. »Mein Vater und dieser Lorenz hätten sich jeder nur mit einem Viertel begnügen müssen. Das wollten die nicht.«

»Ein Viertel für jeden von ihnen wäre immer noch ein hübsches Sümmchen gewesen, wenn sie den Original-Schmuck gehabt und einen guten Hehler gefunden hätten. Klar, die waren sauer, weil sie das ganze Risiko getragen hatten, und dann kommt dieser Gawliczek daher und legt sich einfach – bildlich gesehen – zu ihnen ins gemachte Bett. Aber deswegen bringt man doch niemanden um! Es hätte doch gereicht, diesem Gawliczek einfach eins in die Fresse zu geben. Er wäre nicht zur Polizei gegangen.«

»Nicht wegen der geklauten Juwelen, mit denen angeblich ein kleiner Junge abgehauen war. Aber er hatte meinem Vater auf den Kopf zugesagt, dass er der Mörder aus dem Sport-Casino sei! Er erpresste meinen Vater!«

»Helmut Schaeben sah nur noch einen Ausweg: Michael Gawliczek musste verschwinden. Erst dann konnte Ihr Vater sich wieder halbwegs sicher fühlen. Er hat Gawliczek ins Olympia-Kino gelockt, und dann hat er ihm am Hintereingang aufgelauert. Da drüben an dem zerbeulten Tor. Als alle anderen Kinobesucher nach wenigen Minuten verschwunden waren, hat er sein Messer gezogen und zugestochen. In einer menschenleeren Straße. Schauen Sie sich mal um, Herr Bendler. Auch jetzt sieht man keinen einzigen Passanten. Ein idealer Ort, um ein Mordopfer in die Falle zu locken. Wenn er das Kino als Treffpunkt vorschlug, würde Gawliczek keinen Verdacht schöpfen. War noch ein Komplize dabei? Fritz Lorenz?«

»Nein, Lorenz nicht. Da gab es noch jemand anderen aus der damaligen Clique. Er soll Stammgast im Café meines Großvaters gewesen sein. Der Bruder von diesem Stammgast arbeitete da als Kellner ...«

Scheuren! Der Kerl hatte uns also eben angelogen, als er behauptete, er hätte mit dem untergetauchten Helmut Schaeben nichts mehr zu schaffen gehabt.

»Ganz schön clever, dieser Mordplan. Michael Gawliczek hatte die Gewohnheiten der Verdächtigen genau studiert. Er hatte beobachtet, dass Bert Scheuren mit seinem Bruder regelmäßig die Vorstellungen im Olympia-Kino besuchte. Wenn nun Bert bei Gawliczek auftauchte und ihm gegenüber andeutete, er könne ihm Hinweise über den Verbleib der Juwelen liefern, oder er wisse etwas über den Mord im Sport-Casino ... Aber sie müssten äußerst vorsichtig sein: Schaeben dürfte natürlich auf keinen Fall erfahren, dass sich Scheuren und Gawliczek trafen ...«

»Genauso hatte mein Vater sich das ausgedacht, Herr Bär.«

»Wenn Scheuren also vorschlug, ihm diese Beweise während oder nach der Kinovorstellung zu überlassen, im Dunkel des Saales, oder hier in dieser einsamen Seitenstraße, dann würde Michael Gawliczek keinerlei Verdacht hegen, er werde mit der Verabredung zum Kinobesuch in eine Falle gelockt. War der Bruder, der Kellner, auch dabei?«

»Von dem hat mein Vater nichts erzählt. Er hatte wohl nur diesen Scheuren losgeschickt. Der blieb nach dem Ende der Vorstellung, als das Licht wieder anging, erst mal sitzen. Erst als alle anderen den Kinosaal verlassen hatten, gingen Scheuren und Gawliczek nach draußen. Dort wartete mein Vater bereits auf Gawliczek. So, jetzt wissen Sie alles. Was werden Sie jetzt machen?«

»Ich? Nichts, wie ich Ihnen eben schon sagte.«

Was hätte ich auch tun können? Der Mörder lag als Invalide im Krankenhaus, und wahrscheinlich würde er dieses Krankenhaus nicht mehr lebend verlassen. Ob man Bert Scheuren noch wegen Beihilfe drankriegen könnte, war fraglich. Er hätte alles abgestritten; es hätte Aussage gegen Aussage gestanden.

Wahrscheinlich wäre Bert Scheuren mit einem Freispruch mangels Beweisen aus dem Gerichtssaal herausgewandert, wenn er einen cleveren Anwalt hatte. So clever wie der alte Dr. Hans Sommerschladen. Aber die mit solch einem Prozess verbundene Publicity hätte die berufliche Existenz von Klaus Bendler ruiniert. Das wollten weder ich noch Rainer Kentenich.

Ich öffnete die Wagentür und zwängte mich in meinen Jetta.

Rainer Kentenich verabschiedete sich von Klaus Bendler mit einem Händedruck.

»Wir können ja irgendwann mal zusammen ein Bier trinken gehen«, sagte Kentenich.

»Ja, würde mich freuen.«

Dann setzte sich auch Rainer Kentenich ins Auto. Als ich den Wagen auf die Eintrachtstraße rollen ließ, drang wüstes, trunkenes Geschimpfe aus der Kneipe Em Entepohl. Genau wie zuvor glaubte ich, die Stimme der versoffenen alten Schneiderin Erna Götte herauszuhören.